A

Simon Strasser, ein ehemaliger Polizei- und Gerichtsreporter, hat sein hektisches Leben in Frankfurt gegen die Ruhe und die poetische Schönheit des Lago d'Orta eingetauscht. Ganz heimisch ist er dort noch nicht geworden, aber er genießt die unberührte Landschaft, den guten Wein und das piemontesische Essen. In seinem umgebauten Bootshaus lebt er zusammen mit seiner eigenwilligen Ziehtochter Nicola. Eines Morgens, mitten im heißen August, findet Simon auf einem herrenlos auf dem See treibenden Segelboot die Leiche des Fabrikantensohns Marco Zanetti. Unfall oder Mord? Simon heftet sich an die Fersen der Ermittlerin, seiner alten Bekannten Maresciallo Carla Moretti. Seine Reporternase sagt ihm, dass mehr hinter dem Unglück steckt, als es den Anschein hat. Immer tiefer dringt er auf eigene Faust in das Leben der mächtigen Familie Zanetti vor und stößt auf eine Liebe, die um jeden Preis verhindert werden musste. Doch dieses Geheimnis bringt schließlich Simon selbst in allerhöchste Gefahr.

Giulia Conti ist das Pseudonym einer deutschen Journalistin und Reisebuchautorin. Sie hat viele Jahre in Frankfurt am Main gelebt und gearbeitet. Ihre zweite Heimat ist seit zwanzig Jahren ein kleines Dorf am Lago d'Orta in Norditalien. *Lago Mortale* ist ihr erster Roman.

Giulia Conti

Lago Mortale

Ein Piemont-Krimi

Atlantik

Atlantik Bücher erscheinen im
Hoffmann und Campe Verlag, Hamburg.

1. Auflage 2020

www.hoffmann-und-campe.de *www.atlantik-verlag.de*
Umschlaggestaltung: Sarah M. Hensmann © Hoffmann und Campe
Umschlagabbildung: Pauline Lewis / Getty Images
Satz: Pinkuin Satz und Datentechnik, Berlin
Gesetzt aus der Trump Mediaeval LT
Druck und Bindung: C. H. Beck, Nördlingen
Printed in Germany
ISBN 978-3-455-00868-5

HOFFMANN UND CAMPE

Ein Unternehmen der
GANSKE VERLAGSGRUPPE

I

Der Lago d'Orta lag spiegelglatt in der Sonne, die zackige Bergkette im Norden des Sees verschwamm im Hitzedunst. Ein Schwan trieb langsam über das Wasser, reglos, wie von unsichtbarer Hand gezogen. In die Stille hinein begann eine Kirchturmglocke zu schlagen, zwölf lange, dunkle Töne, ein kurzer, heller. Halb eins.

Simon trank einen Cappuccino auf seiner Terrasse und sah auf den See hinaus, der in dem hellen Licht glänzte wie Weißblech. Er überlegte, ob er schwimmen gehen sollte. Sein Haus im kleinen Dorf Ronco, wo er seit einigen Jahren lebte, war früher ein Bootshaus aus Naturstein gewesen, das er zu einem großzügigen Wohnhaus ausgebaut hatte, und so waren es nur wenige Schritte ins Wasser.

Auf der Mauer vor ihm kauerten zwei Eidechsen in der Sonne, regungslos, wie winzige Krokodile. Er mochte die blitzschnellen Tiere mit den langen Schwänzen und verharrte unbeweglich auf seinem Stuhl, um sie nicht zu verjagen. Bei den Temperaturen vermied man ohnehin am besten jede Bewegung.

Noch nie hatte Simon eine solche Hitze an seinem See erlebt. Der August war immer sehr heiß, auch wenn man hier noch in Alpennähe war, der gewaltige Monte Rosa in Sichtweite. Aber dieser Sommer war ungewöhnlich. Seit Monaten hatte es nicht geregnet, und es wurde von Tag zu

Tag heißer. *Si muore di caldo*, man stirbt vor Hitze, sagten die Leute im Dorf, die in Wetterdingen eigentlich nicht zimperlich waren, denn wer hier lebte, kannte eiskalte Wintertage, Regenfluten, wilde Stürme, Hochwasser und tropische Temperaturen. Manchmal bauten sich finstere Wolkenberge über den grünen Hügeln rund um den See auf, um jäh wieder zu verschwinden und der Sonne Platz zu machen; ganz plötzlich brachen Stürme aus, prasselten Regenschauer oder Hagel nieder.

Simon schaute über das silbrig glitzernde Wasser nach Süden, wo sich eine kleine, rundum dicht bebaute Insel wie ein Schiff aus dem See erhob. In der Ferne war schemenhaft ein Segelboot zu erkennen, sehr groß und sehr weiß. Es schien stillzustehen, aber Simon war klar, dass das täuschte. Denn das Wasser dort im Süden war dunkler, fast schwarz und leicht gekräuselt, und diese wellige Fläche trieb langsam nach Norden auf Ronco zu. Simon hatte mit den Jahren gelernt, den See zu lesen, und wusste: Das war der Mittagswind. Er kam immer von Süden, trieb die Yacht bestimmt schon vor sich her und würde die Hitze in Kürze auch in Ronco erträglicher machen.

Bald, wenn die Mittagspause vorbei war, würden sich die Seepromenade und die hölzernen Badestege mit Leben füllen. Aus den alten Häusern kämen die Sommergäste – Deutsche, Franzosen und Schweizer, Familien und Paare, ältere Leute und Kinder –, die im August Trubel in das am Ende einer langen Sackgasse gelegene und außerhalb der Saison vollkommen aus der Welt gefallene Dorf brachten. Oben auf dem Parkplatz, wo die Uferstraße endete und alle ihr Auto abstellten, gab es jetzt keine Lücke mehr. Die rund sechzig Einheimischen, die hier das ganze Jahr über lebten, nahmen den Auftrieb mit Gelassenheit, obwohl sie kaum von ihm profitierten. Die meisten der schönen Häuser am Ufer gehörten Ausländern, die nur hin und wieder an den See kamen und ihre Domizile in der übrigen Zeit an Sommertouristen vermieteten.

Simon rückte mit seinem Stuhl ein Stück weiter in den Schatten des Sonnenschirms und trank noch einen Schluck von seinem Cappuccino, das beständige Brummen der Hornissen über sich wie immer ignorierend. Seit Wochen schon schwirrten sie am Dachgiebel seines alten Steinhauses fieberhaft hin und her. Dem regen Flugverkehr nach zu urteilen mussten es Hunderte sein, die sich dort oben in einem Mauerloch eingenistet hatten. Gestern hatte sich eine von ihnen durch ein offenes Fenster in sein Arbeitszimmer im ersten Stock verirrt. Das riesige Tier war ungestüm und laut brummend durch den Raum geflogen, schließlich gegen ein Fenster geknallt, dann benommen über den Holzboden gekrochen. Simon hatte die Hornisse totgetreten und aus dem Fenster in den See geworfen.

Es war nicht nur die Mittagshitze, die ihm zu schaffen machte. Am Abend war er spät ins Bett gegangen, hatte nicht schlafen können. Er hatte sich eine Weile hin und her gewälzt, mit einem Ohr stets darauf lauschend, ob Nicola in dieser Nacht noch nach Hause kam. Die junge Frau war die Tochter seiner früheren Freundin und lebte seit ein paar Monaten bei ihm. Schließlich war er wieder aufgestanden und hatte noch ein Glas Wein getrunken. Jetzt war ihm etwas flau, und wie immer in diesem Zustand meinte er, nicht ausschließen zu können, auf der Stelle sterben zu müssen. Plötzlicher Herztod. Das war eine Obsession von ihm. Dabei war er ein sportlicher Typ und ziemlich gut in Form, nur sein Herz spielte manchmal kurzzeitig verrückt, pochte heftig oder stolperte. Mit seinen vierundfünfzig Jahren war er auch noch nicht wirklich alt, und natürlich fühlte er sich, wie so viele, mindestens zehn Jahre jünger. Eigentlich war er auch nicht sonderlich wehleidig. Wenigstens glaubte er das, auch wenn Luisa, seine italienische Freundin, die er in Frankfurt kennengelernt hatte und die nach wie vor dort lebte, das anders sah. Wenn sie überhaupt noch seine Freundin war, wie er sich im selben Moment fragte.

Jetzt stand er doch kurz entschlossen auf, setzte seine Kappe ab, zog sein Hemd aus und sprang kopfüber ins Wasser. Vielleicht müsste er doch nicht sterben. Jedenfalls würde er nun erst mal seine übliche Strecke kraulen, gute fünfhundert Meter, die er jeden Tag zurücklegte, manchmal noch mehr.

Im ersten Moment war das Wasser noch frisch, aber je länger er schwamm, umso wärmer fühlte es sich an. Und so weich wie das keines anderen Sees, in dem er jemals geschwommen war. Nur an schlechten Tagen wie heute fragte er sich, ob das womöglich den Schwermetallen zu verdanken war, die sich, tief unter ihm, am Grund des Sees befanden, Ablagerungen aus der Zeit, als er eines der sauersten Gewässer der Welt gewesen war. Dafür hatte als Erste eine nah am Ufer gelegene große Kunstseidefabrik gesorgt. Dann folgten die Metallbetriebe, die in der Hügellandschaft rund um den idyllischen See mehr oder weniger versteckt angesiedelt waren, und die nach dem Krieg einen beispiellosen Aufschwung erlebten und über Jahrzehnte hinweg ihr Abwasser in ihn entsorgten. Bis es vor fast dreißig Jahren, lange bevor Simon den Ortasee für sich entdeckt hatte, zu einer spektakulären Rettungsaktion kam. Tonnenweise Kalk wurde herangeschafft und das übersäuerte Wasser damit neutralisiert. Tatsächlich hatte sich der See, in dem Simon nun seine Runde zog, wieder erholt und zählte mit seinem glasklaren Wasser inzwischen zu den saubersten in Italien.

Mit kräftigen Zügen schwamm Simon einen Dreieckskurs von Boje zu Boje. Er war ein Wassermensch – Schwimmer, Segler, Mitglied im Ruderclub am See. Immer schon hatte er viel Sport getrieben. Als Jugendlicher spielte er im Verein Fußball, war Rennrad gefahren, hätte vielleicht sogar eine sportliche Karriere machen können, aber dann hatte der Journalismus ihn gepackt. Schon als Schüler schrieb er gelegentlich Artikel für eine Frankfurter Lokalzeitung, und daraus war schließlich sein Beruf geworden, neben dem für anderes nicht mehr viel Platz war. Bis er vor ein paar Jahren seinen festen Job bei der Zeitung in Frankfurt gekündigt, das Haus in Italien gekauft und sich damit seinen Traum vom Leben am Wasser erfüllt hatte.

Er kraulte zum Haus zurück, stieg die Badeleiter hoch, griff sich ein Handtuch und rubbelte damit über seinen noch vollen, rotblonden Haarschopf. Die Brise aus dem Süden war am Haus angekommen und kühlte seinen tropfnassen Körper. Es ging ihm jetzt viel besser. Das Schwimmen hatte ihn hungrig gemacht, und er überlegte, was er sich zu essen machen könnte. Im Kühlschrank gab es noch ein paar mit Ricotta und Spinat gefüllte Ravioli aus dem schlichten Pastageschäft in Omegna, dem Industriestädtchen an der Nordspitze des Sees. Beim Einkaufen dort konnte man zusehen, wie die Nudeln mit großen Maschinen hergestellt wurden, um sie dann für einen Spottpreis zu erwerben. Mit ein bisschen Butter und Salbei würde das eine schmackhafte Mahlzeit ergeben.

Als Simon das Handtuch über die Terrassenbrüstung zum

Trocknen hängte, ging sein Blick noch einmal über den See. In der Mitte, vielleicht fünfhundert Meter entfernt, zog jetzt ein großes Segelboot vorbei. Es musste das sein, das er kurz zuvor noch bei der Insel gesehen hatte. Der Südwind hatte die weiße Yacht hoch nach Norden getrieben, und sie war nun auf der Höhe von Ronco angelangt. Ein stattliches Großsegel, eine weit aufgeblähte Fock. Das schlanke, wohl fast zehn Meter lange Boot machte vor der Brise stetig Fahrt. Simon meinte, auf dem Großsegel den Schriftzug *Dynamic 24.5* zu erkennen, ein wunderschönes, schnelles Boot eines italienischen Herstellers, das er selbst gerne besessen hätte. Aber irgendetwas stimmte nicht. Es war niemand zu sehen, der die Yacht steuerte. Sie war leer.

Die Pasta konnte noch einen Moment warten. Simon holte sein uraltes Fernglas, ein Erbstück seines Vaters, das auf dem See mit seinen überschaubaren Ausmaßen – dreizehn Kilometer lang und maximal zweieinhalb Kilometer breit – noch einigermaßen seinen Dienst tat, und nahm das Boot ins Visier. Es war tatsächlich eine Dynamic, und es musste das Firmenschiff von Zanetti sein.

Der weltweit erfolgreiche Hersteller und Designer von Haushaltswaren war in Omegna zu Hause, und die Zanetti-Yacht war in Seglerkreisen ein großer Name. In wenigen Tagen, an Ferragosto, dem Höhepunkt des italienischen Sommers, würde sie wahrscheinlich wieder einen Sieg einfahren. Dann startete am Lago d'Orta die Sommerregatta, der Cusio Cup, an dem sich die bedeutenden Industriebetriebe der Region immer werbewirksam, aber auch getrieben von sportlichem Ehrgeiz mit ihren firmeneigenen Schiffen beteiligten.

In den letzten Jahren ging es dabei etwas bescheidener zu, und die Zahl der Teilnehmer war geschrumpft. Denn die satten Zeiten der Metallindustrie in der Region waren vorbei. *La crisi*, die italienische Wirtschaftskrise, gepaart mit der Konkurrenz aus Fernost, hatte sie ins Mark getroffen, und viele Firmen, erst kleine Familienbetriebe, dann auch solche mit großen Namen, hatten dem nicht standgehalten.

Zanetti schien allerdings unangefochten, auch Alessi florierte, und Lagostina schmiedete ebenfalls in Omegna weiter seine Töpfe und Pfannen, aber der Hersteller eines der italienischsten aller italienischen Produkte, Bialetti, hatte die Produktion dort aufgegeben. Seine Moka, die achteckige Espressokanne, blubberte zwar nach wie vor in vielen Haushalten auf dem Herd, wurde inzwischen jedoch in Rumänien produziert. Vor ein paar Monaten war Simon auf dem Begräbnis von Renato Bialetti gewesen. Der mit über neunzig Jahren Verstorbene hatte die Kanne in der Nachkriegszeit mit geschicktem Marketing zu einem Welterfolg gemacht, und in einer Moka als Urne war der alte Herr auf seinen Wunsch auch beigesetzt worden. Die aufgegebene Fabrik in Omegna stand nun schon seit einiger Zeit leer, und mit dem großen Firmennamen war auch die Bialetti-Yacht vom Lago d'Orta verschwunden.

Das war so eine Geschichte, wie sie die deutschen Redaktionen, für die Simon noch immer hin und wieder als freier Journalist arbeitete, gerne nahmen. Bis zu seinem plötzlichen Ausstieg war er Polizei- und Gerichtsreporter bei den *Frankfurter Nachrichten* gewesen. Aber er hatte ein paar Wirtschaftskenntnisse, Überreste einiger lange zurückliegender betriebswirtschaftlicher Semester, und auf die griff er in seiner neuen Heimat zurück, verlegte sich auf sporadische Berichterstattung aus der italienischen Handelswelt. Die Bialetti-Geschichte hatte er mit einigen Hintergrundinformationen angereichert und an verschiedene Zeitungen geschickt, aber nur sein Stammblatt, der *Schotter*, ein monatlich erscheinendes unkonventionelles Wirtschaftsmagazin, das ehemalige Kollegen von ihm vor einiger Zeit mit überraschend großem Erfolg lanciert hatten, druckte seinen Text vollständig ab. Die übrigen Publikationen hatten sich auf die Anekdote beschränkt und sie kurz und knapp in der Rubrik *Vermischtes* gebracht. Was ihn erstaunlich kaltließ. Simon war ohnehin nicht so schnell in Rage zu bringen, aber wenn man früher bei den *Frankfurter Nachrichten* seine Reportagen gekürzt hatte, war er doch manchmal aus der Haut gefahren. Er konnte sich das leisten, weil er ein renommierter Journalist war. Seine Wirtschaftstexte hingegen überließ er ziemlich ungerührt ihrem redaktionellen Schicksal. Meistens las er sie sogar nicht einmal, wenn sie erschienen waren. Sie waren ein Job, den er mit professioneller Routine, aber leidenschaftslos erledigte.

2

Simon ließ das Segelboot nicht aus den Augen. Da war etwas im Heck, aber er konnte nicht erkennen, was es war, auch dann nicht, als er versuchte, das alte Fernglas schärfer zu stellen. Die Dynamic hielt weiter Kurs nach Norden, auf Omegna zu. Dann durchbrach ein Hupen die Mittagsstille. Dreimal hintereinander und sehr laut. Simon setzte den Fernstecher ab. Es hupte wieder, noch drängender als zuvor.

Erst jetzt sah Simon, dass die alte Azalea, eines der drei Verkehrsschiffe, die den Sommer über regelmäßig auf dem Lago d'Orta verkehrten, der Dynamic entgegen und gefährlich nahe kam. Die allerdings machte keine Anstalten, dem vorfahrtberechtigten Passagierschiff auszuweichen. Einen Moment sah es so aus, als ob auch der Kapitän der Azalea entschlossen war, seinen Kurs zu halten, aber dann drehte er entgegen den seemännischen Verkehrsregeln mit einem abrupten Manöver ab und ließ das Segelboot passieren.

Der ungewohnte Lärm hatte ein paar neugierige Sommergäste aus ihrer Siesta aufgeschreckt und an das Seeufer gelockt, und auch der Holzsteg war mittlerweile von einem Paar belegt, das sich auf Handtüchern in der Sonne ausgestreckt hatte und offenbar durch nichts vom Bräunungsvorgang abzulenken war.

Simon beobachtete weiter mit bloßem Auge das Geschehen auf dem See. Die Azalea war wieder auf Kurs gegangen und steuerte jetzt den Anlegesteg in Ronco an. Mit dem ruhigen Lauf der Dynamic war es allerdings vorbei. Von der Heckwelle der Azalea erfasst, stand sie kurz mit flatternden Segeln im Wind, bis der Baum auf die andere Seite schlug und sie heftig ins Torkeln geriet. Für einen Augenblick glaubte Simon, dass sie kentern würde, obwohl er wusste, dass sie ein Kielboot war, das nicht kentern konnte.

Es hielt ihn nicht länger auf seiner Terrasse. Er musste wissen, was da los war. War das Segelschiff wirklich führungslos unterwegs und deshalb der Azalea nicht ausgewichen? Nur so konnte er es sich erklären. Mit seinem Kajak, das an dem kleinen Strand neben seinem Haus lag, wäre er in wenigen Minuten bei der Zanetti-Yacht.

Einen Moment später paddelte er mit dem schlanken Boot los. Der Wind hatte schlagartig nachgelassen, und Simon war schnell, aber je näher er der Yacht kam, desto langsamer wurde sein Schlagrhythmus. Die Dynamic lag nur noch leicht schaukelnd auf dem Wasser, ganz sacht schlugen die Segel am Mast hin und her. Noch immer war niemand an Deck zu sehen, auch sonst lag der See wie ausgestorben in der Mittagshitze, nirgendwo ein Schiff, außer der Azalea, die schon tief im Süden auf der Höhe der Insel angelangt war. Schwimmer wagten sich ohnehin selten so weit hinaus auf den See.

»*C'è nessuno? Serve aiuto?*« Simon bekam keine Antwort auf seine Rufe. Es schien niemand da zu sein, der Hilfe benötigte. Das Boot war offenbar tatsächlich leer. Aber konnte er sich da sicher sein? Simon war kein ängstlicher Typ, aber das scheinbar führungslose Boot war ihm doch ein wenig unheimlich. Vorsichtig paddelte er noch etwas näher heran.

»Hallo, ist da jemand?«, wiederholte er seine Frage.

Es tat einen lauten Knall. Für einen Moment hatte der Wind aufgefrischt, eine Bö war in die Segel gefahren, und der Baum mit dem Großsegel mit Wucht wieder auf die andere Seite geschlagen. Simon paddelte jetzt nicht mehr, ließ das Kajak gemächlich auf die Yacht zutreiben, zögerte. Sollte er sie wirklich betreten? Was ging ihn das überhaupt an? In was mischte er sich da ein? Wie immer siegte seine Neugier.

Er machte noch ein paar leichte Schläge mit dem Paddel, dann hatte er das Segelboot erreicht und legte vorsichtig seitlich an. Es knirschte und rumorte. War da doch jemand auf dem Boot, der ihm nur nicht antwortete? Simon spitzte die Ohren und wanderte mit den Augen an der Bordwand entlang. Nichts zu sehen. Er riss sich zusammen; so leicht verlor er üblicherweise nicht die Nerven, und als Segler waren ihm die Geräusche der Wanten und Schoten doch eigentlich vertraut. Er gab sich einen Ruck, vertäute sein Kajak an der Reling und schwang sich auf die Yacht.

Der erste Schritt brachte ihn zu Fall. Er war auf dem feuchten Deck ausgerutscht, fiel der Länge nach hin und stieß sich dabei heftig den Knöchel. Einen Moment blieb er liegen, benommen von dem Sturz, dann rappelte er sich schnell wieder auf. Er musste die Situation im Griff behalten. Sein Fuß tat weh, und er rieb sich den Knöchel. Blut. Seine Finger waren blutverschmiert. Das konnte nicht sein Blut sein. So heftig war der Stoß nicht gewesen. Aber woher kam es dann? Simon blickte nach unten. Er war nicht auf nassem Boden, sondern in einer Blutlache ausgerutscht.

Sein Blick ging wieder hoch und ins Heck des Bootes. Nicht weit von ihm entfernt lehnte dort seitlich an der Bordwand eine Gestalt, der Kopf auf die Brust gesunken. Ein Mann. Hatte er sich gerade bewegt? Einen Augenblick lang fürchtete Simon, er würde sich gleich aufrichten und auf ihn losgehen, oder ein Angreifer, der diesen Mann niedergeschlagen hatte, könnte auftauchen. Simon blieb regungslos, dabei jedoch sprungbereit wie eine Katze. Er hatte gelernt, sich in gefährlichen Situationen zuallererst defensiv zu verhalten, Ruhe zu bewahren und sich einen Überblick zu verschaffen. Noch traute er der Situation nicht, aber hier brauchte jemand Hilfe, das war klar.

Er sah genauer hin. Der Mann war tief in das Bootsheck hineingerutscht, lag dort in sich zusammengesunken, wie tot. Konnte das einer der Zanettis sein? Das Gesicht war nicht zu erkennen. Vielleicht war er ohnmächtig. Die Yacht war hier an Deck nicht besonders groß, mit einem schnellen Schritt war Simon bei dem Mann. Nun sah er auch, dass die Pinne an dessen Knie hängen geblieben war. Das war der Grund, warum das Boot Kurs gehalten hatte, bis es fast mit der Azalea zusammengestoßen war.

Simons Herz schlug wieder langsamer. Er kannte das. Wenn es wirklich brenzlig wurde, überkam ihn eine eigenartige Ruhe. Jetzt sah er auch die klaffende Wunde seitlich am Kopf, aus der das Blut geflossen war. Auch am Baum und am Segel gab es Blutspuren.

War das ein Segelunfall? Womöglich war der Baum gegen den Kopf des Mannes geschlagen. So konnte es gewesen sein, dachte Simon. Wenn es viel Wind gab, man eine Halse fuhr und den Baum nicht unter Kontrolle hatte, konnte das durchaus passieren. Auch ein Freund von Simon war auf diese Weise bei einem Sturm auf dem Chiemsee umgekommen.

Innerhalb von Sekunden registrierten Simons scharfe, adrenalingetränkte Sinne jetzt jedes Detail. Der Mann im Heck war braun gebrannt und athletisch, sein Outfit sportlich und teuer, das Logo der Edelmarke unter dem Blut auf seinem Hemd noch zu erkennen. Um die dreißig Jahre mochte er alt sein, schätzte Simon, während er neben ihm in die Hocke ging. Das alles passte auf die beiden Zanetti-Söhne. Er legte vorsichtig zwei Finger an den Hals des Mannes und suchte seinen Puls. Nichts. Dann hob er dessen Kopf an und sah ihm ins Gesicht. Es war Marco. Marco Zanetti. Seine Augen standen weit offen. Er war tot. Simon hatte in seinem Reporterleben schon viele Leichen gesehen, und sein Blick dafür war untrüglich. Ohne lange zu zögern, griff er zu seinem Handy und alarmierte die Carabinieri.

Es dauerte nur wenige Minuten, bis sich das Schnellboot der Polizei in hohem Tempo von Norden her näherte, aber Simon kam es vor wie eine Ewigkeit. Noch nie hatte er eine so lange Zeit auf so engem Raum mit einer Leiche verbracht. Noch dazu mit einem Toten, den er kannte. Nicht sehr gut, jedoch so gut, dass ihn sein Tod sehr berührte. Beim Warten schweifte sein Blick auf der Yacht umher. Sie war in perfektem Zustand, alles penibel aufgeräumt. An der seitlichen Bordwand war eine rote Segeltasche fixiert, eine von diesen praktischen knallbunten und wasserfesten, die auch Simon benutzte. Sie stand offen, und eine schlanke, elegante Thermoskanne lugte heraus, ohne Zweifel eines der edlen Zanetti-Produkte. Darunter, nicht weit von der Leiche entfernt, lag eine Sonnenbrille, auch ein teuer aussehendes Modell mit breiten Bügeln, in die mit Gold die Initialen *M. Z.* eingraviert waren. Sie musste Marco von der Nase gerutscht sein, als ihn der Baum getroffen hatte oder was immer auf diesem Boot passiert war.

Simon überlegte, wann er dem jungen Mann aus der Fabrikantenfamilie zuletzt begegnet war. Sie liefen sich einige Male im Segelclub von Omegna über den Weg, und Marco war ihm sympathisch gewesen. Er war ein Star im Club, hatte in den letzten Jahren fast alle wichtigen Regatten gewonnen. Auch Simon segelte gelegentlich mit seinem Freund Tommaso bei kleinen Regatten des Clubs mit, immer ohne den Hauch einer Siegeschance. Nach einer der Wettfahrten, die Marco wie stets gewann, hatte Simon mit ihm ein Bier in der Bar des Clubs getrunken, sie hatten ein paar Worte miteinander gewechselt, wahrscheinlich war es ums Segeln und um ihre Boote gegangen, aber näher gekommen waren sie sich nicht.

Das Polizeiboot war nun nicht mehr weit entfernt. Die Carabinieri waren zu dritt an Deck, trotz der Hitze alle drei sehr korrekt und schnittig in Uniform und mit Sonnenbrille auf der Nase. Erst knapp vor dem Segelboot nahm der Polizist, der das Boot steuerte, das Gas zurück; mit einer eleganten Kurve und mächtiger Heckwelle näherten sie sich der Dynamic und legten mit tuckerndem Motor auf Simons Seite an.

»Sie haben uns gerufen?«

»Ja, hier im Boot liegt ein toter Mann. Ich kenne ihn, und Sie werden ihn sicher auch kennen. Es ist Marco Zanetti.«

»Ist das Ihr Kajak? Kommen Sie bitte rüber auf unser Boot.«

Es war eine freundliche, aber bestimmte Aufforderung an ihn, den potentiellen Tatort zu verlassen. Wahrscheinlich wollten die Carabinieri ihn schnell loswerden. Das kannte Simon, und er würde sich dem nicht widersetzen. Aber er würde Mittel und Wege finden, trotzdem an der Sache dranzubleiben, dachte er. Wie immer.

Simon wechselte behände über die Reling auf das Polizeiboot und wurde dort von einem Carabiniere mit einer strengen Geste empfangen, fast so, als würde er in Gewahrsam genommen. Womöglich verdächtigten sie ihn, kam ihm jetzt in den Sinn. Dann würden sie ihn wohl doch nicht so schnell loswerden wollen.

Einer der Polizisten hatte inzwischen seine Uniformjacke ausgezogen, ging an Bord der Yacht, verschaffte sich einen Überblick, ließ dann schnell und routiniert die Segel herunter.

»Es stimmt, der Mann ist tot. Es ist Marco Zanetti«, rief er seinen Kollegen zu. »Wir nehmen das Schiff ins Schlepptau.«

Der Carabiniere am Steuer des Polizeibootes warf dem Mann auf der Yacht ein Tau zu, das der sofort fachmännisch am Bug des Segelschiffs befestigte. Dann sprang er mit einem sportlichen Satz zurück auf das Polizeiboot.

»Ihr Kajak schleppen wir mit ab«, wandte er sich an Simon. »Sie kommen mit uns aufs Revier.«

3

Simon wartete jetzt schon eine Stunde auf dem Revier von Omegna. Er hatte Hunger und er war erschöpft. Sein Hemd war verschwitzt, seine Sneaker waren noch immer voller Blut. Nur seine Hände hatte er in einem schäbigen kleinen Badezimmer waschen können. Die Carabinieri ließen sich Zeit. Was wollten sie von ihm? Sollte das eine Zeugenbefragung werden, oder verdächtigten sie ihn, mit dem Tod von Marco Zanetti etwas zu tun haben? Simon starrte entnervt an die Wand des Wartezimmers.

Das Augustblatt des Polizeikalenders, der dort hing, zeigte eine tief dekolletierte Gina Lollobrigida und einen lächelnden Vittorio de Sica in Polizeiuniform. Auf diese Kalender war Simon zum ersten Mal vor vielen Jahren in Süditalien gestoßen, als jemand sein Auto aufgebrochen und er das angezeigt hatte. Damals hatte er eine Ewigkeit in einem augustheißen Wartezimmer auf dem Revier gesessen, bis endlich ein junger Polizist seinen Fall, mit einem Finger in eine altertümliche Schreibmaschine tippend, aufnahm. Auch an der Wand dieses Reviers hatte so ein Kalender gehangen. Der war damals allerdings sehr viel martialischer gewesen. Offenbar hatte sich da etwas verändert, und es war ein schöner Gedanke, fand Simon, dass heutzutage auch die Polizei Augen für die Schönheiten des Kinos hatte.

Endlich ging die Tür zum Wartezimmer auf, und der Carabiniere, der das Polizeiboot gelenkt hatte, rief Simon zu sich. Nachdem sie in Omegna angekommen waren, war er alleine mit ihm den kurzen Weg hoch zu dem hinter dem Marktplatz gelegenen Revier gegangen, während seine Kollegen im Hafen bei der Dynamic geblieben waren. Auf der Fahrt mit der Yacht im Schlepptau hatten die jungen Männer nicht mehr mit ihm gesprochen, und unterwegs mit dem Carabiniere zum Revier schien es Simon, als ob nicht viel dazu fehlte, dass er ihm Handschellen anlegte.

Jetzt nahm er seine Personalien auf, nicht umständlich wie damals in Süditalien, sondern schnell und routiniert. »Ihr Vorname, Signor Strasser, ist Simon oder Simone?«

»Simon.« Zu weiteren Erläuterungen sah er gegenüber diesem Carabiniere keinen Anlass. Seine Eltern hatten ihn Simon getauft, aber seine italienische Mutter hatte ihn immer Simone gerufen, was ihm als kleiner Junge peinlich gewesen war, weil der italienische Männername ihn in Deutschland zu einem Mädchen machte und er deshalb den Spott seiner Altersgenossen hatte ertragen müssen. Das saß tief, und bis heute legte er daher Wert darauf, Simon genannt zu werden, auch wenn er nun in Italien lebte.

»Und Sie haben also die deutsche und die italienische Staatsangehörigkeit?«, fragte der Carabiniere in einem Ton, als ob allein schon diese Tatsache etwas Anrüchiges hatte.

»Ja, meine Mutter war Italienerin, mein Vater Deutscher. Ich bin aber in Frankfurt aufgewachsen.« Wie immer, wenn seine halbitalienische Herkunft zum Thema wurde, meinte Simon, sich sofort für sein nicht ganz perfektes Italienisch entschuldigen zu müssen. Er war nicht zweisprachig aufgewachsen, hatte sich erst spät auf seine italienischen Wurzeln besonnen und die Sprache dann als Erwachsener gelernt.

Seine Mutter, die sich das Deutsche erstaunlich schnell angeeignet hatte, hatte zwar aus Simon Simone gemacht, aber sonst fast nie mit ihm und seinem Bruder Italienisch gesprochen, außer wenn sie wütend war oder ihnen Kinderlieder vorsang. Simon warf ihr das später vor, obwohl er wusste, dass das ignorant war. Ihr Versäumnis war dem angestrengten Bemühen geschuldet, sich in ihrer neuen deutschen Heimat kulturell vollkommen einzufügen, und wenn ihr selbst das schon nicht wirklich gelang, wollte sie zumindest ihren Söhnen diese Chance geben.

Es war Anfang der sechziger Jahre gewesen, Wirtschaftswunderzeit, als seine Eltern sich begegnet waren. In Rimini. Ausgerechnet, sagte Simon immer, wenn es um dieses Ereignis ging. Seinen Vater hatte das Südweh über die Alpen getrieben, auf einem alten Motorrad, mit dem er gerade so über den Brennerpass und bis an die Adria gekommen war. Tatsächlich fand er im Sehnsuchtsort der Deutschen die erträumte Francesca, und sie war ihm nach Frankfurt gefolgt. Es gab ein Foto seiner Eltern am Strand von Rimini, das Simon in einer Schublade in seinem Haus in Ronco aufbewahrte. Seine schöne Mutter im quietschgelben Strandkleid, braun gebrannt, sein damals schon etwas dicklicher Vater in kurzen Hosen und mit Strohhut, natürlich ein *gelato* in der Hand, beide strahlend. Viel war von diesem Glück in *Germania* nicht geblieben, seine Mutter fühlte sich dort nie ganz heimisch. Sein Vater hatte es im Nachkriegsdeutschland zu etwas gebracht. Zwei Söhne hatten Simons Eltern in die Welt gesetzt, aber es schwer miteinander gehabt, und beide waren früh gestorben. Hinterlassen hatten sie ihnen ein stattliches Erbe, Simon aber vor allem die alte Sehnsucht nach Italien und die ewige Zerrissenheit.

Der Carabiniere sah von seinem Computer auf und blickte ihn an. Undurchdringlich, hätte Simon gesagt, wenn ihm diese Beschreibung nicht so abgegriffen vorgekommen wäre. »Sie waren also mit Marco Zanetti zusammen auf dem Boot?«

»Nein, natürlich nicht. Er war alleine. Ich habe das Boot von meiner Terrasse in Ronco aus beobachtet und bin dann mit meinem Kajak dahin gepaddelt, um zu sehen, was da los ist. Die Yacht ist ja vorher fast mit der Azalea zusammengestoßen. Sie sollten den Kapitän dazu befragen.«

»Wir entscheiden selbst, wen wir befragen, dazu brauchen wir Ihre Ratschläge nicht, Signor Strasser. Sie behaupten also, Sie haben das Segelboot von Ihrem Haus aus beobachtet, sind dann dorthin gefahren, haben den toten Zanetti an Bord entdeckt und uns dann alarmiert? Sie haben viel Blut an Ihren Schuhen. Kann es nicht doch sein, dass Sie mit ihm auf dem Boot waren und dass Sie mit ihm gestritten haben? Dabei ist es dann zu Handgreiflichkeiten gekommen, und Sie haben ihm einen tödlichen Schlag versetzt.«

»Nein.« Auch Simons Ton war nun scharf. »Wie ich Ihnen bereits gesagt habe: Ich habe Marco Zanetti tot auf seiner Yacht gefunden. Sie haben ja mit eigenen Augen gesehen, dass ich mit meinem Kajak da war. Ich weiß natürlich nicht, was auf dem Boot passiert ist. Vielleicht war es einfach nur ein Segelunfall, der Baum hat ihn am Kopf erwischt …«

»Sie müssen uns nicht auf die Sprünge helfen, Signor Strasser. Wir finden schon selbst heraus, was auf dem Boot passiert ist.«

In diesem Moment ging die Tür auf, und Maresciallo Carla Moretti kam herein.

»*Buongiorno*, Simone.« Die Polizistin ging schwungvoll auf ihn zu und schüttelte ihm die Hand. »*Tutto a posto?*«

Simon war sofort aufgestanden und Carla, die auch in ihrer eng geschnittenen dunklen Uniformhose und in hellblauem Polizeihemd *bella figura* machte, entgegengegangen. Der Carabiniere, der das Protokoll aufnahm, blickte von seinem Schreibtisch aus erstaunt zwischen seiner Vorgesetzten und Simon hin und her.

»Ich habe schon gehört«, sagte Carla Moretti lächelnd mit ihrer sehr tiefen Stimme. »Sie waren mal wieder vor uns am Tatort. Immer mit der Spürnase vorneweg. Sie haben sich also kein bisschen verändert.«

Simon und Carla waren alte Bekannte. Sie hatten sich vor zwei Jahren kennengelernt, als Simon sich mehr oder weniger zufällig in den Fall eines ertrunkenen Arztes hatte verwickeln lassen, ein Unglück, das sich als Mord entpuppte und an dessen Aufklärung er mitgewirkt hatte.

Carla Moretti war noch schmaler geworden, seit Simon sie zum letzten Mal gesehen hatte. Sie war vielleicht Mitte dreißig, schätzte er, hatte tiefschwarzes, sehr kurzes Haar, eine Stupsnase, grüne Augen und eine außergewöhnlich hohe Stirn, die sie nicht unbedingt schöner, ihr Gesicht aber erst wirklich interessant machte. Früher hätte man eine Frau wie sie apart genannt, dachte er. Sie gehörte zu den Italienern, die ihn stets mit »Simone« ansprachen, ob bewusst oder aus Unwissenheit, wusste er nicht, aber bei ihr gefiel ihm das, er las es als Zeichen der Akzeptanz und Vertrautheit.

»Hat Franco Sie auf frischer Tat ertappt, Simone?«, fragte Carla sichtlich amüsiert. Sie schien ihre Leute gut zu kennen. Dann wandte sie sich an den Carabiniere, der sich jetzt förmlich hinter seinem Computer zu verstecken schien. »Senta Franco, Signor Strasser ist Journalist, er war früher Polizeireporter bei einer großen deutschen Zeitung, eine echte Spürnase. Eigentlich müssten Sie sich an ihn erinnern. Er hat uns schon vor zwei Jahren bei der Aufklärung eines Falls auf die Sprünge geholfen, als es um diesen Arzt ging, der in Pettenasco ermordet worden ist.«

Auf die Sprünge geholfen – Simon freute sich insgeheim, dass Carla Moretti die gleiche Redensart wählte, die der Carabiniere zuvor benutzt hatte, um ihn in die Schranken zu weisen.

Die Polizistin nahm eine Notiz aus ihrer Hosentasche und wurde ernst. So kannte Simon sie, als eine Frau, die stets ohne Umschweife zur Sache kam. »Sie waren also Zeuge dieses Vorfalls auf dem See, Simone, und haben Marco Zanetti auf seiner Yacht gefunden. Der Kollege hier hat Sie ja sicher schon dazu befragt. Ist Ihnen denn etwas auf dem Boot aufgefallen, bevor Sie uns gerufen haben?«

»Ihr Kollege war mehr damit beschäftigt, mich als Mörder zu überführen.« Simon warf Franco nun ebenfalls ein Lächeln zu. »Aber um Ihre Frage zu beantworten: Nein, mir ist nichts aufgefallen. Ich war auf meiner Terrasse in Ronco und habe das Ganze erst mal von da aus beobachtet. Das sah aus wie eine Geisterfahrt. Ich wollte wissen, was da los ist, bin mit dem Kajak zur Yacht gepaddelt und habe Marco tot aufgefunden. Da ist mir allerdings auch nichts aufgefallen. Jedenfalls nichts, was Sie und Ihre Leute und die Spurensicherung nicht auch sehen werden.«

»Dann lassen wir die Spurensicherung erst mal ihre Arbeit machen«, sagte Carla. »Ich werde jetzt der Familie die traurige Nachricht überbringen. Und Sie, Simone, fahren nach Hause. Ich glaube, auch der Carabiniere ist damit einverstanden.« Carla schenkte dem Kollegen hinter dem Computer noch ein ironisches Lächeln, dann wandte sie sich erneut an

Simon: »Ich melde mich morgen wieder bei Ihnen, Simone. Vielleicht fällt Ihnen ja doch noch etwas ein, was Sie bemerkt haben. Wie kommen Sie denn zurück nach Ronco?«

»Das Kajak des Signore liegt unten am Hafen«, kam ihm Franco zuvor. »Ich kann ihn ja mit dem Streifenwagen dorthin bringen.«

Das soll wohl eine Entschuldigung sein, dachte Simon. »Danke, nein, ich finde den Weg schon alleine.«

Die Zanetti-Yacht war am Hafen nicht mehr zu sehen, wahrscheinlich war sie von der Spurensicherung weggebracht worden. Aber Simons Kajak lag ruhig im Wasser, dort, wo es die Carabinieri vor rund zwei Stunden an der Hafenmauer festgebunden hatten. Er machte das Boot los. Gut sieben Kilometer waren es bis Ronco, und eigentlich hatte er keine Lust auf diese lange Fahrt, hungrig und erschöpft, wie er war.

Missgestimmt paddelte er los, aber dann tat es ihm doch gut, stimmte ihn gelassener und entspannter. Er fuhr direkt am Ufer entlang, zunächst noch mit unregelmäßigen Schlägen, dann wurde sein Takt ruhiger und gleichmäßiger. Er mochte die Geräusche, das helle Glucksen, wenn er das Paddel eintauchte, das Rauschen des Kajaks im Wasser. Mit winzigen Bewegungen konnte er es lenken und genoss es, die Verbindung von Körper und Boot zu spüren.

In Ronco ließ er das Kajak auf den Strand gleiten. Es ging ihm jetzt besser, aber er musste dringend etwas essen. Auch wenn ihn der Tod von Marco berührte, war ihm der Leichenfund nicht auf den Magen geschlagen. Simon war nicht abgebrüht, aber er hatte seine Gefühle im Griff. Natürlich war es etwas anderes, wenn man am Tatort auf einen Toten traf, den man kannte. War es denn überhaupt ein Tatort? Was war da passiert? Es hatte doch alles nach einem Segelunfall ausgesehen. Aber Simons Instinkt sagte ihm, dass irgendetwas nicht stimmte.

Er würde sich nun erst mal seiner Pasta widmen. Der Gedanke an das Geschehen auf dem See ließ ihn allerdings für den Rest des Tages nicht los.

4

Am nächsten Morgen wachte Simon schon um sechs Uhr auf. Die Stunden im ersten Tageslicht waren in diesem heißen August die schönsten. Das Dorf schlief noch, und die über den Hügeln der anderen Seeseite aufgehende Sonne überzog Ronco mit einem rosafarbenen Schimmer. Ein leichter Windzug ging über den See und bewegte ihn sanft; die Wellenkämme blinkten silbern. Simon war schon im Wasser gewesen und saß nun fast ein wenig fröstelnd auf der Terrasse in der noch angenehm kühlen Morgenluft.

Er sah auf den See hinaus und dachte an Marco Zanetti. Sein Tod ließ ihn nicht los. Schon als er aufgewacht war, waren ihm die Szenen vom Vortag wieder vor Augen gekommen, die führungslose Yacht, der blutüberströmte Tote im Heck. Was war da passiert? Er würde versuchen, im Lauf des Tages mehr zu erfahren. Bestimmt würde auch Carla Moretti sich melden und ihm mehr über das Geschehen auf dem See berichten. Jedenfalls würde er nichts überstürzen, auch wenn sein Wissensdrang noch so groß war.

Gelassenheit war schon immer sein größter Trumpf gewesen. Natürlich war in seinem alten Job als Polizeireporter Geschwindigkeit ein wichtiger Faktor, es war entscheidend gewesen, wer von den Kollegen die Nase vorn hatte, als Erster am Tatort war, zuerst an eine entscheidende Information herankam. Auch Simon war immer schnell gewesen, und wenn er einmal eine Fährte aufgenommen hatte, war er davon nicht mehr abzubringen. Aber er hatte gelernt, Ruhe zu bewahren und geduldig zu sein, und er wusste, dass er damit letztlich am ehesten an sein Ziel kam.

Im Dorf war es noch ganz still; auch die Hornissen schienen noch nicht zur Arbeit angetreten zu sein. Das war ein Gedanke wider besseres Wissen, denn Simon, der sich gefragt hatte, wie er das Nest über seiner Terrasse loswerden könnte, hatte sich vor einiger Zeit im Internet über diese Insekten kundig gemacht. Hornissen schliefen nicht, nur manchmal verharrte auf einmal der gesamte Schwarm für kurze Zeit unbewegt. Vielleicht war das gerade der Fall. Es waren eigentlich friedliche Tiere, hatte er bei seiner Recherche gelernt, die einem nichts taten, wenn man ihre Kreise nicht störte.

Dennoch hatten die meisten Leute im Dorf Angst vor den *calabroni*, genauso wie vor den harmlosen Schlangen, die an manchen Tagen im See unterwegs waren, aussahen wie große Regenwürmer und ihre kleinen Köpfe aus dem Wasser reckten wie Brustschwimmer. Simon belächelte die Furchtsamkeit seiner Nachbarn etwas, aber er musste zugeben, dass die schiere Größe der Hornissen einen tatsächlich erschrecken konnte, und als er das Insekt in seinem Arbeitszimmer tottrat, hatte er das gewissermaßen im Affekt getan. Er nippte an seinem Cappuccino und biss in eine Brioche vom Vortag. Anders als Wespen hatten Hornissen keinen Appetit auf Marmelade und Schinken und ließen ihn in Ruhe frühstücken.

Nicola schlief noch oben in ihrem Zimmer. Über lange Zeit war die junge Frau nicht Teil seines Lebens gewesen, aber dennoch war sie wie eine Tochter für ihn, und umgekehrt war auch er ein Vater für sie. Einen anderen hatte sie nicht, denn ihr leiblicher schlich sich schon vor ihrer Geburt aus ihrem Leben. Simon hatte in ihren ersten Lebensjahren dessen Stelle eingenommen, bis Nicolas Mutter, als er sich nach ein paar Jahren von ihr trennte, den bis dahin innigen Kontakt zwischen ihm und ihrer kleinen Tochter strikt unterband.

Dann tauchte Nicola im vorletzten Jahr überraschend bei ihm in Italien auf, kurz nach ihrem Abitur. Ganz selbstverständlich. Sie war ohnehin eine beherzte junge Frau, keine, die lange zögerte, und sie fing schnell Feuer für Italien. Das Land kam ihrem Temperament entgegen, sie lernte Italienisch mit großer Leichtigkeit, sprach es inzwischen fast perfekt und ganz ohne Akzent, und sie blieb schließlich dort. Es war eigenartig. Simon fand diese durch und durch deutsche junge Frau viel italienischer als sich selbst. Sie hatte begonnen, in Pavia Kunstgeschichte zu studieren, war dort in eine Wohngemeinschaft gezogen. Aber es war dann wohl einiges schiefgelaufen. Ihre in Köln lebende Freundin hatte sich von ihr getrennt, vielleicht weil die Entfernung zwischen ihnen zu groß war, und Nicola hatte ihr Studium in Pavia abgebrochen.

Nun lebte sie seit ein paar Monaten bei ihm. Wenn man das so nennen konnte. Hatte sie anfangs seine Nähe gesucht, ging sie seit einiger Zeit ganz in ihrer eigenen Welt auf, erzählte nicht mehr viel von sich und verkehrte in einer Szene von jungen Aussteigern, vor allem Deutsche und Schweizer, die sich in einem verlassenen Haus in einem Dorf auf der anderen Seeseite einquartiert hatten.

Tagsüber jobbte sie in einer Bar an der Piazza im wunderschönen Orta San Giulio, dem Touristenmagnet am See, und verdiente sich damit ihr eigenes Geld. Simon hatte ihr einen alten Fiat Panda geschenkt, mit dem sie immer unterwegs war. Gestern war sie spät mit ihrem Hund, einem jungen Terrier, den sie Buffon genannt hatte und der nie von ihrer Seite wich, nach Hause gekommen, begrüßte Simon nur kurz und war sofort in ihr Zimmer verschwunden.

Sie lebten nicht in Unfrieden miteinander, aber es war, als hätte sich eine Milchglasscheibe zwischen sie geschoben. Vor zwei Jahren, als sie ihn nach den vielen Jahren der Trennung zum ersten Mal in Ronco besucht hatte, war sie wie eine Naturgewalt in sein Leben zurückgekehrt. Fast ein wenig zu direkt, zu offenherzig und rückhaltlos hatte er sie zunächst gefunden. Dann hatte er sich an ihre unverstellte Art, an ihren burschikosen Schwung gewöhnt, ja, sie hatte begonnen ihm sehr zu gefallen, vielleicht gerade deshalb, weil er selbst so ganz anders war.

Als sie sich dann in den letzten Wochen immer mehr abgeschottet hatte, schmerzte das Simon, aber er zeigte es nicht und sprach sie erst recht nicht darauf an; das war nicht seine Art. Er war Journalist, aber wie viele Journalisten eher wortkarg, kein besonders kommunikativer Typ. Das war ähnlich wie bei Komikern, fand er. Die waren im wirklichen Leben oft auch nicht besonders lustig. Nicola würde schon wieder die Alte werden, sagte er sich, oder einen neuen Weg finden. Allerdings war er davon nicht mehr ganz so überzeugt, seit das Gefühl von Fremdheit zwischen ihnen nun schon seit einigen Wochen anhielt.

Die Rolle des Vaters, die Nicola ihm schon als Kind und bis heute selbstverständlich zuwies, war für ihn noch immer ungewohnt. Ob das anders gewesen wäre, wenn Nicola seine leibliche Tochter und in seinem Leben immer an seiner

Seite gewesen wäre, hätte er, wenn er ehrlich war, nicht sagen können. Er liebte sie wie eine Tochter, und wenn sie »Papa« zu ihm sagte, was in letzter Zeit allerdings nur noch selten vorkam, gefiel ihm das. Aber er war ganz sicher kein väterlicher Typ. In jedem Fall nicht der Typ Vater, den die extrovertierte Nicola erwartet hatte, das spürte er. Natürlich idealisierte sie ihn in den Erinnerungen an ihre Kindheit. Und wahrscheinlich fand sie ihn heute zu ernst und zu abgeklärt. Zu deutsch. War er das? Natürlich war er deutsch, auch wenn seine Mutter Italienerin gewesen war und er jetzt in Italien lebte. Aber er war schließlich in Deutschland groß geworden, hatte dort fast sein ganzes Leben verbracht. Und ernst? Nüchtern, fand er, passte eher. Abgeklärt? In seinem Gefühlsleben war er das bestimmt nicht. Aber nach außen mochte er wohl so wirken.

Simon vertrieb den Gedanken an Nicola. Und auch den an Luisa im fernen Frankfurt. Im Moment hatte er nicht gerade Glück mit seinen Frauen. Das Selbstmitleid, das da gerade in ihm hochkam, musste er schnell loswerden. Er machte sich einen Espresso, setzte sich an den Computer und rief den Artikel auf, an dem er zurzeit arbeitete. Auch dabei ging es, wie der Zufall es wollte, um Zanetti. Es war eine Auftragsarbeit, ein Wirtschaftsporträt für den *Schotter*, und er war in Verzug. Als er an seinem Schreibtisch saß, die Unterlagen zur Jahresbilanz der Firma studierte, die ihm die Pressesprecherin von Zanetti bereitwillig überlassen hatte, konnte er sich nicht auf die Zahlen konzentrieren. Immer wieder gingen seine Gedanken zurück zu Marco Zanetti und der Frage, was auf dem See passiert war. Sein Handy war still geblieben. Carla Moretti hatte noch nichts von sich hören lassen.

Es hielt ihn nicht an seinem Schreibtisch. Er wollte zumindest erfahren, ob sich die Nachricht vom Tod des jungen Mannes schon herumgesprochen hatte und was man sich darüber erzählte. Dafür gab es keinen besseren Ort als Linos Bar im drei Kilometer entfernten Pella. Die war ohnehin Simons zweites Zuhause. Bei Lino trank er fast an jedem Vormittag seinen Cappuccino und las dazu die *Frankfurter Nachrichten*, das Blatt, für das er gut drei Jahrzehnte gearbeitet hatte.

Kam Simon in die Bar, lag es immer schon für ihn bereit, allerdings die Deutschlandausgabe; es fehlten die lokalen Seiten. Natürlich hätte er die Zeitung auch zu Hause auf seinem iPad lesen können, aktueller und mit den Nachrichten aus Frankfurt. Aber für ein bisschen Nostalgie musste in seinem digital hochgerüsteten Leben doch Platz sein, fand er, und genoss es, wenn er in der Bar saß und das Papier durchblätterte.

5

In wenigen Minuten war Simon mit seiner Vespa in Pella. Aber es war noch zu früh. Schon als er seinen Roller vor der Bar abstellte, sah er durch die Glastür, dass noch nichts los war. Es war Ferienzeit. Die umliegenden Fabriken machten in der Woche vor Ferragosto fast alle dicht. Der schnelle Espresso und die warme Brioche vor Arbeitsbeginn waren im Moment nicht gefragt.

Wie jeden Morgen hatte Lino einen Ständer mit den Aufmachern der Regionalnachrichten von *Il Giorno* vor die Tür gestellt: Die Brände infolge der anhaltenden Hitze weiteten sich aus; ein Motorradunfall auf der Seeuferstraße hatte ein Todesopfer gefordert. Die Nachricht vom Tod Marco Zanettis hatte die Presse offenbar noch nicht erreicht.

Simon betrat die Bar und wurde von Lino lauthals begrüßt. Seine Zeitung lag schon für ihn bereit, und auch der Fernseher lief wie immer. Simon hatte den Barchef im Verdacht, dass er ihn nie abschaltete. Lino hantierte an der Espressomaschine, und es dauerte nur ein paar Sekunden, bis er den Cappuccino mit Schwung vor ihn auf die Theke stellte. Simon war dort stehen geblieben, hatte wenig Lust verspürt, sich an einen der Tische in der verwaisten Bar zu setzen – wie bestellt und nicht abgeholt. Was für ein komischer Ausdruck das war. Ob es ein italienisches Pendant gab? Es fiel ihm keines ein.

Simons Repertoire an idiomatischen Redewendungen im Italienischen war durchaus groß, aber er vermied sie im Allgemeinen. Er fand, dass man sich damit lächerlich machte, wenn man kein Muttersprachler war und eine Sprache nicht vollkommen perfekt beherrschte. Sein Italienisch war zwar inzwischen sehr gut und fast akzentfrei, aber wenn er es sprach, kam er sich noch immer ein wenig vor wie ein Schauspieler.

»*Tutto a posto, giornalista?*«, fragte Lino.

»*Sì, tutto a posto.*«

Lino empfing ankommende Gäste gerne mit einem Wortschwall, bei Simon hielt er sich jedoch zurück. Obwohl sie sich schon seit Jahren kannten, fast jeden Tag sahen, flößte ihm der wortkarge Journalist, der aus der deutschen Metropole an den See gekommen war, wohl noch immer Respekt ein. Oder Lino findet mich einfach nur seltsam, dachte Simon. Er nahm seine Zeitung und vertiefte sich in den Sportteil.

Es dauerte keine fünf Minuten, bis drei Frauen in die Bar kamen. Eine von ihnen kannte Simon vom Sehen. Catarina, wie immer sehr elegant in einem hellen Leinenkleid, war Sekretärin in der Werft in Pella, wohin er häufig mit seinem Motorboot zum Tanken fuhr und die wie Linos Bar ein Umschlagplatz für Informationen am See war. Catarina winkte Simon freundlich zu und bestellte Cappuccino für sich und ihre Begleiterinnen.

Die beiden Frauen, mit denen sie gekommen war, beide von etwas fülligerer Statur, in engen Jeans, die eine platinblond und kurzhaarig, die andere dunkel und sehr braun gebrannt, steuerten schon laut miteinander palavernd einen der Plastiktische am Fenster an. Catarina kam dazu, ein Tablett mit den Cappuccino-Tassen vor sich, setzte es vorsichtig ab, sagte etwas, und alle drei lachten. Simon verstand nicht, worum es ging, der Tisch der Frauen war zu weit weg, aber der tote Segler war sicher nicht das Thema. Nach einer Weile wurde das Gespräch der Frauen leiser und ernster, und Simon schnappte den Namen Marco Zanetti auf. Er spitzte die Ohren.

Auch Lino hatte offenbar nur auf das Stichwort gewartet, um an den Tisch der drei Frauen zu eilen und sich endlich einzumischen. »Marco Zanetti ist tot, oder? Beim Segeln verunglückt, habe ich gehört. In der Zeitung steht aber heute noch nichts. Wisst ihr denn Genaueres?«

»Nein, keine Ahnung.« Das war Catarina. »Die Carabinieri waren gestern am Abend noch bei uns in der Werft und wollten wissen, ob wir etwas mitbekommen haben, Marco oder sein Boot gesehen haben. Er ist wohl von hier in Richtung Omegna gesegelt. Jedenfalls ist sein Boot auf der Strecke fast mit der Azalea zusammengestoßen. Die ist im letzten Moment noch ausgewichen. Die Carabinieri sind dann mit dem Schnellboot hin und haben Marco gefunden. Tot. Mehr weiß ich nicht. Die Carabinieri wollten nicht sagen, was passiert ist. Es sah ganz so aus, als ob sie es selbst nicht wüssten.«

»Wie alt war der denn eigentlich?«, fragte die Braungebrannte.

»Keine Ahnung, vielleicht um die dreißig. Ein attraktiver Kerl … Der hätte mir gefallen.« Das war jetzt die Platinblonde.

»Ich weiß nicht, ob der sich für dich interessiert hätte, *bellissima*«, sagte Lino grinsend. »Es gab da so Gerüchte …«

»*Basta*, hör auf.« Das kam schneidend von Catarina. »Deine Tratscherei kann einem wirklich auf die Nerven gehen.« Sie erhob sich und forderte ihre Begleiterinnen mit einem schnellen Blick ebenfalls zum Gehen auf. »Ich muss sowieso los. Wir haben alle Hände voll zu tun in der Werft. Im Moment ist es total voll am See, und alle wollen ein Boot ausleihen. Und dann auch noch der Cusio Cup an Ferragosto …«

»Stimmt, der Cusio Cup«, meldete sich Lino unbeirrt wieder zu Wort. »Da wäre der Marco doch mitgesegelt. Und bestimmt hätte er wieder gesiegt, er war ja ein super Segler. Vielleicht hat sich da ja jemand einen Konkurrenten vom Hals geschafft … Und wer weiß, ob das Ganze jetzt nicht abgesagt wird.«

»Glaube ich nicht«, fiel ihm Catarina wieder ins Wort, legte ein paar Euro auf die Theke und verließ die Bar, ihre Freundinnen im Schlepptau.

»*Hai capito, giornalista?* Marco Zanetti ist tot, ist verunglückt«, wandte sich Lino jetzt an Simon, nicht bereit, das Thema so schnell aufzugeben.

Simon stand noch an der Theke, hatte seine Zeitung weggelegt. Aber auch er hatte keine Lust mehr auf das Gerede von Lino. Ein wenig fühlte er sich allerdings durch Catarina ertappt. Neugierig zu sein und Gebrauch zu machen von Indiskretionen hatte nun mal immer zu seinem Reporterleben gehört. Ein solches Unbehagen an der eigenen Rolle war aber nie von Dauer, dafür war er schon zu lange Journalist.

»*Sì*, Lino, *ho capito. Fa un caldo mortale*«, beendete Simon kurzerhand das Gespräch. Mit dieser Bemerkung über die mörderische Hitze war ihm schließlich doch eine idiomatische Redewendung herausgerutscht.

Er bezahlte seinen Cappuccino und verließ die Bar. Fast wäre er auf dem Bürgersteig mit einem jüngeren Mann zusammengestoßen, der gerade einen der Tische draußen unter den Sonnenschirmen ansteuerte. Wallende schwarze Mähne, tief in den Nacken gekämmt, obenauf eine Schirmkappe, verspiegelte Sonnenbrille. Davide Longhi. Wie immer sehr gut und teuer gekleidet, was seine halbseidene Ausstrahlung nur unterstrich. Ihm und seinem älteren Bruder Claudio war Simon von ganzem Herzen abgeneigt. Davide war Anfang dreißig und managte die Tourismusorganisation der Region, während Claudio den Familienbetrieb übernommen hatte und einer der großen Wasserhahnproduzenten am See war. Er stellte Luxusarmaturen her, die er unangefochten von der Krise und der chinesischen Konkurrenz in Showrooms in New York und Paris ausstellte und die sich nach wie vor sehr gut verkauften.

Die *fratelli* Longhi gehörten zur hiesigen Prominenz, und sie verkörperten alles, was Simon an einem bestimmten Typus von italienischen Männern provozierte. Die Cleverness, die Vetternwirtschaft, den blendenden Charme. Er hätte nicht sagen können, wem der beiden Brüder er lieber aus dem Weg ging. Was wahrscheinlich auf Gegenseitigkeit beruhte. Simon hatte einmal auf einer Veranstaltung vehement das Wort gegen die Pläne Davides ergriffen, aus einer brachliegenden Fabrik am Seeufer ein Luxusresort zu machen, und er hatte sich damit viel Sympathie bei den Zuhörern und zugleich die Feindschaft des Managers eingehandelt. Aus dem Resort war bisher nichts geworden, und ein klein wenig war das wohl auch der am See vielbeachteten Brandrede Simons geschuldet.

»*Ciao, tedesco. Come va?*« Das war Davides Standardbegrüßung, wenn sie aufeinandertrafen. Was sich für einen Außenstehenden freundlich anhören mochte, aber nicht so gemeint war.

»*Bene*«, antwortete Simon, ging mit schnellen Schritten an Davide vorbei zu seinem Roller und fuhr nach Hause.

6

Der Himmel hatte sich zugezogen, und es war jetzt am späten Nachmittag drückend schwül. Dunkle Wolken ballten sich um den Mottarone, den fünfzehnhundert Meter hohen Hausberg, der Lago Maggiore und Lago d'Orta voneinander trennte. In den vergangenen Tagen hatte der Himmel oft scheinbar das Gewitter angekündigt, auf das alle warteten, aber dann verzogen sich die Wolken zum Abend hin wieder, ohne dass auch nur ein Tropfen Regen gefallen war. Die Kastanienwälder rund um den See hatten schon dürre, braune Blätter; ständig brachen Brände aus. Dann kam das Wasserflugzeug angeflogen, ähnlich dickleibig und brummend wie eine Hornisse, setzte auf dem See auf und schaufelte das Nass in seine Tanks. Wenn es dann wieder durchstartete, schien es einen Moment durch sein zusätzliches Gewicht vom Wasser festgehalten zu werden, bis es langsam und schwerfällig abhob und zum Löschen in die Ferne verschwand.

Simon hatte sich einen Eistee mit Zitrone zubereitet und arbeitete wieder an seinem Zanetti-Artikel. Dafür hatte er vor kurzem Filippo Zanetti, Marcos Bruder, interviewt. Er war der Ältere der beiden, und er war es auch, der mit seinem Vater in der Firma die Fäden in der Hand hielt. Filippo war bei ihrer Begegnung auskunftsfreudig und charmant gewesen, aber Simon hatte ihn nicht besonders sympathisch gefunden, fast zu entgegenkommend, sehr selbstsicher und zugleich kontrolliert war er gewesen. Ein aalglatter Manager, wäre Simon versucht gewesen ihn zu beschreiben, wäre da nicht, wie bei jedem guten Journalisten, die Klischeeschere in seinem Kopf gewesen. Und sympathisch musste Filippo Zanetti schließlich nicht sein, um seine Weltfirma auf Kurs zu halten, was ihm auch in Krisenzeiten bisher gut gelungen war.

Eine Nachbarin, die bei Zanetti in der Designabteilung arbeitete, diente Simon als weitere Informationsquelle. Die schöne Anna war vor zwei Jahren nach Ronco gezogen und lebte dort allein mit ihrer Hündin Emma, die das Wasser liebte wie ein Fisch. Mit ihren vielleicht fünfunddreißig Jahren, wie Simon schätzte, senkte Anna den Altersdurchschnitt im Dorf erheblich. Auch wenn sie zurückhaltend mit ihrem Wissen umging, hatte er von ihr erfahren, dass man immer schon den jüngeren Bruder aus den Weichenstellungen in der Firma herausgehalten hatte. Marco Zanetti hatte das zunächst akzeptiert, vor einiger Zeit jedoch einen Versuch unternommen, gegen die Geringschätzung durch seine Familie anzugehen. Er hatte eine neue Produktlinie vorgeschlagen und war damit gescheitert.

Zanetti verdankte seinen Erfolg dem klassischen, durch das Bauhaus inspirierten Design, und dieser Linie wollten Vater und Bruder auch und gerade in Krisenzeiten treu bleiben, während Marco ein fast schriller Stil vorschwebte, für dessen Gestaltung er mit sehr jungen Designern, die er in Mailand kennengelernt hatte, zusammenarbeiten wollte. Er wurde von der Familie rigoros gebremst, und Anna ließ durchblicken, dass dabei nicht nur geschäftliche Motive eine Rolle gespielt hatten.

Marco war ein bunter Hund gewesen, lebenslustig, gut aussehend und genussfreudig. Simon hatte ihn ziemlich redselig in Erinnerung, und dass er manchmal etwas zu dick auftrug. Aber er wirkte gleichzeitig verletzlich und war ein netter Kerl, fand Anna. Was allerdings auch bei ihr ein wenig abschätzig klang.

Der zwei Jahre ältere Bruder hingegen verkörperte ganz die dezente Eleganz der italienischen Bourgeoisie, mit schmalen Manschetten an zart gestreiften Maßhemden, bläulichen Krawatten und nie einem Glas Wein zu viel. Filippo hatte an der Elite-Hochschule für Italiens Wirtschaftsnachwuchs, der Bocconi-Universität in Mailand, studiert, während Marco, der das Abitur nur mit Mühe geschafft hatte, direkt in den Familienbetrieb eingestiegen war und mit wenig verantwortungsvollen Aufgaben in der Marketingabteilung betraut wurde.

Ob er sich womöglich etwas angetan hatte? Aus Verzweiflung über seinen Misserfolg in der Firma? Sich mit Absicht in den Tod gesteuert hatte? Also selbst dafür gesorgt hatte, dass der Baum ihn erschlug? Das wäre gar nicht so einfach gewesen, einem exzellenten Segler wie ihm jedoch zuzutrauen. Simon konnte sich das allerdings nicht vorstellen. Dafür war ihm Marco zu lebenslustig vorgekommen. Aber natürlich lag man schnell falsch mit solchen Einschätzungen.

Mitten hinein in diese Gedanken klingelte Simons Handy. Er schaute auf das Display; einen Moment hatte er gehofft, es könnte Luisa sein. Aber es war der Anruf, auf den er gewartet hatte, und der war ihm jetzt fast noch willkommener: Carla Moretti.

»*Buongiorno*, Simone. Wie geht es Ihnen heute? *Tutto a posto?* Haben Sie Ihre Verhaftung gut überstanden?«

»*Sì, sì,* Carla. *Tutto a posto.* Ihre Kollegen gehen ja mit Mördern wie mir sehr anständig um. Aber im Ernst, wissen Sie inzwischen, was mit Marco Zanetti passiert ist?«

»Nein, es ist immer noch unklar. Fest steht, dass er an einer Kopfverletzung gestorben ist, einem Schädelbasisbruch. Wahrscheinlich wurde er tatsächlich vom Baum tödlich am Kopf erwischt. Sie sind ja selbst Segler und wissen, wie schnell das passieren kann. Der Baum könnte beim Halsen unkontrolliert von einer Seite auf die andere geschlagen sein. Wenn man dann den Kopf nicht rechtzeitig einzieht …«

»Ich habe das auch schon vermutet. Aber Marco war …«

Simon kam nicht dazu, seinen Einwand zu Ende zu bringen. Carla war schneller. »Ich weiß, was Sie sagen wollen. Dass das einem so hervorragenden Segler passiert, ist tatsächlich ungewöhnlich. Ich habe ja auch ein Boot und weiß, wovon ich rede.«

Das war Simon neu, und er hätte gerne gewusst, was für ein Boot sie segelte. Sie wirkte robust und sehr sportlich, wahrscheinlich war sie Jollenseglerin wie er. Aber das war nicht der Moment, sie danach zu fragen.

Carla fuhr auch schon fort: »Und es gibt da noch ein paar eigenartige Dinge, denen ich nachgehen will. Die Sache ist die: Zanetti ist am Morgen mit dem Boot in Omegna gestartet. Allein. Das war gegen zehn Uhr. Da haben ihn ein paar Ruderer gesehen. Komischerweise gibt es jedoch einen Zeugen, einen Angler, der das Segelboot gegen halb zwölf gesehen hat, und sich ziemlich sicher ist, dass da noch eine zweite Person an Bord war. Aber er war zu weit weg, um Genaueres erkennen zu können.«

»Was sagt denn die Spurensicherung?«

»Die sagen, dass alles für einen Unfall spricht. Die Spuren am Baum, die Kopfverletzung. Darauf festlegen wollen sie sich allerdings nicht. Eben aus dem Grund, dass es möglich ist, dass da ein zweiter Mann auf dem Boot war und dass man bei so einer Verletzung auch andere Umstände nicht ausschließen kann – sie können die Wunde schlicht nicht hundertprozentig auf einen bestimmten Gegenstand zurückführen. Die Spuren im Boot sind nicht eindeutig.«

»Was meinen Sie mit ›nicht eindeutig‹?«

»Na ja, das Blut am Baum war merkwürdig verwischt, das könnte auch jemand nach Zanettis Tod dort aufgetragen haben, um es wie einen Unfall aussehen zu lassen.«

»Interessant.«

»In der Tat. Wann hat man es hier in der Gegend schon mal mit einem Mörder zu tun, und dann gleich noch mit einem so raffinierten?«

Simon musste über ihren trockenen Humor schmunzeln. »Und was ist sonst noch eigenartig?«

»Ich kann doch auf Ihre Verschwiegenheit zählen?«

»Ja, sicher.«

»Wir haben etwas Kokain im Boot gefunden. Und ein Notizbuch, das Zanetti gehört hat. Und was das angeht, habe ich eine Frage an Sie. Sie könnten mich nämlich morgen auf eine kleine Erkundung begleiten. Das ist vielleicht nicht ganz vorschriftsgemäß, aber ich könnte Sie gut gebrauchen. Sie sind mir ja schon einmal sehr nützlich gewesen. Wenn Sie also einverstanden wären …«

Natürlich war Simon einverstanden. Sehr einverstanden. »Ja, gerne, worum geht es denn?«

»In dem Notizbuch sind ein paar Kontakte notiert, darunter auch welche zu den jungen Leuten, die in den Hügeln auf der Ostseite des Sees, bei Coiromonte, in einem verlassenen Haus leben. Hauptsächlich Deutsche und Schweizer, ein paar Italiener sind auch dabei. Kennen Sie das Dorf?«

»Ja, da bin ich schon gewesen. Ein schöner Fleck.« Simon überlegte, ob er noch etwas mehr dazu sagen sollte, schwieg dann aber.

»Ein komischer Haufen ist das, diese jungen Leute, die da leben. Eigentlich aber harmlos, denke ich. Marco Zanetti war anscheinend mit einem von denen am Abend vorher verabredet, jedenfalls hat er das in sein Notizbuch eingetragen. Morgen will ich dahin fahren, mir die Leute mal genauer ansehen. Da könnte ich Ihre Hilfe als Übersetzer und Ihren bewährten Instinkt gut gebrauchen.«

»Natürlich. Ich komme gerne mit. Wo wollen wir uns treffen?«

»Ich hole Sie in Ronco ab, ich bin morgen sowieso auf Ihrer Seeseite unterwegs, weil ich vorher noch in Omegna bei den Zanettis bin. Ist sechzehn Uhr in Ordnung? Sie kommen am besten schon nach oben auf den Parkplatz, dann können wir gleich starten.«

Simon legte sein Handy weg und atmete tief durch. Ob Carla Moretti ahnte, was für einen Gefallen sie ihm tat, indem sie ihn zu ihrer Erkundung einlud? Er war nun mit im Boot und würde aus erster Hand Informationen darüber erhalten, was mit Marco Zanetti passiert war.

Aber dass die Polizistin ihn in ihre Ermittlung einbezog, gefiel ihm auch aus anderen Gründen. Es gab ihm das Gefühl, dass er kein Fremder mehr war, dass er dazugehörte und in der Gemeinschaft etwas zählte. Er lebte nun schon seit fünf Jahren in Ronco und hatte viele Bekannte am See, sogar Freunde. Aber wirklich heimisch fühlte er sich nach wie vor nicht. Nicht nur für Davide Longhi, auch für die meisten Leute im Dorf war und blieb er *il tedesco*, der Deutsche, ein Zugewanderter. Ein *extracomunitario*. So nannten die Italiener die außereuropäischen Flüchtlinge, die nach unermesslichen Strapazen, oft als Schiffbrüchige, aus Afrika über die Inseln im tiefen Süden Italiens in den Norden gelangten. Simon lag es natürlich ganz und gar fern, seine Situation mit dem schweren Los dieser Flüchtlinge zu vergleichen. Und auch die Leute aus dem Dorf hätten Simon niemals als *extracomunitario* bezeichnet, denn er war ja Europäer, noch dazu ein halber Italiener. Aber im tieferen Wortsinn fühlte er sich bisweilen so: außerhalb der Gemeinschaft stehend.

Dabei war er wahrscheinlich selbst derjenige, der sich ausgrenzte. Weil er ein Einzelgänger war, aber auch, weil ihm vieles in diesem Land fremd war. Der Klientelismus, die Lautstärke, der Unernst, das endlose Gerede, die planlos zersiedelten Landschaften und das oft vulgäre Fernsehen. Es zog ihn aber auch nicht zurück nach Deutschland, zu der Zukunftsangst, der Innenschau, der Besinnlichkeit und dem Tiefgang. Natürlich war ihm klar, dass das alles Klischees, verzerrte Bilder waren. Er schlingerte eben einfach zwischen den beiden Kulturen. Aber zumindest was seinen Wohnsitz anging, hatte er seine Wahl getroffen. Und sogar seine Beziehung zu Luisa setzte er aufs Spiel, um in Italien leben zu können. An seiner Zerrissenheit hatte das nichts geändert. Er war heimatlos, und vielleicht wollte er es auch sein, und das war womöglich die einfache Erklärung für alles.

Über Carla Morettis Anruf hatte er sich gefreut, es hatte ihn aber auch ein leises Unbehagen beschlichen. Die jungen Leute, die er mit ihr am nächsten Tag aufsuchen würde, waren Freunde von Nicola. Das hatte er Carla nicht gesagt. Aber wenn Nicola nun zufällig da sein würde, wenn er dort auftauchte? Allerdings war das unwahrscheinlich, weil sie um diese Zeit normalerweise in der Bar in Orta arbeitete. Sollte er sie anrufen? Nein, das hätte er mit Carla absprechen müssen. Er würde das Ganze einfach auf sich zukommen lassen und hoffen, dass es gut ging.

7

Carla Moretti stieg aus einem dunkelblauen Polizeiwagen, kam auf Simon zu, der sie auf dem aufgeheizten und überfüllten Parkplatz von Ronco schon erwartete, und begrüßte ihn herzlich. Sie trug eine riesige Sonnenbrille in ihrem schmalen Gesicht, trotz der Hitze ihre Uniformjacke, und Simon fand, dass sie aussah wie ein Carabiniere in einem italienischen Spielfilm. Die junge Polizistin gefiel ihm, und er bildete sich ein, dass es auf Gegenseitigkeit beruhte. Aber sie waren nicht mehr als gute Bekannte, einander freundlich zugewandt. Carla war alles Kokette fremd, und Simon war nicht charmant, in dieser Hinsicht war er zweifellos ganz und gar nicht italienisch. Das passte.

In ihrem Auto war es kühl, eine für Simon ungewohnte Wohltat, denn sein alter Peugeot, den er vor Jahren aus Frankfurt mitgebracht hatte, hatte keine Klimaanlage. An sehr heißen Tagen hatte Simon diesen Mangel schon oft verflucht, aber er hing an dem alten Wagen, den sein Bruder ihm vor langer Zeit vermacht hatte und der zu den wenigen Dingen gehörte, die ihn noch mit seiner früheren Heimat verbanden.

Carla hielt sich wie immer nicht lange mit Begrüßungsfloskeln auf, startete ihren Fiat, und sie fuhren zügig die Uferstraße entlang, beide ziemlich wortkarg. Die Hitze, die Trockenheit, der bevorstehende Feiertag genügten ihnen als Gesprächsstoff.

Pella lag ausgestorben in gleißendem Licht, nur vor Linos Bar saßen ein paar Leute unter Sonnenschirmen. Es war Simon ein Rätsel, wie der verschlafene kleine Ort so unberührt vom Massentourismus sein Dasein fristen konnte. Trotz der phantastischen Lage am Seeufer gab es keinen Souvenirladen, noch nicht mal eine Taucherbrille oder eine Luftmatratze waren hier zu bekommen. Auch das schöne Schwimmbad, mit hohen Bäumen, einem weißen Sandstrand und türkis leuchtendem Wasser, hatte vor geraumer Zeit dichtgemacht. Dafür hatte vor wenigen Monaten ein kleines Luxushotel an der Piazza am Hafen eröffnet. Die Hotelbar stand allen offen, was in dieser Liga eine Ausnahme war, aber Simon hatte noch nie einen Fuß hineingesetzt. Die Bar war zweifellos sehr schön, aber an Linos Plastiktischen fühlte er sich einfach wohler.

Hinter Pella, an der Südspitze des Sees, passierten sie in Gozzano die riesigen Bemberg-Fabrikanlagen. Das Unternehmen war vor einigen Jahren in Konkurs gegangen, die Gebäude standen seither leer und verrotteten zusehends. An einer der verwitterten Industriehallen war noch der Schriftzug *Ortalion* zu lesen. Unter diesem Namen hatte die Bemberg vor fast hundert Jahren begonnen, Kunstseide herzustellen, aus der dann Damenstrümpfe gefertigt wurden. Tausende Arbeitsplätze waren mit dem Werk in die damals darbende Region gekommen, seine Chemieabfälle aber hatten den See verseucht, für lange Zeit. Und viele Metallbetriebe hatten es der Bemberg später nachgetan. Kaum zu glauben, dass der See sich wieder hatte regenerieren können, dachte Simon immer wieder.

Auf der östlichen Seeseite angekommen, fuhren sie in eine andere, glanzvollere Welt. Hochgewachsene Palmen, rosa und blaue Hortensien, Oleander und Magnolien und hier und da Bananen säumten die in sanften Kurven entlang des Sees verlaufende Straße; stets das Wasser im Blick. Hinter der üppigen Vegetation und hohen Mauern versteckten sich herrschaftliche Anwesen, Palazzi mit häufig sehr großen Parks. Mächtige Zedern, vor mehr als hundert Jahren nach Europa verschifft, zeugten vom Reichtum der früheren Besitzer und von ihrem generösen Zeitbegriff, der über ihr eigenes kurzes Menschenleben weit hinausgereicht hatte.

In einem dieser Palazzi lebte Davide Longhi. Er hatte ihn geschmacklos renoviert, die Patina des alten Hauses wegsaniert, es in ein seelenloses, protzig wirkendes Anwesen mit einem riesigen Carport verwandelt. Übertroffen an Stillosigkeit hatte ihn allerdings noch sein Bruder Claudio, der auf der anderen Seeseite, ganz in der Nähe seiner Fabrik, ein modernes Haus in die Hügel gebaut hatte, das wie ein Ufo über dem See schwebte und dessen rundum verglaster *salotto* sich mit der Sonne drehte.

An der nächsten Kreuzung kam ein altes, in dieser Gegend ebenfalls ungewöhnliches Gebäude in Sicht, die in maurischem Stil gestaltete Villa Crespi. Sie beherbergte ein Luxusrestaurant, in das Hochzeitsgesellschaften gerne einkehrten – wenn die Familien es sich leisten konnten. Hier führte die Straße links ab auf die Halbinsel, auf der das wundersame Städtchen Orta San Giulio lag, das als einziges am See im Sommer Ausflügler und Touristen in Scharen anlockte. Moretti ließ Orta links liegen und bog rechts ab. Sie verließen den See und fuhren hoch in die Berge, hinter deren Rücken, noch weiter im Osten, sich riesig der Lago Maggiore erstreckte.

Simon wusste, was jetzt kam. Es war jedes Mal aufs Neue

spektakulär. Sie hatten erst wenige Kurven hinter sich, waren vielleicht hundert Meter höher gefahren, und nun ging der Blick über den in der Sonne glitzernden See hinweg nach Westen auf die weißen Gipfel des Monte Rosa, weit entfernt und doch gewaltig. Für eine Weile würde das imposante Gebirge sie auf ihrer Fahrt begleiten.

Sie passierten kleine Ortschaften und fuhren dann noch etwa zwanzig Minuten weiter bergan, über eine enge, sehr kurvenreiche Straße durch die von der Hitze ausgelaugte, aber noch immer grüne Landschaft. In den Serpentinen schützten Leitplanken vor dem Absturz in das seitliche Tal, wo mittlerweile nur noch ein nahezu ausgetrockneter Bach dahinfloss. Schließlich tauchte das Dorf vor ihnen auf. Um einen Hügel herum gruppierten sich eng ineinandergeschachtelte Häuser, überragt von der Dorfkirche, malerisch und beschaulich wie auf einer Postkarte.

Auf den letzten Kilometern vor Coiromonte hatte Carla Moretti doch noch das Gespräch mit Simon gesucht. Nach Nicola gefragt. Und nach Luisa. Und hatte schnell das Thema gewechselt, als sie merkte, dass sie sich mit ihren Fragen auf heikles Terrain begeben hatte. Simon war ohnehin einsilbig, wenn es um Persönliches ging, selbst Luisa gab er wenig von seinem Innenleben preis. Und obwohl er jeden Tag mit Sprache arbeitete, kam es vor, dass ihm dann die Worte fehlten.

Carla war noch auf den ermordeten Arzt zu sprechen gekommen, jenen Fall, bei dem sie sich vor zwei Jahren kennen und schätzen gelernt hatten. Auch dieses Gespräch war schnell versiegt, als die Polizistin den großen Wagen behutsam, aber zielstrebig durch die engen Gassen Coiromontes steuerte. Sie schien genau zu wissen, wo es langging. Auch

Simon kannte das Dorf, war von hier schon einige Male zu Wanderungen aufgebrochen. Fast immer war Luisa dabei gewesen, fiel ihm schmerzlich ein. Aber wo die jungen Leute lebten, zu denen sie unterwegs waren und bei denen sich auch Nico oft aufhielt, wusste er nicht.

8

Sie hatten das Dorfzentrum passiert und fuhren über einen unbefestigten Weg ein paar hundert Meter weiter durch Wiesen, auf denen Kühe und Pferde grasten. Jetzt sah Simon das Haus. Carla fuhr langsamer und stoppte am Wegesrand vor dem alten Gebäude, wie es viele in der Gegend gab. Es war dreistöckig und in L-Form gebaut, mit Holzbalkonen, über die, und nur über die, man in die Zimmer gelangte. Es wirkte alles etwas baufällig. Verblichene rosa Hauswände, rissige grüne Klappläden, von denen die Farbe abblätterte, ein verwilderter Garten mit Obstbäumen, Walnuss und Apfel, sogar einen Zitronenbaum erspähte Simon. Ihm gefiel das Haus, und es weckte Erinnerungen in ihm.

Mit Nico, ihrer Mutter Sibylle und ein paar Freunden hatte er vor langer Zeit zwei Jahre lang in einem ähnlichen Haus gelebt, am Stadtrand von Frankfurt. Es war das einzige Mal in seinem Leben gewesen, dass er für längere Zeit eine Wohnung mit einer Frau geteilt hatte. Sibylle hatte damals aus dem heruntergekommenen Garten einen wundersam sprießenden Flecken Grün gemacht. Mit einer verrosteten Hollywoodschaukel unter einem Kastanienbaum, in die sich Simon nachts gerne mit einem Bier setzte, bevor er erschöpft von seinem Reporteralltag ins Bett fiel. Im Frühsommer wuchsen dort fast schwarze Erdbeeren, die er in Sahne tunkte und eine nach der anderen schlürfte wie

Austern. Trotzdem war der Garten zu einem Zankapfel zwischen ihnen geworden, denn niemals hätte Simon dort einen Finger krumm gemacht, und wenn er die Pflanzen gießen sollte, vergaß er es. Wenn es ihnen gut miteinander ging, stellte Sibylle ihm manchmal Blumen aus dem Garten in sein Arbeitszimmer. Auch die vergaß er zu wässern, und sie vertrockneten. Sibylle verletzte das, aber es war keine Absicht, es passierte ihm einfach. Er konnte mit dem Grünzeug, wie er es nannte, einfach nichts anfangen, und Blumen in Vasen fand er kitschig, fast so schlimm wie Topfpflanzen. Er fühlte sich trotzdem wegen seiner Achtlosigkeit schuldig und ärgerte sich zugleich darüber, dass Sibylle sich ihm mit ihren Pflanzen aufdrängte und ihn in diese missliche Lage brachte.

Die letzten Meter gingen Simon und Carla zu Fuß, und erst jetzt sah er, dass im Schatten der Bäume ein paar Leute saßen, die jedoch keine Notiz von ihnen nahmen. Als sie am Zaun angekommen waren, machte Carla mit einem freundlichen »*Buongiorno*, Signori« auf sich aufmerksam, und sie sahen auf. Es waren vier, eine Frau und drei Männer, höchstens Mitte zwanzig, schätzte Simon. Keine Nico. Simon war erleichtert. Die Vorstellung, dass er hier mit Carla Moretti auf sie stoßen könnte, hatte ihm doch Sorgen bereitet.

Einer der jungen Männer saß in Jeans und mit nacktem Oberkörper in einem verschlissenen Sessel. Er stand auf, kam zu ihnen an den Zaun und schaute sie fragend an.

»*Buongiorno.* Ich bin Maresciallo Moretti. Und das ist Signor Strasser«, stellte Carla sie vor. »Haben Sie einen Moment Zeit für uns?«

»Polizei?«, fragte der junge Mann. »Haben wir etwas verbrochen?« Simon fühlte sich sofort überflüssig, denn die Frage hatte er ohne jeden Akzent auf Italienisch gestellt. »Ich bin übrigens Paolo. Okay, kommen Sie rein, es ist ja verdammt heiß. Mögen Sie ein Glas Wasser? Wir können uns in den Schatten setzen, und Sie sagen mir, was Sie von uns wollen.«

Paolo war sehr schlank, hatte kinnlanges, fast blondes Haar und trug eine Brille mit runden Gläsern und hellem Horngestell. Sie folgten ihm in den Garten, und er bot ihnen zwei Stühle an einem knallrot gestrichenen Tisch an. Seine Freunde nahmen weiterhin keine Notiz von ihnen, zwei dösten in Liegestühlen vor sich hin, die Frau las in einem Buch. Paolo, jetzt in einem T-Shirt mit aufgedrucktem Notenschlüssel, kam mit einer Karaffe, in der Eiswürfel und Zitronen schwammen, und drei Gläsern zurück. »Also, schießen Sie los.«

»Vorgestern gab es einen Todesfall auf dem See, auf einem Segelboot. Vielleicht kannten Sie den Toten. Sein Name ist Marco Zanetti.«

»Ja, ich habe davon gehört, im Internet stand etwas darüber. Sehr traurig. Und ja, ich kannte ihn. Nicht gut, aber er ist schon seit einiger Zeit immer mal wieder hierhergekommen, vor allem wenn wir abends Musik machen. Da kriegt man allerdings nicht viel voneinander mit. Es ist meistens ziemlich voll. In letzter Zeit war er häufiger da. Hat Moritz besucht, mit dem hatte er sich angefreundet. Ich glaube, das hat so im Juni angefangen. Marco hatte ja viel Geld, kam immer mit einem dicken Geländewagen hierhergefahren, war aber ein netter Typ, ziemlich cool.«

»Und wer ist Moritz?«

»Moritz Wehrli, kommt aus Zürich. Der ist aber im Moment nicht hier, ist in der Schweiz und kommt morgen wieder. Er arbeitet im Centro Luna d'Oro. Das ist dieses spirituelle Zentrum hier um die Ecke, wo man Yoga und Meditation und solche Sachen machen kann. Es kann gut sein, dass Moritz von dieser Geschichte mit Marco noch gar nichts mitbekommen hat. Das wird ein ziemlicher Schock für ihn sein, vermute ich. Die waren ja recht eng befreundet. Jedenfalls sah es so aus. Genaueres weiß ich nicht. Moritz hat hier zwar ein Zimmer, aber besonders gut kenne ich ihn trotzdem nicht.«

»Seit wann ist er denn weg?«

»Lassen Sie mich nachdenken. Vorgestern habe ich ihn noch kurz gesehen, am Vormittag, so gegen elf Uhr. Dann ist er los, hat gesagt, er würde nach Omegna und von da in die Schweiz fahren.«

»Wie?«

»Mit dem Auto. Er fährt einen alten Porsche.«

»Einen alten Porsche?«

»Er steht auf solche Autos. Keine Ahnung, warum. So etwas interessiert mich nicht.«

»Spricht Moritz eigentlich Italienisch?«

»Nicht so gut, aber er kann sich verständigen.«

»Wissen Sie, ob Marco an dem Abend vor dem Segelunfall, also vor drei Tagen, hier war?«

»Nein, weiß ich nicht. Da war ich unterwegs, habe meine Eltern besucht. In Omegna. Und habe da auch übernachtet. Am nächsten Vormittag war ich wieder hier, und da habe ich dann, wie gesagt, auch Moritz noch gesehen.«

»Wie viele Leute leben denn hier im Haus?«

»Schwer zu sagen, im Moment etwa zehn. Manchmal mehr, manchmal weniger. Es kommen auch immer mal Besucher vorbei, die hier übernachten. Und wenn wir abends

Musik machen, sind meist eine ganze Menge Leute da. Das spricht sich herum, über Facebook und so.«

»Hat Marco Zanetti hier auch übernachtet?«

»Ich glaube, das ist vorgekommen. Bei Moritz.«

»In seinem Zimmer?«

»Ja, mehr weiß ich nicht. Keine Ahnung.«

»Und Ihre Freunde hier im Garten? Hatten die auch etwas mit Marco Zanetti zu tun?«

»Nein, das sind Deutsche. Die sind nur im Sommer für ein paar Wochen hier. Die bereiten das Blues Festival in Ameno mit vor. Sie haben ihn vielleicht mal hier gesehen, aber sie hatten bestimmt nichts mit ihm zu tun. Als ich das im Netz gelesen habe, habe ich ihnen von dem Segelunfall erzählt, und sie wussten nicht mal, um wen es geht.«

»Das heißt, Sie sprechen Deutsch?«

»Ich habe in Vercelli Fremdsprachen studiert. Aber damit kann man ja heutzutage in diesem Mistland nichts anfangen. Jetzt bin ich also hier.«

»Und wovon leben Sie?«

»Meine Eltern geben mir etwas Geld, und ich jobbe in einem Hotel, dem Ayurveda-Hotel Maharishi in Ameno. Ich putze dort. Im Hotel sind immer viele Deutsche und Schweizer, und meine Sprachkenntnisse sind also doch für etwas gut. Eine Putzkraft mit Uni-Abschluss, was will man mehr?«

»Und wie können wir diesen Moritz Wehrli erreichen?«

»Haben Sie etwas zu schreiben? Ich gebe Ihnen seine Handynummer.« Paolo griff zu seinem Smartphone, ging seine Kontakte durch und schrieb die Nummer für Carla Moretti auf einen Zettel. »Sonst morgen im Centro Luna d'Oro, er fängt normalerweise erst gegen Mittag an, gibt irgendwelche Kurse. Ich nehme an, Sie wissen, wo das ist?«

Simon, der die ganze Zeit nichts gesagt hatte, hatte keine Idee, wo das war, aber Carla nickte. Sie nahm den Zettel mit der Handynummer an sich, trank ihr Zitronenwasser in einem Zug aus und warf Simon einen auffordernden Blick zu. Sie standen auf und verabschiedeten sich.

9

»Da war ich ja doch ziemlich nutzlos«, stellte Simon etwas frustriert fest, als sie wieder im Auto saßen.

»Tut mir leid, aber das konnte man ja vorher nicht wissen. Was war denn Ihr Eindruck?«

»Netter Junge.«

»Ja, fand ich auch.«

»Haben Sie auch Hunger, Simone? Wollen wir noch schnell etwas zusammen essen?«

»Gerne.« Simon hatte keinen Moment mit der Antwort gezögert, obwohl Carlas Frage ihn überraschte. Sie waren bisher noch nie irgendwo zusammen eingekehrt, nicht einmal auf einen Espresso.

»Nicht weit von hier gibt es ein wunderbares Restaurant, das Forno d'Oro, kennen Sie das?«

Simon hatte schon von dem Restaurant gehört, das früher in einer der engen Gassen von Orta seinen Platz gehabt hatte und vor einiger Zeit in die Hügel oberhalb, nach Miasino, gezogen war, nur ein paar Kilometer vom See entfernt.

»Sie werden sehen, man isst dort sehr gut, klassische piemontesische Küche, und das Ambiente wird Ihnen auch gefallen.«

Eine halbe Stunde später waren sie da. Sie fuhren in den Ort hinein, der in einer trotz der Dauerhitze sattgrünen Mulde lag. In Miasino war man immer noch gut fünfhundert Meter hoch, und es war hier frischer als unten am See. Das Restaurant befand sich nahe der Piazza Beltrami auf dem Parkgelände der Villa Nigra, einem riesigen, ehemals aristokratischen Landsitz. Mit seinen filigranen Arkaden und Fresken in Gelb- und Goldtönen, die sich über die ganze Fassade zogen, gehörte es wohl zu den schönsten Anwesen am See. Das Restaurant lag in einem flachen Seitenflügel und fügte sich ganz ungekünstelt in das Ensemble ein.

Es war früh am Abend, und die paar Tische, die draußen im Hof vor dem Restaurant standen, waren fast alle noch unbesetzt. Sie bestellten geräucherten Schinken aus dem Val Vigezzo, dann Forelle, die, wie die sympathische Wirtin versicherte, fangfrisch war. Carla bestellte Wasser, Simon einen Chardonnay. Es war eine ungewohnte Situation, mit der Polizistin im Restaurant beim Abendessen zu sitzen. Aber Carla nahm das ganz unbefangen, fragte ihn neugierig über Frankfurt aus, wo sie noch nie gewesen war. Sie kannte München, wohin sie mal mit einem Freund zum Oktoberfest gefahren war, wie sie erzählte. Das bayerische Bierspektakel faszinierte die Norditaliener, so sehr, dass sie inzwischen an allen möglichen Orten selbst kleine Oktoberfeste veranstalteten.

Als die Platte mit dem Schinken vor ihnen stand, wechselte Carla abrupt das Thema.

»Simone, Sie waren doch in Frankfurt Polizeireporter, da haben Sie bestimmt noch ein paar gute Kontakte, oder?«

»Bei der Polizei, meinen Sie?«

»Ja. Ich frage Sie wegen eines Kollegen, der im Februar dieses Jahres in Frankfurt spurlos verschwunden ist.«

Simon sagte nichts, er war überrascht von ihrem so plötzlich vorgetragenen Anliegen und blickte sie nur fragend an.

»In Frankfurt findet doch alle zwei Jahre um diese Zeit die Sanitärmesse statt, da sind auch die ganzen Fabrikanten hier aus der Gegend. Und natürlich auch die Konkurrenz. Und dass die nicht immer mit sauberen Methoden arbeitet, wissen Sie ja bestimmt. Auch dass die Chinesen der hiesigen Industrie mit ihren viel billigeren Produkten und Raubkopien das Leben schwer machen. Die deutschen Zollbehörden haben aber ein waches Auge und führen Kontrollen durch. Mein Kollege sollte sie dabei unterstützen, weil er die regionalen Hersteller und ihre Produkte kennt.«

Sie machte eine Pause und trank einen Schluck Wasser.

»Und was ist dann passiert?«

»Er ist verschwunden. Niemand weiß, wohin. Er hat aus seinem Hotel ausgecheckt und angeblich einen Flug nach Mexiko gebucht und ihn auch angetreten, sagen die Kollegen von der deutschen Polizei. Sie haben die Ermittlungen inzwischen eingestellt. Sie denken wohl, dass er sich aus dem Staub gemacht hat, womöglich mit Bestechungsgeld.«

»Und Sie glauben, dass es nicht so war?«

»Ich weiß, dass es nicht so war. Ich kannte ihn gut.«

Bei den letzten Worten war ihre ohnehin tiefe Stimme noch etwas tiefer gerutscht. Simon war ein wenig enttäuscht. Offenbar war sie doch nur deshalb mit ihm in dieses Restaurant eingekehrt, weil sie hoffte, seine Kontakte in Frankfurt anzapfen zu können. Außerdem vermutete er, dass sie mit diesem verschwundenen Kollegen mehr verbunden hatte als der Beruf. Aber was ging ihn das eigentlich an? Er schluckte sein Missbehagen herunter.

»Ich kann mal nachfragen. Ich bin natürlich schon lange

aus Frankfurt weg. Aber es gibt einen Kommissar, mit dem ich hin und wieder noch Kontakt habe, an den kann ich mich mal wenden und ihn nach dem Stand der Dinge fragen. Aber wenn die Ermittlungen eingestellt wurden, kommt da bestimmt nicht viel bei heraus.«

»Es wäre nett, wenn Sie trotzdem nachfragen könnten«, sagte Carla und strahlte ihn mit ihren faszinierenden grünen Augen an. Sie hatte wohl seine Enttäuschung bemerkt und wollte etwas wiedergutmachen. Wahrscheinlich wechselte sie jetzt auch deshalb schnell das Thema und kam auf ihren Besuch in Coiromonte zurück.

»Es war sehr nett, dass Sie mich begleitet haben, auch wenn Ihre Übersetzungshilfe nicht benötigt wurde. Aber auch Ihre Intuition kann ich gut gebrauchen, das wissen Sie ja. Ist Ihnen denn irgendetwas aufgefallen?«

»Dieser Paolo macht wirklich einen sehr vernünftigen Eindruck. Und der Schweizer kann jedenfalls nicht der zweite Mann auf dem Boot mit Marco Zanetti gewesen sein, denn Paolo hat ja gesagt, dass er ihn an dem fraglichen Vormittag gegen elf Uhr noch in Coiromonte gesehen hat. Da war Marco schon längst auf dem Boot unterwegs. Um zehn Uhr haben ihn ja die Ruderer in Omegna starten sehen, allein.«

»Da haben Sie recht, das kann er nicht. Moritz Wehrli scheint aber tatsächlich der Letzte gewesen zu sein, der mit Zanetti vor seinem Tod zu tun hatte. Außer diesem dubiosen zweiten Mann natürlich«, sagte Carla, spießte mit der Gabel ein Stück Schinken auf und trank einen Schluck Wasser.

»Yogalehrer ist der also. Wussten Sie vorher eigentlich, dass es hier ein Ayurveda-Hotel gibt und ein spirituelles Zentrum und ein Blues Festival, und was weiß ich, was sonst noch alles in der Art?«

»Vergessen Sie nicht, Simone, dass ich Polizistin bin. Da sollte ich schon wissen, was sich rund um den See alles tut. Haben Sie schon mal vom Monte Verità gehört?«

»Sie meinen diese Aussteigerkolonie, die es mal oberhalb von Locarno gegeben hat?« Simon hatte erst kürzlich im Reiseteil der *Frankfurter Nachrichten* einen Artikel über die lebensreformerische Gemeinschaft gelesen, zu der ein paar Bohemiens Anfang des letzten Jahrhunderts am Lago Maggiore zusammengefunden hatten.

»Ja, die meine ich. So etwas in dieser Tradition finden Sie heute hier an unserem See. Das mag ein bisschen hoch gegriffen sein, aber ein wenig davon hat es. Junge Leute, die auf Sinnsuche sind, nach ihren eigenen Regeln leben wollen, ohne gesellschaftlichen Zwang. Und ältere Leute, auch auf der Suche, meist nach spirituellen Erfahrungen. Sie alle finden hier, was sie suchen. Der Lago d'Orta ist ein magischer Ort. Natur, Kultur und Geist kommen hier auf ganz besondere Weise zusammen. Das Wasser, das Licht, der Stein, das Grün – das alles hat eine ungeheure Strahlkraft. Wenn Sie nicht so ein nüchterner Typ wären, hätten Sie das selbst schon längst gespürt.«

Simon blickte Carla verwundert an. Er kannte sie als ungewöhnliche und kultivierte Polizistin. Er hatte sie jedoch bisher für mindestens so nüchtern gehalten wie sich selbst.

»Gucken Sie nicht so erstaunt.« Carla lächelte ihm zu. Inzwischen hatte man ihnen den Fisch serviert. Als die mit Mandeln garnierte Forelle vor ihm auf dem Teller lag und ihn aus silbrigen Augen anblickte, dachte Simon, dass sie da genau den passenden Gang zum Thema bestellt hatten. Womöglich fing der Fisch gleich an zu leuchten. Aber er hielt sich mit ironischen Bemerkungen zurück und ließ

Carla fortfahren, die währenddessen ihre Forelle geschickt filetierte.

»Sie haben recht, ich bin dafür auch nicht besonders empfänglich. Aber es werden Ihnen viele Leute am See sagen, auch die ganz vernünftigen, dass es hier eine besondere Spannung gibt. Sagt Ihnen der Name Peter Benenson etwas?«

»Vielleicht habe ich den schon mal gehört. Aber nein, ich glaube, eher nicht.«

»Er ist der Gründer von Amnesty International. Ein Engländer, der in den sechziger Jahren oft hier am Lago d'Orta war. Und später hat er in seinen Erinnerungen über den See geschrieben, dass es ein mystischer See sei, der jedem etwas von seinem tiefen Innern widerspiegele. Diese mystische Kraft des Sees, die Benenson gespürt hat und die ihn offenbar auch zu seiner Menschenrechts-Kampagne inspiriert hat, zieht natürlich auch Leute an, die einen Sinn für Spirituelles haben. Meditation, Yoga, Ayurveda, Magie, Musik, Tanz, Körpererfahrungen – das ist hier alles im Angebot. Seriös und weniger seriös, da bin ich allerdings nicht wirklich kompetent und als Polizistin gottlob auch nicht zuständig.«

Sie hatten noch einen köstlichen piemontesischen Schokoladenkuchen gegessen, waren inzwischen beim Espresso angelangt und brachen dann bald auf. Es war noch hell, und Carla kurvte schnell die Strecke zum See hinunter. In einer Biegung musste sie scharf abbremsen, als sie von einem entgegenkommenden Motorradfahrer geschnitten wurden, der seine Maschine im letzten Moment herumreißen und ausweichen konnte.

Den Rest der Strecke fuhren sie schweigend. Erst kurz bevor sie in Ronco ankamen, nahm Carla das Gespräch wieder auf. »Morgen ist Moritz Wehrli also wieder im Centro Luna d'Oro. Ich werde dann noch einmal versuchen, mit ihm zu sprechen. Er war ja offenbar der Freund von Marco Zanetti. Vielleicht kann er einen Hinweis liefern, was auf dem Boot geschehen ist. Fahren Sie mit mir dorthin? Ich hole Sie gegen vierzehn Uhr wieder hier ab, *va bene*?« Sie wartete Simons Antwort, die sie zu kennen schien, nicht ab und fuhr fort: »Er scheint ja nicht besonders gut Italienisch zu sprechen, und vielleicht kommen Sie dann doch noch als Übersetzer zum Einsatz. Und womöglich entdecken Sie bei der Gelegenheit ja auch Ihre spirituelle Ader …«

10

Als Simon nach Hause kam, war Nico auch da. Er hatte vergessen, dass er ihr vor ein paar Tagen vorgeschlagen hatte, an diesem Nachmittag eine Bootstour zu machen. Sie hatte zunächst nur widerstrebend zugestimmt, sich dann aber extra dafür freigenommen. Erstaunlicherweise empfing sie ihn trotzdem freundlich und machte ihm keinen Vorwurf. Den machte er sich selbst. »Tut mir sehr leid, Nico, ich spendiere dir dafür eine Pizza in Pella, und danach essen wir noch ein Eis in der Gelateria nebenan. Das wäre wenigstens eine kleine Entschädigung, was meinst du?«

»Geht nicht«, sagte sie und zog ihn hinaus auf die Terrasse, wo in einer Ecke ein Pappkarton stand. Zwischen Wollresten und alten Zeitungen, mit denen Nico den Karton wohnlich gemacht hatte, saß ein Vogel. Blau, sehr blau, wunderschön. Ein ziemlich langer, spitzer Schnabel. Ein Eisvogel.

»Den habe ich heute Nachmittag aus dem Maul einer der Dorfkatzen geholt. Er ist verletzt und kann nicht mehr fliegen. Morgen früh bringe ich ihn zum Tierarzt. Ich habe schon angerufen. Heute Nacht bleibt er bei uns.«

»Und was ist mit Buffon?« Simon fiel erst jetzt auf, dass der Hund ihn nicht wie üblich an der Tür empfangen und freundlich begrüßt hatte.

»Der muss erst mal oben bleiben. Er liegt mit einem Knochen in meinem Zimmer.«

»Gut, dann hole ich dir eine Pizza, okay?«

Nico war schon wieder mit dem Vogel beschäftigt, redete sanft auf ihn ein und signalisierte nur mit einem Kopfnicken, dass sie einverstanden war.

Eine halbe Stunde später war Simon mit zwei Pizzen zurück. Eine Margherita für Nicola und eine Quattro Stagioni für ihn, wie immer. Er hatte zwar eigentlich keinen Hunger mehr, aber beschlossen, Nicola nicht alleine mit ihrer Pizza zu lassen. Ein paar Stücke würde er schon noch herunterbekommen, und so ließ sich vermeiden, ihr berichten zu müssen, dass er schon und mit wem er gegessen hatte.

Nicola hatte auf der Terrasse Teller und Gläser gedeckt. Der Eisvogel hatte sie in eine fürsorgliche Stimmung versetzt, von der wohl auch Simon profitierte.

»Wir brauchen noch einen dritten Teller«, sagte er. »Tommaso kommt vorbei. Wir haben uns zufällig in der Pizzeria getroffen, und er hat sich mit seiner Pizza zu uns eingeladen. Er müsste gleich da sein.«

»Benissimo!« Das kam von Herzen. Nico mochte Tommaso sehr gern, und wenn er dabei war, sprach Nicola auch mit Simon immer Italienisch.

»Genau das wollte ich von dir hören, Nico *tesoro.* Wenigstens eine Frau, die sich freut, wenn ich auftauche.« Das war die Bassstimme von Tommaso, der schon unbemerkt ins Haus gekommen war und mit seinem Pizzakarton im Raum stand. Mit seinen sechsundsechzig Jahren war er gut ein Dutzend Jahre älter als Simon, kahlköpfig und nicht besonders groß, aber bullig und immer ganz in Schwarz gekleidet. Eine imposante Erscheinung.

Tommaso lebte in einem beneidenswert schönen Haus in Orta San Giulio direkt am Seeufer und war Simons bester

Freund. Sie hatten sich kennengelernt, als Tommaso Simon gleich in seinem ersten Jahr in Ronco aus Seenot gerettet hatte. Simon war damals – noch ahnungslos, wie plötzlich das Wetter auf dem See umschlagen konnte – mit seiner Jolle in einen jäh aufgekommenen Sturm geraten. Er war gekentert, und das Boot war ihm davongetrieben. Mitten im See in den heftigen Wellen hatte er sich unendlich verloren gefühlt und zum ersten Mal in seinem Leben Todesangst verspürt. Dann war Tommaso wie aus dem Nichts mit seinem Motorboot aufgetaucht, hatte ihn aus dem Wasser gefischt und nach einer wilden Fahrt über den See nach Hause gebracht. Simon war sich nicht sicher, ob er ohne diesen rettenden Einsatz heute noch auf seiner Terrasse sitzen und Pizza essen würde.

Nico lief zu Tommaso, begrüßte ihn mit dem zugewandten Schwung, in dessen Genuss Simon schon seit geraumer Zeit nicht mehr kam, und zog Tommaso sofort auf die Terrasse zu dem Pappkarton mit dem Eisvogel.

»Ein schöner Vogel. Wahrscheinlich ein Männchen, zumindest bei Tieren sind die meist schöner als die Weibchen«, sagte Tommaso über den Vogel gebeugt. »Aber ich weiß nicht, ob er nicht besser im Maul der Katze geblieben wäre, *carissima Dottoressa.*« Und in einen ernsten Ton wechselnd: »So leidet der arme Kerl womöglich nur noch länger.«

Simon rechnete mit einer enttäuschten Reaktion, aber Nico nahm Tommasos Einwand ernst. »Als ich dem Tierarzt am Telefon gesagt habe, was mit dem Vogel los ist, hat der gemeint, man solle es versuchen. Dann ist es okay, denke ich.«

»Ja, dann ist es okay«, antwortete Tommaso sehr liebevoll und strich ihr über das kurze rote Haar.

Von mir hätte sie sich das derzeit wohl nicht gefallen lassen, dachte Simon. Er schluckte seine Eifersucht hinunter. »Wir sollten die Pizza essen, bevor sie kalt wird.« Er holte ein Bier aus dem Kühlschrank, stellte es mit einem Glas neben Tommasos Teller und goss sich und Nico ein Glas Wein ein.

»Du bist ja doch lernfähig, Simon. Wenigstens mir servierst du das Getränk, das sich zur Pizza gehört. Womöglich bringst du es eines Tages doch noch zu einem richtigen Italiener, und der Wein zur Pizza schmeckt dir nicht mehr. Glaube ich aber ehrlich gesagt nicht, *tedesco.*«

Simon lächelte Tommaso herausfordernd an und trank ostentativ einen großen Schluck Wein. Tommaso war einer der wenigen, denen er es verzieh, wenn er ihn ironisch als *tedesco* anredete. Anders als bei Davide Longhi hatte das bei ihm einen liebevollen Unterton.

Simon griff sich ein Stück Pizza und sagte: »Wisst ihr eigentlich, dass Marco Zanetti tot ist?« Dass er es gewesen war, der seine Leiche gefunden hatte, erwähnte er vorerst lieber nicht. Es ging ihm ziemlich nach, und was ihn belastete, behielt er gerne erst mal für sich – manchmal auch für immer.

»Ich habe davon gehört«, sagte Tommaso. »Er ist mit seinem Segelboot verunglückt. Dabei war der wirklich ein Profi auf seiner Yacht.«

»Ja«, sagte jetzt auch Nico, »in der Bar war das heute *das* Thema. Es ist furchtbar. Ich kannte ihn eigentlich nicht, aber ich habe ihn ein paarmal gesehen. In Coiromonte. Wenn da Musik gemacht wurde, war er öfter mal da. Der war wirklich ein cooler Typ.«

»Da war ich heute auch.« Simon war sich nicht sicher

gewesen, ob er ihr das erzählen sollte, und tat es jetzt nicht ohne Hintergedanken. Vielleicht würde er von ihr ja etwas über die dortige Szene und Moritz Wehrli erfahren.

»Und was hattest du da zu suchen?« Nico klang nicht erfreut.

»Ich war mit Carla Moretti dort. Der Polizistin. Sie meinte, sie könnte mich vielleicht als Übersetzer gebrauchen. Es scheint da eine Verbindung zu Marco Zanetti zu geben.«

»Was soll es denn da für eine Verbindung geben? Und warum ist das überhaupt wichtig für die Polizei? Ich denke, das war ein Unfall?«

»Es sieht ganz danach aus. Aber es gibt wohl noch ein paar Unklarheiten, denen Carla Moretti zur Sicherheit nachgehen will. Kennst du einen Moritz Wehrli?«

»Ja, den kenne ich. Ein Schweizer, der in dem Haus in Coiromonte wohnt. Der hat tatsächlich etwas mit diesem Marco Zanetti zu tun gehabt. Aber bloß weil einer schwul ist, muss ja nicht gleich die Polizei anrücken.«

»Du vergisst, dass du in Italien lebst, *cara* Nicola«, sagte Tommaso und schob sich ein Stück Pizza in den Mund.

Nico lachte. »Na, ganz so schlimm ist es wohl doch nicht. Bei mir waren die Carabinieri jedenfalls noch nicht ... Habt ihr denn mit Moritz gesprochen?«

»Nein, er war nicht da, ist in der Schweiz. Was ist das denn für ein Typ?«

»Was weiß ich. Es nervt, ehrlich gesagt, ein bisschen, dass du es nicht lassen kannst, den Polizeireporter zu spielen. Aber gut, wenn es dir weiterhilft. Ich kenne ihn kaum, habe eigentlich nichts mit ihm zu tun. Ich finde ihn ziemlich komisch. Irgendwie abgedreht.«

Sie brach ab, trank einen Schluck Wein und stocherte in

ihrer Pizza. Sie hatte wohl das Gefühl, schon zu viel gesagt zu haben. Simon beschloss, sie nicht länger zu bedrängen.

Aber Tommaso eilte ihm und seiner Neugier zu Hilfe. »Was meinst du mit ›abgedreht‹?«

»Keine Ahnung. Abgedreht eben. Offen gesagt, glaube ich, dass er ziemlich viel kokst. Und es hat da wohl so eine blöde Geschichte gegeben. Moritz ist vor gut einem Jahr aus der Schweiz hierher an den See gekommen, anscheinend wegen eines Typen. Und dieser Freund von ihm muss dann einen schweren Unfall gehabt haben, keine Ahnung, irgendwo bei Mergozzo, da, wo der kleine See ist, nicht so weit weg von hier. Der hat es anscheinend nicht überlebt, aber Moritz ist dann trotzdem hiergeblieben, arbeitet jetzt, glaube ich, als Yogalehrer.« Sie schob ihren Teller mit ein paar Pizzaresten von sich weg, stand mit einem Ruck auf und sagte an Simon gewandt: »Am besten fragst du ihn selbst, was er hier macht und woher er Marco kennt. Ich bin ja schließlich nicht die Auskunft. Und jetzt muss ich ins Bett. Ich will morgen ganz früh zum Tierarzt, und um zehn Uhr muss ich schon in der Bar sein.« Sie ging in die Ecke zu ihrem Eisvogel, hob den Karton sehr vorsichtig hoch. »Ich schicke euch Buffon runter, der muss heute Nacht unten schlafen. Der Vogel kommt mit zu mir.«

»Nicola *tesoro*, du solltest Tierärztin werden«, sagte Tommaso. »Ich meine das ganz ernst. Irgendwann muss das mit der Bar doch mal ein Ende haben, und es ist wunderbar zu sehen, wie du mit Tieren umgehst.«

Nico hielt in ihrem schroffen Abschied inne und sah Tommaso lächelnd an. »Vielleicht ist das gar nicht so eine schlechte Idee. *Buonanotte*, Tommaso.« Sie warf ihm einen Kuss zu und verschwand mit ihrem Vogel.

11

»Jetzt darfst du mir auch noch einen Wein einschenken«, sagte Tommaso. »Ist nicht einfach mit Nicola, was?«

Sie hatten die Terrasse verlassen, es sich auf den Sofas im Wohnraum bequem gemacht, und während Simon eine neue Flasche Wein holte, kam der Hund die Treppe herunter, lief schnurstracks zu Tommaso und legte sich ihm zu Füßen, mit einer Pfote auf dessen eleganten schwarzen Schuhen.

»Nein, einfach ist es nicht.« Simon entkorkte die Flasche und füllte die Gläser. »Sie kommt und geht, ist aber eigentlich nie richtig da. Hat sich sehr verändert in den letzten Wochen, und ich habe keine Idee, was mit ihr los ist. Ich lasse sie in Ruhe, aber vielleicht ist das falsch. Ich weiß es wirklich nicht. Auf diesem Gebiet bin ich nicht sonderlich begabt, du kennst mich ja …«

»Möchtest du meine Meinung dazu hören, oder soll ich lieber schweigen, wir trinken einfach nur Wein und machen es uns so bequem wie dieser Hund?«

Simon gab sich einen Ruck. Eigentlich hatte er sich den Abend anders vorgestellt: noch ein Glas trinken, sich mit Tommaso über die Zanettis und das Unglück auf dem See austauschen und ausnahmsweise früh schlafen gehen. Und schon gar nicht über sich und seine Probleme reden. Tommaso wiederum schien das Thema Marco Zanetti umgehen zu wollen. Er war selbst Teil der sogenannten »besseren Gesellschaft« am See, aber ihr zugehörig fühlte er sich nicht, und mit den Zanettis stand er auf Kriegsfuß. Simon wusste nicht, was dahintersteckte, aber er kannte den aufsässigen Charakter seines Freundes und wunderte sich nicht sehr darüber.

Zu Nico hatte Tommaso jedoch einen guten Draht und vielleicht eine Idee, was in ihr vorging. »Nein«, sagte Simon also, »sei von mir aus ruhig unbequem und sag, was du denkst. Das bin ich ja ohnehin von dir gewohnt.«

»Sie hat dich durchschaut, Simon. Sie hat ihr halbes Leben von dir geträumt, diesem abwesenden Mann, der ein Vater für sie war und den ihre Mutter ihr vorenthalten hat. So hat sie das zumindest gesehen, als sie noch ein Kind war. Und jetzt denkt sie, dass es doch nicht so war. Dass es dir im Gegenteil nämlich ganz recht war, nichts mehr mit ihr zu tun zu haben. Weil du so ein sperriger und selbstbezogener Typ bist, der immer Distanz hält, niemanden wirklich in sein Leben hineinlässt und sich daher für nichts Gemeinsames entscheiden kann – für keinen Ort und für keine Frau. Und daraus schließt sie, dass du dich auch nicht für sie entschieden hast. Gar nicht so dumm, deine Nicola, oder?«

Selbstbezogen? Sperrig? Das wollte Simon eigentlich nicht auf sich sitzenlassen. Obwohl natürlich etwas dran war. Andererseits … Aber es war nicht der Moment, sich mit Tommaso über Begrifflichkeiten zu streiten. Der gab ihm auch gar nicht die Gelegenheit dazu, wartete Simons Antwort nicht ab. »Für sie bist du ihr Vater, und ich glaube, dass sie gerne einen weniger egozentrischen Papa hätte.«

Egozentrisch? Das wollte Simon erst recht nicht auf sich sitzenlassen. Tommaso war jedoch in seinem Redefluss nicht zu bremsen. »Wann bist du geboren, Simon, im Januar, oder? Also ein Steinbock, dazu noch ein deutscher, jedenfalls mindestens ein halber, schlimmer geht es ja nicht. Zäh, ehrgeizig, diszipliniert und, ja: ein ausgeprägtes Ego, auch wenn du das selbst nicht so siehst. Steinböcke sind Egozentriker von der leisen Sorte, die brauchen keine Bühne wie die Löwen. Die sind sich selbst genug.«

Tommaso war bei einem seiner Lieblingsthemen angelangt: der Astrologie, einer Leidenschaft, die er mit vielen Italienern teilte, nicht zuletzt auch mit Luisa, und die Simon ziemlich auf die Nerven ging. Er rieb sich heftig mit dem Zeigefinger die Nase, wie immer, wenn ihm etwas nicht passte, und Tommaso kannte dieses Signal gut genug, um nicht weiter auf Simons Sternbildschicksal herumzureiten und ihn endlich zu Wort kommen zu lassen. »Nicola hält mich deiner Meinung nach also für sperrig und selbstbezogen? Weil ich mich auf niemanden richtig einlasse, nicht auf sie und auch nicht auf Luisa?« In Simons Frage klang leichte Verwunderung mit.

»Ja, so ungefähr. Ich weiß es natürlich nicht. Aber es könnte sein. Vielleicht ist deine Nicola auch einfach nur unglücklich verliebt. Sicher ist, dass sie mitbekommen hat, dass Luisa sich von dir zurückgezogen hat, weil du dich ihr gegenüber so unentschieden verhältst. Das wirft Nico dir vor, und das merkt man. Sie mag deine Freundin eben sehr. Wie ich. Du weißt ja, dass du von Glück sagen kannst, dass ich so ein treuer Freund bin und dir deine schöne Architektin nicht schon längst weggeschnappt habe. Hast du eigentlich etwas von ihr gehört?«

»Vor einer Woche haben wir telefoniert. Ich habe ihr vorgeschlagen, an Ferragosto hierherzukommen. Sie hat weder Ja noch Nein gesagt. Ich glaube aber nicht, dass sie kommt.

Sie hat wohl auch viel zu tun.« Simon machte eine Pause und trank einen Schluck Wein. Er wusste, dass an Tommasos Beobachtungen etwas dran war. »Okay, kann sein, dass du, was Nico angeht, nicht ganz unrecht hast, ich werde jedenfalls darüber nachdenken. Lass uns jetzt aber über etwas anderes reden.«

»*Va bene*«, sagte Tommaso, »dann ist nun Ende der Beratung, die Rechnung kommt schriftlich, und wir machen es uns gemütlich.« Das Letzte hatte er mit Nachdruck auf Deutsch gesagt. Er goss sich und Simon mit Schwung noch einen Wein ein. Der Hund zu seinen Füßen hob die Schnauze, blickte Tommaso an, legte den Kopf wieder zwischen seine Pfoten, die eine immer noch auf Tommasos Schuhen, und schlief weiter.

12

Simon wachte spät und mit schwerem Kopf auf. Schon vom Bett aus sah er, dass der Himmel verhangen war. Aber es war heiß wie immer in diesem August. Vielleicht würde heute endlich der lang ersehnte Regen fallen. Er ging ins Bad, nahm die zur Neige gehende Zahnpasta und drückte aus der Tube einen Streifen auf die Bürste. Immer, wenn etwas zu Ende ging, erfüllte ihn das mit einer ihm selbst befremdlichen Befriedigung. Ob das eine Tube Zahnpasta war, eine Reise oder eine Recherche – fast sehnte er das Vorübergehen herbei. Und erschrak zugleich vor dem Gedanken, dass, wenn irgendwann sein Leben zu Ende ginge, es keine neue Tube mehr zum Aufmachen geben würde.

Er blickte in den Spiegel. Simon war nicht sonderlich auf sein Äußeres bedacht und doch nicht uneitel. Er galt gemeinhin als attraktiv, sogar seine junge und schöne Nachbarin Anna zeigte unverhohlenes Interesse an ihm. Wenn es Luisa nicht gegeben hätte, wäre er nicht abgeneigt gewesen. Doch seit einiger Zeit hinterließ das Alter an seinem immer noch trainierten Körper erste Spuren. Er hatte immer Sorge gehabt, irgendwann seinem in den späten Jahren richtig dick gewordenen Vater nachzuschlagen, und wenn Simon sich jetzt im Spiegel betrachtete, sah er, dass er einen leichten Bauchansatz bekommen hatte. Aber ganz unzufrieden war er nicht mit sich. Er war immer noch schlank, vielleicht bis auf den Bauch sogar ein wenig hagerer als früher, und in sein rotblondes, volles Haar hatten sich nur wenige graue Strähnen geschlichen, dazu hatte er lichtblaue Augen in einem sonnengebräunten Gesicht. Ob er auch mit sechzig Jahren noch so jungenhaft aussehen würde? Oder spiegelte er sich selbst dieses Bild, weil er allein das sah, was er sehen wollte?

Er setzte sich mit einem Cappuccino auf die Terrasse. Es ging kein Windhauch, und das Wasser lag bleiern und spiegelglatt vor ihm. Er war allein, Nico war schon längst aufgebrochen, wahrscheinlich war sie schon beim Tierarzt gewesen und jetzt in der Bar. Simons Blick ging in die Ecke, in der am Abend der Karton mit dem Vogel gestanden hatte und die jetzt leer war. Er musste daran denken, was Tommaso über Nico und über ihn gesagt hatte. Wahrscheinlich hatte er recht, auch wenn Simon manches übertrieben gefunden hatte. Aber es fiel ihm tatsächlich schwer, eindeutig zu sein, er hielt sich gerne alles offen, und er musste zugeben, dass es schwierig war, ihm nahezukommen und dass er andere Menschen nicht wirklich in sein Leben hineinließ.

Um zehn Uhr begannen nacheinander die Glocken der vielen Kirchen rund um den See zu läuten und schreckten ihn aus seinen Gedanken auf. Er verzichtete auf seinen Ausflug in die Bar nach Pella und briet sich ein paar Eier. Was das Frühstücken anging, war er komplett bikulturell. Meistens genügten ihm eine Brioche oder ein paar Kekse zum Cappuccino, manchmal aber überkam ihn Lust auf ein opulentes deutsches Frühstück, und er machte sich Spiegeleier, meistens gleich drei, oft noch mit Schinken veredelt.

Um diese Zeit am Vormittag drehte er gerne mit seinem Kajak eine Runde auf dem See, aber auch dafür waren ihm diese Augusttage zu heiß. Nach dem Frühstück stürzte er sich in seine Arbeit, verbrachte den Vormittag schreibend, beendete seinen Zanetti-Artikel und schickte ihn an die Redaktion nach Frankfurt.

Pünktlich um vierzehn Uhr stand er wieder oben auf dem Parkplatz. Der Himmel war inzwischen aufgerissen, es war immer noch windstill, und die Sonne brannte genauso heiß auf den Asphalt wie am Tag zuvor. Es dauerte nicht lange, bis der dunkle Fiat auftauchte.

Simon stieg ein, Carla Moretti startete und kam wie gewohnt gleich zur Sache. »Ich habe versucht, diesen jungen Schweizer auf seinem Handy zu erreichen, um ihm unseren Besuch anzukündigen, aber es ist offensichtlich abgeschaltet, auch die Mobilbox springt nicht an. Ich weiß nicht genau warum, aber irgendwie habe ich ein komisches Gefühl.«

Simon berichtete, was Nicola ihm über Moritz Wehrli erzählt hatte. Carla hörte aufmerksam zu, konnte sich allerdings an keinen schweren Unfall erinnern, der sich in der Nähe von Mergozzo ereignet hatte. »Es passieren so viele Unfälle hier in der Gegend, junge Leute, die sich mit ihren Motorrädern den Kopf einfahren oder die Kontrolle über ihr Auto verlieren. Ich bin froh, dass ich mir das nicht alles merken kann.«

»Dieser Moritz Wehrli kokst übrigens anscheinend«, sagte Simon in möglichst beiläufigem Ton.

»Ach ja?« Diese Nachricht schien bei der Polizistin auf mehr Interesse zu stoßen, wahrscheinlich weil in Zanettis Boot auch Kokain gefunden worden war. Sie fragte trotzdem nicht weiter nach, und Simon war froh darüber, denn er fühlte sich nicht wirklich wohl dabei, Nicos Information einfach so weitergegeben zu haben.

Eine Dreiviertelstunde später kamen sie beim Centro Luna d'Oro an. Sie standen vor einem schmiedeeisernen Tor, das ihnen auf Carlas Klingeln hin sofort geöffnet wurde. Simon war verblüfft. Er hatte sich eine schlichte, alternativ angehauchte Bleibe vorgestellt, aber das hier sah eher aus wie ein Luxushotel. Ein großes altes, achtsam renoviertes Steinhaus, ein üppiger, exotischer Garten und mittendrin auf einer Terrasse über dem See ein riesiger blauer Pool. Daneben noch kleinere Häuser, wahrscheinlich weitere Gästehäuser, vermutete Simon. Aus einem kuppelförmigen Pavillon, bei dem eine Tür aufstand, wehten sphärische Klänge zu ihnen herüber. Es wirkte jedoch alles etwas verwaist.

Sie gingen zur Rezeption in der Empfangshalle, die ebenfalls den Luxus eines mit vielen Sternen gekrönten Hotels verströmte. Nur die junge Frau, die sie empfing, ließ sie etwas von der Besonderheit dieses Ortes spüren. Sie war Inderin, sehr jung, sehr schlank und in einen farbenfrohen Sari gekleidet.

»*Buongiorno*, Signori, was kann ich für Sie tun? Sind Sie angemeldet?«, fragte sie in perfektem Italienisch, Morettis Uniform ignorierend.

»Ich bin Maresciallo Moretti, und wir suchen einen jungen Mann, der hier bei Ihnen arbeitet. Er heißt Moritz Wehrli.«

»Das tut mir leid, Signora, den suchen wir auch. Er ist einer unserer Yogalehrer, und vor einer Stunde hat sein Kurs begonnen, aber er ist nicht erschienen. Ich habe vergeblich versucht, ihn auf seinem Handy zu erreichen. Aber vielleicht taucht er ja noch auf. Sie können gerne hier auf ihn warten. Wenn Sie mögen, schauen Sie sich einfach unser Centro mal an, oder Sie setzen sich dort hinten in die Lounge, und ich bringe Ihnen einen Espresso.«

Carla schaute auf die Uhr, warf Simon einen fragenden Blick zu, bewegte sich aber schon in Richtung Lounge. »Eine halbe Stunde habe ich Zeit. Vielen Dank für das freundliche Angebot.«

An einer kleinen Fotogalerie an der seitlichen Wand hinter der Rezeption blieben Simon und Carla einen Moment hängen und betrachteten die Bilder. Sie zeigten Porträts der Menschen, die im Centro arbeiteten, ohne ersichtliche Ordnung und auch ohne Rangunterschiede, wie Simon bemerkte. Putzfrauen hingen neben Yogalehrern, Psychologen neben Masseuren und dazwischen der Hausmeister. Viele Nationalitäten und alle Hautfarben, mehr Frauen als Männer, alle möglichen Typen, vom Guru bis zum Manager. Auch von Moritz Wehrli gab es ein Foto in einem weiten weißen Gewand, in dem der schmächtige junge Mann fast verschwand. Er blickte direkt in die Kamera, war ohne Zweifel attraktiv, mit einem ganz leichten Zug ins Vulgäre. Sein tiefschwarzes Haar hatte er zu einem Pferdeschwanz gebunden, die Nase war schmal, die grauen Augen klug und sehr hell.

In der Lounge setzten sie sich in rote Ledersessel, keine Kopien, sondern original Le Corbusier, vor ihnen große Glasfenster, durch die man hinunter auf den tiefblauen See sah. Es war wunderbar kühl, obwohl es keine Klimaanlage zu geben schien. Die junge Inderin brachte ihnen Espresso, dazu etwas Gebäck. Auf einem niedrigen japanischen Tisch lag ein Prospekt, auf der ersten Seite ein goldener Halbmond, das Logo des Centro. Simon begann neugierig darin zu blättern. *Geomantie, The Medicine of Attention, Conscious Body and Mind, Yoga Yaja.* Simon sprach sehr gut Englisch, verstand jedoch trotzdem nicht, was sich hinter diesen Titeln verbarg.

Ein Kurs, unter dem er sich am wenigsten vorstellen konnte, war angekündigt als *Human Movement Lover's Retreat.* Er las weiter: »*True relationship is the path to becoming a more authentic being. It opens a window into the depth of your soul and life's purpose. We invite couples to go to the next level of true intimacy.*« So ein Fenster könnten Luisa und er wahrscheinlich gut gebrauchen, dachte er. In die Tiefe seiner Seele wollte er aber lieber nicht blicken.

Man konnte in diesem Centro auch ein individuelles Programm mit einem Mentor buchen. Oder sogar einfach nur Ferien machen. Was auf die Leute, die jetzt in die Lounge strömten, sicherlich nicht zutraf. Lange graue Jersey-Hosen, nicht gerade hitzetauglich, fand Simon, und bunte Hemden über nicht immer drahtigen Körpern. Viel graues Haar. Offenbar war gerade ein Yoga-Kurs zu Ende gegangen. Auch der Pool lag nicht mehr verwaist in der Sonne, ein paar Schwimmer zogen ihre Bahnen, einige Kinder planschten auf der anderen Seite des Beckens, und ein Junge und ein Mädchen zankten sich um einen Ball. Dass hier auch Kinder waren, dass sie laut waren und sich sogar stritten, fand Simon ungemein erleichternd.

Carla blickte auf ihre Uhr. »Wir müssen los, Simone. Ich kann nicht länger warten. Der Schweizer scheint nicht mehr zu kommen.«

Fünf Minuten später waren sie zurück in der normalen Welt. In der es vorkam, dass Autos nicht ansprangen. Es dauerte eine ganze Weile, bis Carla ihren Wagen in Gang brachte. »Der kommt heute noch in die Werkstatt. Und ich werde versuchen, diesen Moritz per Handy-Ortung zu finden, vielleicht schaltet er es ja irgendwann wieder ein«, sagte sie, als sie wieder unten am See angelangt waren. »Außerdem werde ich Kontakt zu den Kollegen in Zürich aufnehmen. Wir werden sehen. Das ist jetzt Polizeiroutine. Da sind Sie nun leider erst mal raus, Simone. Aber ich halte Sie auf dem Laufenden.«

13

Als Simon auf dem Parkplatz in Ronco aus Carlas Wagen stieg, war gerade der *trenino* angekommen. Ein Vorbote des touristischen Zeitalters, das nun offenbar auch das verschlafene Ronco erreichte. Vorneweg eine kleine Lokomotive wie aus dem Bilderbuch, mit rotem Schornstein und einer Kabine für den Lokführer, dahinter drei bunt bemalte Waggons, trotz der Hitze an diesem Tag bis auf den letzten Platz besetzt. Die meisten Fahrgäste waren Italiener, Paare und Familien mit Kindern, und wie so oft waren die Frauen mit ihren hohen Absätzen für Ronco nicht gerüstet. Sie würden unter Verrenkungen den holprigen Weg zum See hinunterstöckeln, nach zwanzig Minuten fluchend zurückstöckeln und wieder mit der bunten Bahn verschwinden. Simon betrachtete das alles mit Missfallen. Auch in seinem aus der Welt gefallenen Dorf war dieser Zug der Zeit nicht aufzuhalten. Ganz sicher hatte ihn Davide Longhi in Fahrt gebracht, das war ganz sein geistloser Stil, den Tourismus am See zu fördern. Anfänglich hatte Simon kurz überlegt, eine Beschwerde an die Gemeinde zu richten und auf fehlende Toiletten im Dorf für den sporadischen Besucheransturm hinzuweisen. Aber dann erschien ihm ein solcher Einwand zu typisch deutsch. Kinder hatten ihren Spaß am *trenino*, das musste er zugeben. Er blieb ihm dennoch ein Dorn im Auge.

An der Uferpromenade war jetzt viel los. Die Leute aus

dem *trenino* saßen auf den Bänken in der Sonne, und der Holzsteg war von italienischen Jugendlichen belegt, braungebrannten Mädchen und Jungen, die sich johlend gegenseitig ins Wasser stießen, leicht inszeniert und kokett, ganz anders als die raubeiniger auftretenden deutschen Jugendlichen, denen Simon hin und wieder beim Baden zusah. Für solche Unterschiede hatte Simon ein waches Auge. Er machte immer wieder solche Beobachtungen, stellte Vergleiche an und sich die Frage, wohin er sich selbst zuordnete. In diesem Fall eindeutig zu den Raubeinen.

Nico war nicht da, wahrscheinlich war sie noch in der Bar. Simon war neugierig, was aus dem Vogel geworden war, würde sich jedoch gedulden müssen. Und wunderte sich über sein plötzliches Interesse an Tieren. Wahrscheinlich war es eher ein Interesse an Nico. Auch Buffon, ihren Hund, hatte er ins Herz geschlossen. Der Terrier war mit seinem braunweißen Fell, prallem Leib und krummen Beinen sicher nicht so attraktiv wie der italienische Torwart, dem er seinen Namen verdankte, aber ein sehr friedlicher Zeitgenosse und wie fast alle Hunde ganz und gar eins mit sich selbst. Das faszinierte Simon.

Er nahm eine kalte Dusche, statt in den See zu springen, wo ihm zu viel los war. Fast eine Viertelstunde lang stand er unter der Brause, die erst noch lau war, dann kälter wurde. Das Wasser kühlte seinen Kopf. Carla Moretti hatte ihn erst einmal vom Spielfeld genommen. So einfach war er jedoch nicht von einer Spur abzubringen. Wenn die Polizistin jetzt ihre Polizeiarbeit tat, dann würde er seinen Reporterjob machen.

Er schlang sich ein Handtuch um die Hüften, setzte sich in seinen alten Ledersessel und rief Gianluca Rossi an. Gianluca war Journalist und berichtete für die in Turin erscheinende Tageszeitung *Il Giorno* über das Regionalgeschehen rund um den See. Er war fast zwanzig Jahre jünger als Simon, hatte aber schon weniger Haare und war wesentlich beleibter. Sie waren sich einige Male bei Presseterminen begegnet, hatten ein paar Biere miteinander getrunken und waren schließlich Freunde geworden. Gianluca kokettierte gegenüber Simon – der Edelfeder, wie er ihn nannte – gerne mit der Rolle des kleinen Lokalreporters, aber er war ein guter Journalist und ein hervorragender Rechercheur.

»Simon hier, ich brauche deine Hilfe, Gianluca.«

»Die Edelfeder braucht mich. Darauf warte ich schon lange. Was ist los?«

»Marco Zanetti.«

»Was für eine Story. Die interessiert dich alte Spürnase natürlich. Im Moment gibt es nichts Neues. Es war wohl tatsächlich ein Unfall. Oder weißt du mehr? Du bist ja jetzt anscheinend so eine Art Assistent von Carla Moretti.«

»Ach was. Aber ich bin da auf etwas gestoßen. Es gibt einen Schweizer, der mit Marco Zanetti befreundet war. Er ist ungefähr vor einem Jahr wegen eines anderen jungen Mannes an den See gekommen, der dann offenbar ziemlich bald einen schweren Unfall hatte. Bei Mergozzo. Da steckt mehr dahinter, das sagt mir meine Reporternase. Ich würde gern mit dir in euer Archiv schauen. Es hat bestimmt eine Meldung dazu gegeben. Vielleicht hast du die sogar selbst geschrieben.«

»Du willst also in schwule Nester greifen, mein Lieber? Nein, im Ernst, geschrieben habe ich nichts darüber, daran würde ich mich erinnern. Aber klar bin ich dabei.«

»Kann ich jetzt gleich bei dir vorbeikommen?«

»Heute klappt es nicht mehr, ich muss noch einen Artikel fertig machen, Turin wartet. Ich bin ein bisschen spät dran. Über die Hitze und die Trockenheit. Das ist ja Wahnsinn, überall brennt es. Und seit gestern dürfen auf die Autofähren am Lago Maggiore keine Lastwagen mehr, weil der Wasserstand des Sees so niedrig ist und der Tiefgang der Fähren die Ufer kaputt macht. Aber ich will dich nicht weiter mit unseren Provinznachrichten langweilen. Morgen früh um elf Uhr bei mir?«

»*Va bene.* Und danke. Ich lade dich dafür demnächst mal wieder zu einem guten deutschen Schnitzel ein.«

Gianluca hatte in Deutschland einen Sprachkurs gemacht, sprach noch immer ein paar Brocken Deutsch und hegte eine für Italiener erstaunliche Zuneigung zur deutschen Küche. Ihm zuliebe hatte Simon schon einige Male auf sein vernachlässigtes deutsches Kochrepertoire zurückgegriffen.

»Aber bitte mit Bratkartoffeln«, beendete Gianluca auf Deutsch das Gespräch.

Am frühen Abend wurde die Hitze erträglicher, Ronco lag nun im Schatten der Hügel. An der Uferpromenade war nichts mehr los, in das Dorf war wieder die gewohnte Ruhe eingekehrt. Simon setzte sich mit einem Bier auf die Terrasse. Ein leichter Wind ging über das jetzt dunkelblaue, fast schwarze Wasser und kräuselte es zu kleinen Wellen. Die gegenüberliegende Seeseite war noch von der Sonne beschienen. In den grünen Hügeln lagen verstreut kleine Orte und Häuser, die große Kirche von Miasino hob sich in der Ferne ab. Weit und breit keine Bausünde. Auch auf der kompakt bebauten Insel im Süden und der zackigen Gebirgskette im Norden stand noch die Abendsonne. Es wirkt geradezu arrangiert und ausgeleuchtet wie auf einer Theaterbühne, dachte Simon.

Es war unglaublich schön. Aber das war sicher nicht die Antwort auf die Frage, was ihn an diesem See so faszinierte, dass er unbedingt hier leben wollte. Denn das Italien, das er vorgefunden hatte, war nicht das Land, das er sich ausgemalt hatte, das leichtlebige und genussfreudige *bel paese*, sondern ein krisengeschütteltes, blockiertes Land. Vielleicht war das, was ihn einnahm und an diesem See festhielt, tatsächlich die mystische Kraft, von der Carla Moretti gesprochen hatte.

Mückenschwärme fielen mit einem Schlag über ihn her, rissen ihn aus seinen Gedanken und vertrieben ihn von der Terrasse. Er briet sich ein Steak und öffnete eine Flasche Wein. Am späten Abend kam Nico nach Hause. Buffon lief Simon schwanzwedelnd entgegen, der ihm das Fell kraulte.

»Was ist aus deinem Vogel geworden?«, begrüßte er Nico mit aufrichtigem Interesse.

»Der ist jetzt beim Tierarzt, mindestens vierzehn Tage. Er hat einen gebrochenen Flügel, aber der Tierarzt meinte, es könne wieder werden. In zwei Wochen kann ich ihn vielleicht zurückholen und hier freilassen. Dann brauche ich ausnahmsweise auch mal die Carabinieri.«

»Wieso denn das?«

»Der Tierarzt hat gesagt, man darf unter Schutz stehende Tiere nicht einfach durch die Gegend fahren.«

»Und wer bezahlt das Ganze? Allein der Tierarzt ist doch ziemlich teuer?« Das war eine typische Journalistenfrage und nicht gerade einfühlsam, schoss es Simon durch den Kopf.

Aber Nico reagierte unbeirrt. »Die Gemeinde, in der der

Vogel gefunden wurde, also in dem Fall Pella, weil Ronco ja ein Ortsteil davon ist.«

»Wow. Auch dass du dich so engagierst. Vielleicht ist Tommasos Idee, Tierärztin zu werden, wirklich nicht schlecht?«

»Eine noch bessere Idee wäre es, wenn du mich mit Vorschlägen zu meiner Lebensplanung einfach eine Weile in Ruhe lässt. Gute Nacht, Papa.«

Jetzt hatte er es doch wieder in den Sand gesetzt. Erst diese herzlose Frage nach den Kosten, dann zu viel erzieherische Sorge. Aber immerhin war es seit langer Zeit das erste Mal, dass Nico Papa und nicht Simon zu ihm gesagt hatte.

14

Am nächsten Morgen war er pünktlich in Borgomanero bei Gianluca. Der Journalist wohnte in der Ortsmitte in einer Seitenstraße nahe der Piazza. Anders als im zum Teil etwas marode wirkenden Omegna, wo viele Läden leer standen, sah man dem südlich vom See gelegenen Städtchen *la crisi* nicht an. Auf der zentralen Geschäftsmeile von Borgomanero machte das immer noch wohlhabende Italien *bella figura*, und feine Patisserien, teure Kindermodeläden, Delikatessengeschäfte und trendige Bars florierten.

An einem Bankautomaten zog Simon Geld. Nachdem er seine Karte eingesteckt und den Code eingegeben hatte, forderte die Bank ihn auf, sich zu gedulden, *solange wir den Geschäftsvorgang nicht ausführen.* Simon lachte laut auf. Die kruden Übersetzungen vom Italienischen ins Deutsche waren ihm mittlerweile vertraut, aber das hier traf in dem krisenhaften, blockierten Land den Nagel auf den Kopf.

Das Haus, in dem Gianluca lebte, war ein düsteres, mehrstöckiges Gebäude, in das man durch einen palmenbestandenen Hof gelangte, zu dem das Tor immer offen stand. Simon ging die paar Meter bis zu der schweren Holztür, die ins Treppenhaus führte, klingelte und wartete. Als er gerade entschlossen war, noch einen Espresso trinken zu gehen und es später wieder zu versuchen, hörte er eine Vespa, kurz darauf fuhr Gianluca in den Hof. Er stieg von seinem Roller, setzte den Helm ab und begrüßte Simon mit hektischen Entschuldigungen. Auf seiner Stirn standen Schweißperlen, und sein Gesicht mit den hellbraunen wachen Augen war gerötet.

Im Treppenhaus blieb Simon absichtlich hinter ihm, um den beleibten Freund das Tempo bestimmen zu lassen, mit dem sie in das vierte Stockwerk stiegen. Wenn der plötzliche Herztod eine Möglichkeit war, dann würde er aller Wahrscheinlichkeit nach doch eher den *Il Giorno*-Journalisten treffen als ihn selbst, sagte er sich, durchaus besorgt um seinen Freund, der doch viel jünger war als er.

Gianlucas Wohnung bestand nur aus einem schmalen Schlafzimmer, einer Küche und einem großen Arbeitsraum. Es war unaufgeräumt und sehr warm, trotz der geschlossenen Klappläden, die die Sonne abhalten sollten und den Raum verdüsterten. In einer Ecke stand ein riesiger Ventilator, den Gianluca als Erstes anwarf, um dann seinen Computer hochzufahren.

»Ich habe nicht viel Zeit. Lass uns gleich loslegen. Oder willst du noch einen Espresso oder ein Wasser?«

»Nein danke, mir ist es auch sehr recht, wenn wir gleich anfangen.«

Gianluca loggte sich in das Redaktionssystem von *Il Giorno* ein, wobei er sich keine Mühe gab, die Passwörter vor Simon zu verbergen.

»Also, wonach suchen wir?«

»Nach einem Unfall. Ungefähr vor zehn Monaten, letztes Jahr im Oktober oder November. Bei Mergozzo. Ein junger Mann, der schwer verletzt wurde. Er hat vielleicht etwas mit einem Schweizer namens Moritz Wehrli, der in der Zanetti-Sache eine Rolle spielt, zu tun gehabt hat. Mehr weiß ich nicht.«

Auf dem Bildschirm erschien eine Titelliste, die die beiden Journalisten mit routiniertem Blick scannten.

»Das könnte es sein«, sagte Gianluca: *»Mysteriöser Unfall bei Mergozzo: Fahrerflucht«*. Er klickte die Überschrift an, und ein kurzer Text erschien auf dem Bildschirm.

Gianluca begann laut zu lesen: *»Gestern Abend wurde auf einer Straße am Ortsrand von Mergozzo ein junger Mann schwer verletzt aufgefunden. Der zweiundzwanzig Jahre alte Giulio Zafferano aus Mergozzo ist offenbar Opfer eines Unfalls mit Fahrerflucht geworden. Ein Anrufer, der seinen Namen nicht genannt hat und der Fahrer gewesen sein könnte, hat die Rettungskräfte alarmiert. Wie es auf der sehr wenig befahrenen Straße zu dem Unglück kommen konnte, ist unklar. Giulio Zafferano wurde in das Krankenhaus von Borgomanero gebracht. Die Ärzte kämpfen um das Leben des jungen Mannes, eines Studenten, der mit seiner Familie in Mergozzo lebt. Die Polizei bittet eventuelle Zeugen darum, sich unverzüglich zu melden.«*

»Das hat ein Volontär geschrieben. Der ist nicht mehr da, aber ich erkenne sein Kürzel. Das ist doch wohl das, wonach du suchst, oder? Die Meldung ist vor etwa zehn Monaten erschienen, am 30. Oktober.«

»Ja, das muss es sein.«

»Und du glaubst, Marco Zanetti hat etwas damit zu tun?«

»Da halte ich es mit Carla Moretti, obwohl ich keineswegs ihr Assistent bin, mein Lieber. Ich glaube gar nichts. Ich halte es jedoch nicht für ausgeschlossen.«

»Dann versuchen wir erst mal zu recherchieren, was aus dem jungen Mann geworden ist.«

»Ihr Journalisten hier in Italien macht einem das ja nicht schwer, weil ihr so gerne die Klarnamen nennt. Zafferano in

Mergozzo. Das ist kein so häufiger Name, da brauchen wir nur ins Telefonbuch zu schauen.«

»Schon geschehen.« Gianluca hatte das regionale Adressbuch im Internet geöffnet. »Zafferano, Marcello, und Zafferano, Giulio, beide an derselben Adresse in Mergozzo. Der junge Mann scheint also überlebt zu haben und noch immer bei seinen Eltern zu wohnen. Marcello wird wohl sein Vater sein.«

»Gib die Namen und den Ort doch mal bei Google ein.«

»Zu Giulio Zafferano gibt es nichts. Aber hier, Marcello Zafferano. Der ist Steinmetz in Mergozzo, arbeitet für die Bauhütte des Mailänder Doms.«

»Wir können aber nicht einfach anrufen und fragen, was aus dem jungen Mann geworden ist.«

»Nein, können wir nicht. Aber ich wollte immer schon eine Reportage über die Arbeit der Steinmetze für die Dombauhütte schreiben. Aber jetzt, lieber Simon, muss ich erst mal einen Artikel fertig machen. Über diese Unterkunft für Asylbewerber, die oberhalb von Orta in einem ehemaligen Hotel eingerichtet wird. Davon hast du bestimmt schon gehört. Ich war gerade auf einem Termin mit dem Bürgermeister deswegen. Dein Freund Davide Longhi wettert natürlich dagegen. Wenn ich fertig bin mit dem Stück, rufe ich den Steinmetz an und mache einen Termin mit ihm aus. Du hörst von mir, Edelfeder.«

15

Die vier Männer trugen schwer an ihrer Last. Vorne stemmten Filippo Zanetti und Davide Longhi den schmucklosen Sarg in die Höhe, hinten zwei Männer, die Simon nicht kannte, alle waren schweißüberströmt. Es war zwölf Uhr mittags, der Himmel über Omegna wolkenlos. Die Sonne brannte auf die Menschen herunter, die Marco Zanetti zu Grabe trugen. Eine Woche war es nun schon her, seit Simon den jungen Mann tot auf seiner Segelyacht gefunden hatte. Normalerweise fanden in Italien Beerdigungen ausgesprochen schnell statt, aber es hatte eine Weile gedauert, bis Marcos Leiche freigegeben worden war.

Die Trauerfeier hatte in einer kleinen Kirche in der Nähe des Friedhofs von Omegna stattgefunden. Zunächst war es nur eine kleine Gruppe gewesen, die dem Sarg zum Friedhof gefolgt war, ausschließlich Mitglieder der Familie. Marcos Mutter, Camilla Zanetti, ihr Mann, ein paar Kinder und ältere Leute, auch ein sehr alter Mann im Rollstuhl. Aber dann waren von überall her Menschen gekommen und hatten sich dem Trauerzug angeschlossen, in gebührendem Abstand zu den Zanettis. Man hatte deren Wunsch nach einer stillen Zeremonie in privatem Kreis respektiert, aber jetzt, wo der Sarg von der Kirche durch die baumlose Via Tiro a Segno zum Friedhof getragen wurde, hielten sich die Leute, die Marco Zanetti gekannt hatten, nicht mehr zurück.

Simon erkannte einige Segler aus dem Club, andere sahen aus wie Mitarbeiter des Unternehmens, auch ein paar Honoratioren vom See waren gekommen, alle dezent gekleidet. Aber es war nicht dieses tiefschwarze Defilee, wie es Simon aus Deutschland gewohnt war, zuletzt von der Beerdigung seines Vaters. Dass er auf die Trauergesellschaft gestoßen war, war Zufall. Er war bei seinem Zahnarzt gleich um die Ecke des Friedhofs gewesen. Simon hatte nicht lange gezögert und sich dem Zug angeschlossen, in einer Mischung aus Neugier und Anteilnahme.

Jetzt entdeckte er am Rand der Menge Carla, in Uniform, also offenbar dienstlich erschienen, ausnahmsweise ohne Sonnenbrille, aber mit einer elegant geschwungenen Polizeikappe auf ihrem schwarzen Haar. Sogar bei den Uniformen beweisen Italiener Stilgefühl, dachte Simon. Ganz in ihrer Nähe sah er Claudio Longhi, seine rundliche Frau untergehakt, beide mit leichten Hüten und Sonnenbrillen. Wenigstens der ist kein Sargträger, stellte Simon befriedigt fest. Er war sich sicher, dass sich Marco keinen der beiden Brüder als Begleiter auf seinem letzten Weg gewünscht hätte, dafür war er zu unkonventionell gewesen.

Wahrscheinlich war es Filippo Zanetti, der den Tourismusmanager als Sargträger an seine Seite geholt hatte. Er und Davide Longhi waren Jugendfreunde und hatten zusammen Wirtschaftswissenschaften an der Bocconi in Mailand studiert. Ihre gemeinsamen Geschäftsvorhaben waren jedoch, anders als die der Firma Zanetti, nicht unbedingt von Erfolg gekrönt, eher im Gegenteil. Am Ortsrand von Orta, in exzellenter ufernaher Lage, vegetierte seit Jahren eine düstere Hotelruine vor sich hin, ein Projekt, in das beide Freunde investiert hatten. Der Bau war auf halber Strecke gestoppt worden, weil man die vorgeschriebenen Höhen nicht eingehalten hatte. In Orta munkelte man, dass die Ruine nicht nur europäische Fördergelder für innovative Energietechnik verschlungen habe, sondern dass auch Schwarzgeld geflossen sei. Dafür gab es allerdings keine Beweise, und zumindest Filippo Zanetti galt am See als über jeden Verdacht erhaben. Simon hatte einen Versuch unternommen, die Hintergründe zu recherchieren, aber wie erwartet nicht viel erreicht, außer die ohnehin schon vorhandene Abneigung zwischen ihm und den Longhi-Brüdern zu vertiefen.

Von hinten tippte ihm jemand auf die Schulter. Simon drehte sich um. Gianluca. Natürlich. Wie immer mit Kappe, die zu diesem Anlass doch etwas unpassend wirkte. »*Ciao*, Simon, interessieren sich jetzt auch schon die Edelfedern für die Beerdigungen in unserer Provinzstadt?«

»Ich hatte nicht vor, dir deinen Job abzunehmen. Familiendramen kannst du ohnehin besser als ich.«

Gianluca formte Daumen und Zeigefinger zu einer Pistole. »Pass auf, dass es hier nicht auch gleich ein Drama gibt.« Nachdem er Simon erschossen hatte, wandte er sich ab, um sich wieder unter die Leute im Trauerzug zu mischen. »*Ciao*, Edelfeder, ich werde dann mal meinem Job nachgehen.« Aber bevor er in der Menge verschwand, fiel ihm etwas ein, und er blickte sich noch einmal um: »Fast hätte ich es vergessen, Simon. Ich habe diesen Marcello Zafferano in Mergozzo erreicht. Wir können in der Steinmetzwerkstatt vorbeikommen. Am Tag nach Ferragosto. Ist es okay, wenn ich dich im Lauf des Vormittags abhole?«

»Ja, das passt. Dann ruf mich einfach kurz an, bevor du nach Ronco kommst.«

Der Trauerzug war nun fast am Friedhof angelangt. Kurz bevor er den Weg durch das große Portal nahm, schlossen sich ihm noch drei auffällig modisch gekleidete junge Männer an. Camilla Zanetti, die bisher dem Sarg regungslos gefolgt war und hinter ihrer dunklen Sonnenbrille niemandem Beachtung geschenkt hatte, drehte sich mit einer schroffen Bewegung zu ihnen um. Vermutlich waren das Marcos Freunde aus Mailand, die jungen Designer, von denen Simons Nachbarin Anna gesprochen hatte.

Das Familiengrab der Zanettis lag nicht weit entfernt vom Eingang. Es war eher schlicht gestaltet, ganz aus weißem Marmor, mit wenigen eleganten Säulen. Simon blickte auf die Gräber der Toten, in deren Nachbarschaft Marco nun seinen Platz finden würde. Alle waren sehr alt geworden, nur eine erst vor kurzem beerdigte Frau war gerade mal siebzehn gewesen. Wie fast alle Gräber war auch ihres mit einem Foto und mit Plastikblumen geschmückt.

Simon erinnerte sich an einen Text, den er kürzlich über Italien gelesen hatte, das kälteste Land der Welt, wie es dort geheißen hatte. Wahrscheinlich war der Autor häufig auf Friedhöfen gewesen, dachte er. Der kalte Marmor, die Plastikblumen, die Steinmauern mit den Schiebegräbern – das alles hatte in der Tat nichts Wärmendes. Aber es war doch besser, fand er, als die deutsche Gefühlsduselei, mit ihren triefenden Kerzen und schwülstigen Trauerreden. Simon wollte nicht warten, bis der Sarg in die Gruft gelassen wurde, und wandte sich zum Ausgang.

»*Buongiorno, tedesco.*« Davide Longhi war ihm gefolgt und gab sich diesmal keine Mühe, seine Begrüßung freundlich klingen zu lassen. »Ich hatte Sie hier nicht erwartet«, fuhr er leise, aber eindringlich fort. »Wie ich höre, haben

Sie Marco auf seiner Yacht gefunden. Aber das gibt Ihnen nicht das Recht, sich einzumischen, verstehen Sie mich? Sie stecken Ihre Nase ja gerne in die Angelegenheiten anderer Leute. Ich warne Sie. Lassen Sie die Zanettis in Ruhe, sonst wird es für Sie ungemütlich hier am See.«

Simon reagierte zu seiner eigenen Überraschung ganz und gar italienisch, schlug die linke Hand in seinen rechten Ellbogen, ging wortlos weiter und ließ Davide einfach stehen.

»*Cretino*«, rief der ihm noch hinterher, bevor er sich wieder zu den Zanettis gesellte.

Simon knurrte der Magen. In Italien gab es keinen Leichenschmaus, und wenn es einen gegeben hätte, hätte er ohnehin nicht daran teilgenommen. Er ging in ein Restaurant am Hafen, setzte sich an einen der noch freien gedeckten Tische und bestellte sich eine Parmigiana als ersten Gang und dann ein Pfeffersteak, dazu eine Flasche Erbaluce, einen leichten Weißwein aus dem Piemont, den er liebte und der ihm jetzt guttun würde.

Als die köstlich aussehende Parmigiana vor ihm stand, kam Anna in die Bar, entdeckte ihn sofort und eilte an seinen Tisch. »*Ciao*, Simon, das sieht gut aus. Das bestelle ich mir auch. Darf ich mich zu dir setzen, oder störe ich?«

»Nimm Platz, ich kann Gesellschaft gebrauchen.«

Sie setzte sich ihm gegenüber, rief dem Kellner ihre Bestellung zu, goss sich ganz selbstverständlich ein Glas von seinem Wein ein und prostete ihm zu: »*Salute*, Simon. Also, was ist los mit dir?«

»Ich war bei Marcos Beerdigung. Eher zufällig.«

»Da wollte ich auch eigentlich hin. Aber mein Termin hat

zu lange gedauert. Wie war es? Es scheint dich ziemlich mitgenommen zu haben.«

»Es waren viele Leute da. Auch seine Mailänder Freunde, glaube ich. Das hätte ihm gefallen. Die Familie war von deren Anwesenheit allerdings weniger begeistert.«

»Ich weiß, die Zanettis wollten die Trauerfeier ganz klein halten. Manche Kollegen wären gerne hingegangen, haben sich aber nicht getraut.«

»Dafür waren einige Leute da, auf die Marco zum Ende seiner Tage wahrscheinlich lieber verzichtet hätte.«

»Wen meinst du damit?«

»Die Longhi-Brüder. Davide hat sogar seinen Sarg getragen. Zusammen mit Filippo.«

»Verstehe.«

»Nein, das verstehst du nicht. Du kannst das gar nicht verstehen. Marco hat sein Leben lang mit der Missachtung von Männern wie Davide kämpfen müssen, und dann trägt der seinen Sarg, als wäre nie etwas gewesen«, sagte Simon ungehalten. Aber im nächsten Moment tat ihm seine Schroffheit schon leid. »Sorry, Anna. Du kannst ja nichts dafür. Ich bin noch etwas in Rage, weil ich auf dem Friedhof mit ihm aneinandergeraten bin.«

»Ich verstehe vielleicht wirklich nichts, Simon, aber eines kann ich dir sagen.« Sie spießte ein Stück von der Parmigiana auf, legte die Gabel aber dann wieder zurück auf den Teller und trank in einem Zug ihr Weinglas leer, bevor sie weitersprach. »Es ist nicht ratsam, sich mit Davide Longhi anzulegen.«

16

Marco Zanetti war seit drei Tagen beerdigt, und es war still um ihn und das Geschehen auf dem See geworden. Es war der 15. August, Ferragosto, der sommerliche Höhepunkt in Italien, ein Fest fürs Leben und nicht der Zeitpunkt, dunklen Gedanken nachzuhängen. Der Regattatag war gekommen, und es war noch immer unerträglich heiß. In einer Stunde würde die zweite und letzte Wettfahrt des Cusio Cups gestartet. Eigentlich waren drei geplant gewesen, aber der erste Lauf hatte wegen fehlenden Windes nicht stattfinden können.

Zum Mittagessen waren alle im klimatisierten Saal des Segelclubs zusammengekommen – die örtliche Prominenz, die Yachtbesitzer, die Segler. Auch Davide Longhi natürlich, aber Simon und er waren sich bisher erfolgreich aus dem Weg gegangen. Am Kopf des Saals war ein üppiges Buffet aufgebaut, in dessen Mitte auf einem Podest die silberne Trophäe stand, die dem Sieger des Cusio Cups winkte und die, wie die meisten Pokale, ausnehmend hässlich war.

Am Abend vorher war es bei Simon spät geworden. Er hatte an der Seesegnung teilgenommen, einem Ereignis, das jedes Jahr am Tag vor Ferragosto stattfand. Wie immer hatten die Leute aus dem Dorf schon am Nachmittag zu ihren Besen gegriffen und die Gassen gefegt. Die Zeremonie hatte dann mit einem abendlichen Gottesdienst in der kaum noch genutzten Kirche von Ronco begonnen. Der ungläubige Simon hatte daran nicht teilgenommen, sich aber dem Zug angeschlossen, der im Anschluss an den Gottesdienst von der Kirche hinunter zum See führte, im Schein vieler Teelichter, die die Dorfbewohner auf Mauern und Fensterbänken aufgestellt hatten. Unten, an einem der Holzstege, verharrte der Zug, und der Priester sprach die Segnung.

Simon war eigentlich alles Katholische fremd und erst recht religiöse Heuchelei, aber ein Ritual dieser Art an diesem unberechenbaren See leuchtete ihm ein, und er nutzte die Gelegenheit, sich zugehörig zur Dorfgemeinschaft zu zeigen. Dankbar hatte er anschließend die Einladung eines Nachbarn auf ein Glas Wein und Käse angenommen, und daraus war eine lange Nacht geworden.

Am Morgen war dann völlig überraschend Luisa bei Simon aufgetaucht. Sie war mit der frühesten Maschine von Frankfurt nach Mailand geflogen und mit einem Mietwagen an den See gefahren. Als sie sich in sein Schlafzimmer schlich und ihn aus dem Tiefschlaf holte, hatte es einen Moment gedauert, bis er zu sich kam. Seine Müdigkeit verflog jedoch schnell, als sie ihn innig umarmte. Gerne hätte er sie zu sich in die Kissen gezogen, aber sie hatte schnell die Kontrolle über sich zurückgewonnen, widerspenstig reagiert und ihm sogleich angekündigt, dass sie schon am Abend wieder zurückfliegen würde. Simon war trotzdem glücklich.

Jetzt saß Luisa neben Tommaso an einem der langen Tische im überfüllten Segelclub von Omegna. Sie unterhielten sich und lachten, und auch Luisa sah glücklich aus. Tommaso war bei der ersten Wettfahrt der Regatta am Vormittag mit seinem Flying Dutchman mitgesegelt, hatte aber einen schlechten Start gehabt und war unter den Letzten, die die Ziellinie überquerten. Er war trotzdem gut gelaunt in sportlichem Schwarz zum Mittagessen im Segelclub erschienen und entschlossen, auch beim letzten Lauf mitzumachen.

Simon hatte sich gerade am Buffet bedient und war mit einem großen Teller eigentlich schon wieder auf dem Weg zu Luisa und Tommaso, als er Carla Moretti entdeckte, die sich ebenfalls mit Antipasti versorgte. Die Polizistin war in Zivil und sah in heller Leinenhose und einer weißen Tunika ausgesprochen elegant aus. Simons Neugier siegte, und er sprach sie an: »*Buongiorno*, Carla, ich will Sie nicht vom Buffet abhalten, aber sagen Sie mir kurz, was Stand der Dinge ist?«

»*Buongiorno*, Simone, ich hatte ohnehin vor, mich bei Ihnen zu melden. Ich habe Sie vorhin schon gesehen und hätte Sie angesprochen, aber ich dachte, Sie hätten heute Angenehmeres zu tun«, antwortete Carla mit einem Blick zu Luisa, die nicht weit von ihnen entfernt saß. »Was den Verbleib dieses Moritz Wehrli angeht, sind wir noch nicht sehr viel weitergekommen. Er ist nach wie vor verschollen. Wir haben inzwischen sein Zimmer in Coiromonte durchsucht. Seltsamerweise haben wir da sein Handy gefunden. Das ist ziemlich rätselhaft. Heutzutage trennt sich doch kaum ein junger Mensch von seinem Handy«, sagte sie mit einem kleinen Lächeln, und Simon dachte, dass sie damit wohl auf sein fortgeschrittenes Alter anspielte. Sie hingegen kam ihm in diesem Moment mit ihren strahlenden Augen beneidenswert jung vor.

Aber nun fuhr sie wieder ganz ernst fort: »Das Handy lag bei ihm in einer Schublade. Übrigens hatte er in seinem Zimmer auch eine kleinere Menge Kokain versteckt. Aber dieser Fund hat mich nicht sehr überrascht, Sie hatten ja auch schon so etwas in der Richtung erwähnt. Dieser Schweizer ist ohne Zweifel ein zwielichtiger Typ, wahrscheinlich ein Dealer, aber höchstens ein kleiner. Übrigens hat sich auch sein Vater inzwischen bei unseren Schweizer Kollegen gemeldet, weil er seinen Sohn vermisst.«

»Und gibt es etwas Neues zu Marco Zanetti?«

»Ich bin jetzt so gut wie überzeugt, dass Marco tatsächlich verunglückt ist. Wahrscheinlich hat sich der Angler, der diesen zweiten Mann gesehen haben will, getäuscht, und es war niemand mit ihm auf dem Boot. Sie kennen das ja, was Zeugen immer so alles gesehen haben wollen, das füllt ganze Märchenbücher. Doch was die Zanettis angeht, verfolgen wir noch eine andere Spur, die aber auch mit dem Schweizer zu tun hat. Da darf ich Sie jedoch leider nicht einweihen. Es gibt also gar keinen Grund für Sie, sich nicht Ihrer Freundin zu widmen. Wir sehen uns später sicher noch bei der Regatta. Falls der Wind das zulässt. Das sieht ja gerade ganz gut aus. Aber Sie sollten heute Abend die Siegerehrung nicht verpassen …«

Carla zwinkerte Simon bedeutungsvoll zu, berührte ihn zum Abschied sanft an der Schulter und nahm das Buffet wieder in den Blick.

Dann überlegte sie es sich doch noch anders und wandte sich ihm wieder zu. »Ist Ihre Tochter eigentlich auch manchmal in Coiromonte?«

Carla hielt Nico für seine leibliche Tochter, und Simon hatte es bisher nicht für notwendig gehalten, sie über ihren Irrtum aufzuklären.

»Ja, warum?«

»Das ist nicht weiter wichtig. Ich habe mich nur gewundert, dass Sie mir davon gar nichts gesagt haben.« Damit drehte sie sich um und wandte Simon endgültig den Rücken zu.

Warum hatte sie ihn danach gefragt? Er war verunsichert. War etwas mit Nico? War sie in irgendetwas verwickelt? Er hätte gern noch einmal nachgehakt, aber Carla war schon wieder im Gespräch mit einem anderen Gast am Buffet, und vom Tisch aus winkte Tommaso Simon zu und hob auffordernd sein Glas.

»Spielst du wieder Detektiv, anstatt dich mit deiner Schönen zu vergnügen?«, begrüßte er Simon, als der endlich mit den Antipasti zu ihnen an den Tisch kam und sich neben Luisa setzte. »Ich habe dich gewarnt, Simon«, fuhr Tommaso fort, Luisa ein Lächeln zuwerfend.

Zu Simons Überraschung legte sie zärtlich einen Arm um ihn, spießte eine Olive auf und steckte sie ihm in den Mund. »Lieber Detektiv als Seefahrer. Detektive sind besser angezogen und leben länger«, sagte sie und spielte Tommaso das Lächeln zurück. »Hast du eigentlich eine Chance, Tommaso, ich meine, bei der Regatta?«, fragte sie.

»Nein. Das Zanetti-Boot wird wie immer gewinnen.«

»Aber das ist doch kein Wunder. Das ist doch ein größeres und schnelleres Boot als deins.«

»So funktioniert das nicht. Es gibt eine Formel, nach der die Unterschiede zwischen den Segelbooten berechnet und ausgeglichen werden. Ich bin heute Morgen zwar mit den Letzten ins Ziel gekommen, war aber nicht Letzter, sondern trotzdem noch im Mittelfeld. Das ist wie im Leben. Misserfolg und vor allem Erfolg können trügerisch sein. Übrigens auch bei den Zanettis.«

»Dass die Zanettis heute beim Cusio Cup mitmachen, finde ich ohnehin befremdlich«, schaltete sich Simon ein, dem immer noch Morettis Frage durch den Kopf ging, die er aber zu verdrängen versuchte. »So kurz nachdem Marco verunglückt ist«, fuhr er fort. »Er ist ja gerade erst beerdigt worden. Keiner erwähnt das hier, es ist, als ob er gar nicht existiert hätte. Und jetzt segelt eben sein Bruder die Yacht. So einfach ist das.«

»Das ist die *stiff upper lip*«, sagte Tommaso und schob sich genüsslich eine gegrillte Aubergine in den Mund. »Die beherrschen wir Italiener auch ziemlich gut. Jedenfalls so eine hartgesottene Industriellenfamilie wie die Zanettis. Siehst du dahinten den alten Mann im Rollstuhl, der ein bisschen aussieht wie Churchill, nur noch hundert Jahre älter? Das ist Giovanni Zanetti, ein Patriarch, wie er im Buche steht. Auf den geht alles zurück. Er war Metalldreher und hat aus dem kleinen Familienbetrieb ein florierendes Unternehmen für Haushaltswaren gemacht. Und mit der gleichen Effizienz hat er am Ende des Zweiten Weltkriegs übrigens auch die Partisanen hier im Tal von Ossola verfolgt. Der war mussolinitreu, überzeugter Faschist und knallharter Unternehmer.

»Und wer ist die drahtige Frau neben ihm?«, wollte Luisa wissen.

»Das ist seine Schwiegertochter, Camilla, sie ist Ärztin und ähnlich rigoros. Ihr Mann Alberto, das ist der dahinten, der sich gerade mit dem Bürgermeister unterhält, ist eher der Typ aufgeklärter Unternehmer, engagiert in der Firma, in der Stadt, für die Kultur. Die Söhne der beiden haben meiner Meinung nach nichts von diesem Format. Filippo ist ein etwas langweiliger Manager mit sehr guten Manieren, und der andere, Marco, war ein Leichtfuß, und jetzt ist er auch noch tot. Aber das ist ein ganz klassischer Verlauf in solchen Dynastien. Die erste Generation, die Großväter, das sind die Pioniere, rücksichtslos und genial. Dann kommen in der zweiten Generation die Schaffer, solide und mäzenatisch, und in der dritten die Taugenichtse.«

»Und was bist du?«

»Io? Un fannullone.« Ein Faulpelz. Das war nicht nur so dahingesagt, wie Luisa und Simon wussten. Tommaso war ein engagierter Rechtsanwalt in einer Kanzlei in Novara gewesen, hatte aber vor zwei Jahren aufgehört zu arbeiten, nachdem er einen Prozess verlor, den er unbedingt gewinnen wollte. Es fiel ihm noch immer schwer, sich an sein neues Leben zu gewöhnen. Die beiden übergingen seine Bemerkung, und Luisa fragte: »Hier in der Region gab es also Partisanenkämpfe?«

»Und ob. Noch nie von der *Repubblica partigiana della Val d'Ossola* gehört? Die wurde im Herbst 1944 in Domodossola von Partisanen ausgerufen, und das war dann mehr als vierzig Tage lang befreites Gebiet. Reichte fast bis hier zum See. Es wurden Parlamente eingerichtet, und sie haben begonnen, das Justizsystem und das faschistische Schulsystem zu reformieren. Sogar eine eigene Zeitung, Notgeld und Briefmarken gab es. Aber die Partisanen haben teuer dafür bezahlt. Einige sind in die Schweiz entkommen, aber die meisten sind von den deutschen Besatzern und von Mussolinis Truppen noch vor Kriegsende niedergemetzelt worden.«

Luisa hätte gern noch mehr von Tommaso über das ihr unbekannte Kapitel der Region erfahren, aber in diesem Moment kam Camilla Zanetti zu ihnen an den Tisch. Hellgraues halblanges Haar, vielleicht um die fünfzig Jahre alt, weiße Hose, darüber ein blau-weiß gestreiftes Segelshirt, das trotz ihrer schmalen und sportlichen Figur zu jugendlich an ihr wirkte. Ohne sich vorzustellen und Luisa und Tommaso ignorierend, wandte sie sich an Simon und fragte ihn im bestimmten Ton einer Chefin: »Signor Strasser? Sie sind doch der Journalist, der gerade das Porträt über unser Unternehmen für dieses deutsche Wirtschaftsmagazin verfasst hat, oder?«

Dass er derjenige war, der als Erster bei ihrem toten Sohn auf dem Boot gewesen war, hatte man der Signora offenbar nicht mitgeteilt. Oder sie blendete es aus.

»Richtig, der bin ich.«

»Ist Ihr Artikel schon erschienen?«

»Nein, er kommt in der nächsten Woche raus.«

»Unsere Pressereferentin ist sehr zufrieden mit Ihrer Arbeit. Den fertigen Text haben Sie ihr ja freundlicherweise zukommen lassen. Ich wollte Ihnen danken. Bravo. Ein bisschen Publicity kann die Firma in Krisenzeiten gut gebrauchen.«

Es gefiel Simon nicht, dass Camilla Zanetti seinen Text wie eine Auftragsarbeit behandelte und in die Kategorie Werbung einordnete, aber er nahm es unwidersprochen hin. Tommaso allerdings stand geräuschvoll auf und verließ wortlos den Tisch.

»Und Sie sind auch Segler, oder was führt Sie hierher?«

»Ja, aber ich bin heute nur Zuschauer. Ich segle Jollen, einen Laser, mit dem ich hin und wieder auf dem See unterwegs bin. Kein Vergleich mit Ihrer Dynamic. Ein eindrucksvolles Boot, das Sie da haben. »

»Wollen Sie mal mitsegeln? Wenn nicht gerade Flaute ist, gehe ich immer mittwochs auf Tour mit dem Boot. Ich nehme Sie gerne mit. Nächsten Mittwoch?«

Simon fühlte sich von Camilla Zanetti immer noch behandelt wie ein Angestellter. Aber die Versuchung, einmal eine Dynamic zu segeln, war groß, und der prominenten Industriellengattin so nah zu kommen, auch nicht uninteressant. Er sagte zu.

Jetzt erklang eine Schiffsglocke, das Signal, dass die letzte Wettfahrt der Regatta bald gestartet würde.

»Ich sehe Sie also am Mittwoch um fünfzehn Uhr am Hafen von Omegna, Signor Strasser.« Mit diesen Worten, die eher wie ein Befehl als wie eine Einladung klangen, verschwand Camilla Zanetti in Richtung ihres Schwiegervaters. Sie wechselte ein paar kurze Worte mit ihm, packte seinen Rollstuhl und schob ihn energisch zum Ausgang.

»Mamma mia«, entfuhr es Luisa. »Die hat dich ja ganz schön herumkommandiert. Und mich hat sie vollkommen ignoriert. Dass du dir das gefallen lässt, bloß um auf ihr Schiff zu kommen.«

»Ich bin Journalist. Also von Berufs wegen neugierig. Da lässt man sich so eine Gelegenheit nicht entgehen.«

»Wenn das keine Ausrede ist«, sagte Luisa.

17

Simon und Luisa brachen auf, um den Segelclub zu verlassen, während die meisten Gäste es vorzogen, im kühlen Saal mit dem noch gut gefüllten Buffet zu bleiben und von dort aus durch die Panoramafenster den Start der Regatta zu verfolgen. Im Vestibül des Clubs blieb Luisa stehen und betrachtete die Fotos an der Wand. Über Jahrzehnte hinweg waren dort die Cluberfolge dokumentiert. Die Fotografien ähnelten sich alle, abgelichtet waren durchweg sportlich aussehende junge Männer, auch ein paar Frauen, meist in Gruppen und untergehakt, die lachend in die Kamera schauten. In der Mitte immer einer, der den Pokal in die Luft stemmte.

Simon hatte den Aufnahmen bisher nicht viel Aufmerksamkeit geschenkt, aber nun warf er doch gemeinsam mit Luisa einen Blick darauf. Es war tatsächlich interessant zu sehen, wie sich die Segler im Lauf der Jahrzehnte verändert hatten. Die Gesichter waren schlanker geworden, die Körper athletischer, das sportliche Outfit bei vielen der Abgebildeten nicht mehr allein praktisch, sondern stylish.

Das älteste Foto war vor mehr als dreißig Jahren aufgenommen worden. Simon stutzte. In der Bildunterschrift, die die erfolgreichen Segler nannte, blieb sein Blick an einem Namen hängen: Marcello Zafferano. Das war doch der Steinmetz in Mergozzo, den er bei der Recherche mit Gianluca im Internet gefunden hatte. Der war also auch Segler. Simon konnte sich nicht erinnern, ihm im Club oder bei Regatten schon einmal begegnet zu sein. Aber wer weiß, wie sehr der Mann sich in den vielen Jahren verändert hatte. Davon würde er sich ja bald ein Bild machen können …

Draußen empfing Simon und Luisa schlagartig wieder die Mittagshitze mit einem fast tropischen Wind. Simons Blick fiel auf eine Zanetti-Werbung, ein riesiges Poster auf der anderen Straßenseite: Mama kocht Pasta in einem Zanetti-Topf, Papa darf mit einer Gabel kosten, die Kinder strahlen in freudiger Erwartung. *La famiglia è sacra per noi.* Die Familie ist uns heilig, war der Slogan über dem bunten Bild. Das erinnerte Simon an die klirrende Fröhlichkeit der Rama-Familie, die heile Welt der deutschen Margarine-Werbung im letzten Jahrhundert.

Im Hafen trafen sie wieder auf Tommaso, der mit seinem jungen Vorschoter unterwegs zu seinem Boot war. »Wie war's noch mit Camilla? Hat sie dir die Peitsche gegeben, Simon? Und hast du es genossen?«

»Sie hat ihn noch auf ihr Boot eingeladen, als du weg warst«, sagte Luisa, »und was glaubst du, was unser unbestechlicher Journalist getan hat?«

»Er hat natürlich zugesagt, was sonst.« Tommaso sah Simon herausfordernd an und streckte ihm seinen nach unten gesenkten Daumen entgegen.

Simon nahm von der Geste keine Notiz, legte seinen Arm um Luisa und sagte an Tommaso gewandt: *»In bocca al lupo.«* Obwohl er noch nie verstanden hatte, warum man, um jemandem Glück zu wünschen, ihn in das Maul eines Wolfes steckte.

»Crepi«, erwiderte Tommaso und ließ so den Wolf sterben,

wie es diese Redewendung verlangte, damit Simons Wunsch in Erfüllung ging. Dann klopfte er ihm versöhnlich auf die Schulter, blickte auffordernd zu seinem Vorschoter, der die ganze Szene schweigend verfolgt hatte, und verschwand mit ihm zu seinem Boot.

Luisa und Simon mischten sich unter die Zuschauer am Hafen. Die Regattaboote näherten sich nun eines nach dem anderen dem Startschiff, tummelten sich dort in einem engen Feld vor der Startlinie, darauf lauernd, eine möglichst gute Ausgangsposition zu erwischen. Endlich wurde die Flagge eingeholt, und ein Signal ertönte. Die zweite Wettfahrt war gestartet. Und dieses Mal war Tommaso mit seinem Flying Dutchman gut weggekommen.

Für Simon war es das Signal, nach Orta aufzubrechen. Er hatte Nicola versprochen, am Nachmittag mit Luisa bei ihr in der Bar vorbeizuschauen. Noch immer ging ihm Morettis Nachfrage durch den Kopf. Was konnte das mit Nico zu tun haben? Er wusste im Grunde ja gar nichts darüber, was sie mit den jungen Leuten in Coiromonte zu tun hatte und warum sie sich so häufig dort aufhielt. Aber er würde sich zusammenreißen, ihr vertrauen und sie nicht fragen.

Ausnahmsweise sprang der Außenborder seines Motorboots sofort an, als er die Startleine zog. Da das in letzter Zeit die Ausnahme gewesen war, hatte er schon darüber nachgedacht, sich einen Motor mit Elektrostarter anzuschaffen. Aber dann hatte er diesen Gedanken schnell wieder verworfen. Es wäre zwar bequemer gewesen, aber ein zu großes Zugeständnis an die Tatsache, dass er alt wurde.

Langsam lenkte er das Boot aus dem Hafen hinaus, vorbei an den Segelschiffen, die nun bei einer kräftigen Brise gut

Fahrt machten. Tommaso lag immer noch ziemlich weit vorne. Hinter den Bojen, die die Hafenzone markierten, drehte Simon den Motor auf. Luisa hatte sich ganz nach vorne gesetzt, mit dem Rücken zu ihm. Einen Moment stieg der Bug des Bootes mit ihr in die Höhe, senkte sich dann aber wieder, als sie volle Fahrt machten. Der Wind traf in flachem Winkel auf das Wasser, sodass es kaum Wellen gab, nur eine harte, gerippte Oberfläche, über die sie hinwegrasten wie über ein Waschbrett.

Auf dem sonst so stillen See war viel los. Jollen und Katamarane hatten große, bunte Ballonsegel aufgespannt, auf pompösen Yachten sonnten sich viel zu braungebrannte Frauen in Bikinis, und Männer mit nackten, haarigen Oberkörpern und dunklen Sonnenbrillen standen an zu groß geratenen Steuerrädern. Ein Wasserskifahrer sprang über die Heckwellen des Zugbootes, drehte sich plötzlich auf seinem Ski einmal um die eigene Achse, ließ dann die Zugleine los, glitt noch ein Stück weiter und versank ganz langsam, geradezu elegisch, mit zur Seite gestreckten Armen im Wasser.

Nach zehn Minuten erreichten sie die Orta vorgelagerte Isola San Giulio. Eine Gruppe Touristen stand dort dicht gedrängt an der Bootsanlegestelle und wartete auf das Schiff, das sie zurück nach Orta bringen würde. Wie alle Besucher waren sie vermutlich einmal rund um die kleine Insel gelaufen, auf dem »Pfad der Stille«, auf dem es heute bestimmt alles andere als still gewesen war.

Ein paar herrschaftliche alte Häuser, ein Restaurant, und mittendrin ein Frauenkloster mit einer Basilika, mehr gab es auf der Isola San Giulio nicht. In der Krypta der Basilika lag in einem Glassarg eine Mumie, angeblich der Namensgeber, der Heilige San Giulio, der einst die Insel von Schlangen befreit hatte. Ein Anblick, den Simon furchterregend fand, obwohl ihm die exzessive Bildersprache des Katholizismus in dieser Region, die im ausgehenden Mittelalter eine Bastion gegen den Protestantismus gewesen war, vertraut war.

Er hielt langsam auf Orta zu. Von einem Campingplatz am Ufer wehte Musik zu ihnen herüber, italienische Sommerhits von Eros Ramazzotti bis Gianna Nannini. Simon gefiel die ausgelassene Sommerstimmung auf seinem See, der sonst so melancholisch war. Vielleicht lag es aber auch daran, dass Luisa bei ihm war. Sie saß noch immer mit dem Rücken zu ihm im Bug des Bootes, lehnte sich genüsslich etwas zurück, ließ ihr langes braunes Haar im Wind fliegen und summte ein paar Takte mit.

Er liebte sie. Nicht unentschieden. Aber er war nun mal ein Einzelgänger und fühlte sich schnell bedrängt. Wahrscheinlich war er wirklich ein wenig selbstbezogen. Obwohl er sich gerne im Hintergrund hielt, nicht besonders wichtig nahm. Weil er eben besonders raffiniert war, hätte Tommaso gesagt, nicht ganz zu Unrecht. Dass er den Frauen, die ihm gefielen, trotz seiner unzugänglichen Hülle so leicht nahekam, hatte ihn selbst immer wieder überrascht. Nur einmal in seinem Leben hatte er mit einer Frau länger zusammengelebt, mit Nicolas Mutter. Auch mit Luisa hatte er einen Versuch unternommen, den er jedoch nicht lange durchgehalten hatte. Wahrscheinlich war er der Falsche für diese ihn so sehr berührende und einnehmende Frau. Dass seine Augen feucht wurden, schob er auf den Fahrtwind.

18

Simon fuhr sehr langsam auf einen Holzsteg am Rande von Orta zu, wo er gerade noch eine Nische zum Anlegen fand. Luisa drehte sich zu ihm um. »Wirst du jetzt sentimental?«, fragte sie. »Das wäre ja mal etwas ganz Neues.«

Hatte sie etwas von seinen Gedanken erspürt? Oder hatte auch sie in Erinnerungen geschwelgt? Der Steg, den er angesteuert hatte, war der Platz, auf dem sie vor vielen Jahren gesessen hatten, als sie zum ersten Mal zusammen am Lago d'Orta gewesen waren, noch bevor Simon das Haus am See gekauft hatte. Es war auch ein heißer Sommertag gewesen, sie hatten sich ein riesiges Eis geholt und es auf dem Steg gemeinsam gelöffelt. Wie heute hatte Luisa damals ein weißes Kleid getragen, dazu einen bunten Hut, der jetzt fehlte. Er hatte ihr eine seiner seltenen Liebeserklärungen gemacht und hätte das in diesem Augenblick gerne wieder getan. Aber Luisa war schon aus dem Boot gesprungen und stand auf dem Steg neben einem Paar, das gemeinsam in einem englischen Reiseführer las.

»Jetzt holen wir uns ein Eis!«, rief Luisa ihm zu, während er das Boot vertäute.

In der zentralen Gasse, die zur Piazza führte, war es, wie erwartet, brechend voll. Simon mied Orta normalerweise im August, und an Ferragosto war er noch nie dort gewesen.

Der Trubel überstieg noch seine Erwartungen. Die Zeiten, in denen Orta als Geheimtipp unter Italienkennern gehandelt wurde, waren vorbei. Reiseveranstalter hatten den italienischen Bilderbuchort mit seinen alten Häusern, engen Gassen und einer grandiosen, sich zum See hin öffnenden Piazza schon seit einiger Zeit ins Programm genommen. Eisdielen, Restaurants, Bars, eine Weinstube und neuerdings auch eine Chocolaterie machten gute Geschäfte. Steinpilze, Gemälde, Schmuck und sogar Teppiche waren an jeder Ecke zu haben. Aber es gab weder ein normales Lebensmittelgeschäft noch einen der wunderbaren Haushaltswarenläden, die Simon so liebte und die man sonst immer in italienischen Kleinstädten fand.

Sie tauchten mit ihren Eiswaffeln in den Touristenstrom ein und ließen sich langsam zur Piazza treiben, an der die Bar lag, in der Nicola arbeitete. Simon hatte sie seit zwei Tagen nicht gesehen. Am Morgen hatte er sie angerufen, um ihr zu sagen, dass Luisa überraschend gekommen war.

Die Bar war bis auf den letzten Platz besetzt; auch an der Theke drängten sich die Gäste. Buffon hatte sie noch vor Nico entdeckt, stürmte schwanzwedelnd auf sie zu und sprang an Luisa hoch. Die kraulte ihm die Ohren, wehrte den Hund aber schließlich ab, um Nico in den Arm zu nehmen.

»Wollt ihr Espresso und Wasser? Mein Chef hat mir eine halbe Stunde freigegeben, länger nicht, ihr seht ja, was hier los ist.« Nicola nahm Luisa an der Hand und lotste sie zu einem versteckten kleinen Tisch im hinteren Teil der Bar, den sie für sie freigehalten hatte. »Wie lange bleibst du denn?«

»Ich muss heute Abend schon wieder zurückfliegen. Morgen früh habe ich einen wichtigen Termin auf einer Baustelle. Leider.«

Simon kannte Nicola so gut, dass er ihr ansah, dass sie enttäuscht war, obwohl sie versuchte, sich das nicht anmerken zu lassen. In manchem ähnelte sie ihm eben doch, stellte er befriedigt fest, auch wenn sie nicht seine leibliche Tochter war. Womöglich waren sie sich in einigen Dingen näher, als es den Anschein hatte, und hatten es auch gerade deshalb nicht leicht miteinander.

Die Getränke waren gekommen, zusammen mit einer Platte voll Schinken, Käse und Oliven, die der Barchef ihnen spendiert hatte.

Plötzlich traten Nico Tränen in die Augen. »Der Eisvogel ist tot.«

»Ach je, das tut mir leid.« Simon hätte sie gern in den Arm genommen, aber Luisa war ihm schon zuvorgekommen. Er würde nicht erfahren, ob sie den Trost auch von ihm angenommen hätte.

»Der Tierarzt hat vorhin angerufen und es mir gesagt. Er hat ihn heute Morgen tot in seinem Käfig gefunden.«

Luisa schaute Nicola fragend an, und sie berichtete ihr von ihrem Vogelfund, die Fassung während ihrer Erzählung schnell wieder zurückgewinnend. Als sie mit ihrer Geschichte zu Ende war, entstand eine Pause, dann sagte Luisa: »Ich habe jetzt auch ein Haustier. Einen Kater. Carlos.«

Simon und Nicola blickten sie erstaunt an. Buffon war verrückt nach Luisa, und sie konnte sehr gut mit ihm umgehen, aber sie hatte trotzdem nie den Eindruck einer großen Tierliebhaberin gemacht.

»Er ist mir zugelaufen. Ich habe ihn in meinem Keller gefunden. Er ist wohl durch ein Fenster hineingefallen und hat ziemlich lange dort gehaust. Die Wände waren jedenfalls ganz zerkratzt. Ich wollte ihn rausholen, aber er saß in der Ecke und hat mich nur angefaucht. Zum Fürchten. Ein Freund hat mir dann geholfen. Er ist gekommen, hat Lederjacke und Lederhandschuhe angezogen und sich den wilden Kater gegriffen. Mit einem Mal war der dann ganz ruhig, wie tot, und wir haben ihn zum Tierarzt gebracht. Ich dachte, dass man ihn einschläfern muss, damit er nicht weiter leidet.«

Simon fragte sich, wer der Freund wohl gewesen sein mochte, hielt aber seinen Mund.

Nico fragte: »Und dann?«

»Jetzt wohnt er bei mir. Es war wie mit deinem Vogel. Der Tierarzt meinte, man könne ihn durchbringen, und er hat es tatsächlich geschafft. Er ist wirklich ein netter Kerl.«

»Das ist schön«, sagte Nico und wirkte fast etwas getröstet.

Der Barchef machte ihr von der Theke aus ein freundliches und zugleich aufforderndes Zeichen. »Ich muss leider wieder arbeiten. Aber sag mir noch eines, Simon. Weißt du, was bei der Durchsuchung gestern herausgekommen ist?«

»Was für eine Durchsuchung?«

»Ich denke, du bist so eine Art Watson von Carla Moretti? Gestern waren die Carabinieri doch in Coiromonte. Die haben das Zimmer von Moritz auf den Kopf gestellt. Es sah so aus, als hätten sie etwas gefunden. Ich vermute, Koks. Weißt du wirklich nichts davon?«

»Carla Moretti hat mir vorhin davon berichtet. Aber ich wusste nicht, dass du dabei warst. Was hattest du denn da zu suchen?« Jetzt war ihm doch eine Kontrollfrage herausgerutscht. Dabei war ihm klar, dass sie sicher nicht so freimütig von der Durchsuchung berichtet hätte, wenn sie in fragwürdige Vorgänge verwickelt gewesen wäre. Sofort schob er eine Entschuldigung hinterher.

»Vergiss es, Papa«, sagte sie zu seinem Erstaunen versöhnlich, »halb so wild.«

Luisa lächelte ihm zu und streifte sanft seine Schulter. Dass er seinen Übergriff bedauerte, hatte ihr offenbar gefallen.

Nico fiel ihr zum Abschied um den Hals.

»Jetzt ist aber genug geknutscht«, sagte Simon schließlich. »Ich will nach Hause. Heute ist Ferragosto, und die Liebe meines Lebens ist da, das muss gefeiert werden.« Da war ihm doch noch so etwas wie eine Liebeserklärung über die Lippen gekommen.

19

Am späten Nachmittag fuhren Simon und Luisa noch einmal in den Segelclub nach Omegna. Um achtzehn Uhr sollte dort die Siegerehrung stattfinden, und Luisa wollte unbedingt wissen, wie die Regatta ausgegangen war. Simon hatte protestiert. Er wäre lieber noch alleine mit ihr in Ronco geblieben, außerdem hatte er den Verdacht, dass es vor allem Tommaso war, wegen dem es sie wieder zurück in den Club zog.

Als sie ankamen, hatte die Siegerehrung gerade begonnen. Die Rede des Bürgermeisters von Omegna hatten sie zu Simons Erleichterung verpasst, nun schritt der Clubpräsident zur Tat. Filippo Zanetti hatte wie erwartet gewonnen. Tommaso war Fünfter geworden und nirgendwo zu sehen. Sein Vorschoter stand mit einem Bier in der Ecke und berichtete ihnen, dass er sofort nach dem Ende der Regatta nach Hause gefahren war. Simon vermutete, dass Tommaso der Zeremonie sogar dann ferngeblieben wäre, wenn er die Regatta gewonnen hätte. Tommaso liebte das Segeln, auch den Wettbewerb, und er war ehrgeizig, aber auf Auszeichnungen der sogenannten besseren Gesellschaft hatte er in seinem Leben noch nie Wert gelegt. Außerdem waren ihm die Pokale zu hässlich, und er hätte sie ganz sicher im See versenkt.

Simon schaute sich unter den Gästen um. Auch Carla Moretti konnte er in den gelichteten Reihen der Gäste und Clubmitglieder nicht entdecken. Davide Longhi war natürlich noch da, stand mit einem Bier in der Ecke und plauderte mit Camilla Zanetti. Das Ganze wirkte jetzt etwas trist, das abgegraste Buffet war ebenfalls nicht mehr sehr einladend. Am liebsten wäre Simon gleich wieder gegangen. Auch Luisa drängte zum Aufbruch, sichtlich enttäuscht, Tommaso nicht mehr angetroffen zu haben.

Aber in diesem Moment überreichte der Clubpräsident gerade den Pokal an Filippo Zanetti, und sie beschlossen, das Ende der Zeremonie noch abzuwarten, um nicht unhöflich zu sein. Filippo hatte seine Sportsachen gegen einen weißen Sommeranzug mit dem obligaten zartblauen Maßhemd eingetauscht, nahm den Pokal entgegen und bedankte sich mit der gewohnten Eloquenz. Seine Mutter stand weit vorne, den Rollstuhl mit dem Ahnherrn vor sich. Als der ganze Saal applaudierte, nickten Camilla Zanetti und der Großvater, als nähmen sie den Beifall wie eine Huldigung für die ganze Familie entgegen.

Es war vorbei. Simon nahm Luisa bei der Hand und eilte zum Ausgang, um möglichst schnell vor den anderen Gästen aus dem Saal herauszukommen, und auch, um Davide nicht zu begegnen. In diesem Moment betraten zwei uniformierte Beamte der *Guardia di Finanza* den Saal. Zielstrebig gingen sie auf Filippo zu, sprachen mit ihm und zeigten ihm ein Papier. Camilla Zanetti und ihr Schwiegervater beobachteten das Geschehen regungslos aus sicherer Entfernung, ganz so, als wären sie von dem Vorgang nicht überrascht worden.

Filippo hob zum Zeichen seiner Unschuld beide Hände mit den Handflächen nach vorne über den Kopf, wie Fußballer das nach einem Foul taten, ließ sich dann aber von den

Polizisten in ihre Mitte nehmen, und zu dritt verließen sie unter erstaunten Blicken und vereinzelten missbilligenden Bemerkungen der Gäste den Saal. Davide Longhi folgte mit schnellen Schritten.

Simon fiel sofort das Gespräch mit Carla Moretti am Buffet ein. Was hier passierte, war zweifellos das Ergebnis der neuen Spur, von der sie gesprochen hatte und in die sie ihn nicht hatte einweihen dürfen. Deshalb hatte sie ihm also nahegelegt, die Siegerehrung nicht zu verpassen. Es war ein versteckter Hinweis für ihn gewesen.

»Weißt du, was da los ist?«, fragte Luisa.

»Nicht wirklich. Aber es muss um Geldgeschäfte gehen.«

»Ich denke, du spielst hier am See gerne Detektiv. Da hätte ich ein bisschen mehr erwartet als das, was ich selbst sehen kann.« Sie lächelte ihn herausfordernd an.

»Auch Detektive wissen nur fast alles.«

»Schade.«

Sie standen auf der Straße vor dem Segelclub. Luisa wollte am Hafen schnell noch eine Pizza essen und dann zum Flughafen aufbrechen.

Zwei Stunden später waren sie schon auf der Autobahn in Richtung Mailand unterwegs, und der Flughafen Malpensa war nicht mehr weit. Simon folgte Luisas Mietwagen mit seinem eigenen Auto, um sich erst am Gate von ihr zu verabschieden. Eine Geste, die Luisa vollkommen überflüssig fand, wie sie behauptet hatte, als sie in Ronco losfuhren. Er ließ sich von seiner Idee nicht abbringen. Eine schöne Idee, gab schließlich auch Luisa zu, als sie ihn am Gate noch einmal innig umarmte.

Auf dem Weg zurück an den See fuhr Simon durch die

Reisfelder von Vercelli. Von hier kam der Risotto-Reis – der Roma, der Carnaroli und der Arborio –, Köstlichkeiten der piemontesischen Küche, die Simon am liebsten mit Steinpilzen oder grünem Spargel aß, auch gerne und gut selbst zubereitete. Es war eine flache, weite Landschaft, fast baumlos und mit großen, einsam in den Reisfeldern gelegenen Gütern. Manchmal sah das öde und monoton aus, manchmal, wenn Dunst oder, wie jetzt, die Abenddämmerung die Konturen weichzeichnete, war es eine poetische Landschaft, die fast japanisch wirkte. Ganz im Norden, hinter der Ebene, erhoben sich mit schneeweißen Spitzen die Westalpen, dominiert von dem gewaltigen Monte Rosa.

Simon dachte daran zurück, wie er vor vielen Jahren zum ersten Mal mit dem Zug durch die Reisfelder gefahren war. Damals hatte er gerade das Haus in Ronco gekauft, wollte es Luisa zeigen, und sie hatte die Idee gehabt, mit dem Schlafwagen im Nachtzug von Frankfurt nach Mailand zu reisen. Nach einem kurzen Aufenthalt bei einem Cappuccino in der Bar von Milano Centrale saßen sie am frühen Morgen im Regionalzug wieder in Richtung Norden. Mit seinen noch müden Augen hatte Simon aus dem Zugfenster in die flache Landschaft geblickt und überrascht festgestellt, dass sie überschwemmt war. Er konnte sich das damals nicht erklären, denn es war April, und es hatte in den letzten Monaten wenig geregnet. Erst später hatte er begriffen, dass sie durch eines der größten Reisanbaugebiete Europas gefahren waren, wo ein ausgetüfteltes Kanalsystem im Frühjahr die Felder bewässerte und überschwemmte.

In Ronco saß Simon noch lange vor dem Fernseher und zappte sich durch alle möglichen deutschen und italienischen

Programme. Er hoffte, Nicola noch zu sehen, aber sie kam in dieser Nacht nicht mehr nach Hause. In Gedanken war er noch bei Luisa und hing dem Tag nach, den sie miteinander verbracht hatten. Sie erwartete etwas von ihm, das spürte er, was sie nicht von ihm bekommen hatte. Er selbst war von seinen Gefühlen für sie übermannt worden, hatte ihnen nachgegeben und ihnen zugleich misstraut, dieser Liebe und den Anwandlungen von Sentimentalität. Es war ein schöner Tag gewesen, sie waren sich in einigen Momenten nah gewesen, und doch hatte etwas gefehlt.

Dass sie den weiten Weg nur für einen Tag gekommen war, zeigte doch, dass sie ihn trotz allem noch immer wollte, sagte er sich. Oder war es umgekehrt? Er dachte daran zurück, wie es gewesen war, als sie sich vor vielen Jahren ineinander verliebt hatten. Luisa war damals gerade aus Italien für ihr Architekturstudium nach Frankfurt gekommen und hatte sich ihren Lebensunterhalt mit Babysitten verdient, unter anderem bei einem jungen Paar, das in der Nachbarwohnung von Simon lebte. Hin und wieder trafen sie damals im Treppenhaus aufeinander. Sie gefiel ihm, und eines Tages hatte er sie spontan zum Tee zu sich eingeladen. Von da an war er öfter scheinbar zufällig gerade dann zu Hause, wenn sie ihren Job bei den Nachbarn erledigte. Bald konnte er sich diese Inszenierung sparen, denn sie waren schnell ein Paar geworden. Es war eine glückliche Zeit. Noch nie war Simon so verliebt gewesen. Es trennte sie vieles – das Alter, die Herkunft, das Temperament –, aber wenn sie zusammen waren, fühlte Simon sich auf einmal federleicht. Er war neugierig auf sie, wie er es noch auf keine Frau gewesen war, und zu seinem Erstaunen wurde ihm nicht wie sonst alles schnell zu eng. Sein Italienisch wurde mit ihr von Tag zu Tag besser, und mit der Sprache veränderte sich auch etwas in ihm: Das Leben fing an, ihm leichterzufallen.

Als er seinen Umzug nach Italien plante, hatte er anfangs naiv gedacht, dass sie, die Italienerin, gerne mit ihm zurück in ihr Heimatland ziehen würde. Aber das war weit gefehlt. Sie hatte ihr Studium längst beendet und inzwischen in Frankfurt einen guten Job in einem großen Architekturbüro, den sie nicht aufgeben wollte. »Hier baue ich Hochhäuser«, hatte sie gesagt, »da unten an deinem See Carports für Ferienhausbesitzer. Was ist wohl besser?« Das war natürlich nicht ganz richtig, aber Simon wusste, dass es keinen Sinn hatte, sie überreden zu wollen. Sie hatte auch tiefere Gründe, warum sie in Frankfurt bleiben wollte, sprach aber nicht gerne darüber. Luisa kam aus einem kleinen Ort an der kalabrischen Küste. Ihr Vater, der im Baugewerbe tätig war, war in dubiose Geschäfte geraten – ob als Opfer oder Täter, blieb im Dunkeln – und gewaltsam zu Tode gekommen. Seitdem lebte Luisas Mutter bei ihrem Bruder, der ebenfalls in Geschäfte der kalabrischen Mafia verstrickt war. Ab und an, eher selten, besuchte Luisa ihre Familie, aber mehr aus Pflichtbewusstsein. Sie stand auf Kriegsfuß mit ihrer italienischen Heimat, aber dennoch war der Süden für sie das eigentliche Italien, und in den Norden zog sie auch deshalb wenig. Sie waren beide gewissermaßen Vertriebene, aber diese Gemeinsamkeit brachte sie nicht nur zusammen, sondern trieb sie auch auseinander.

Simon war schließlich alleine nach Italien gezogen, aber sie blieben ein Paar, jetzt rund siebenhundert Kilometer voneinander entfernt. Eine ganze Zeit lang kam ihnen beiden das durchaus entgegen. Doch Luisa, die langsam auf die vierzig zuging, hatte irgendwann genug von der Trennung, sie wollte mit ihm zusammenleben, in Frankfurt. Er hatte es versucht, aber es hatte nicht funktioniert. Zu sehr hing er an seinem Leben in Italien, an diesem See, und wenn er ehrlich war, auch an seinem Alleinsein. Außerdem passte ihr Wunsch nicht in sein Bild von ihr. Luisa war eigenständig und eigensinnig. In diese Frau hatte er sich verliebt. Er wollte kein Nest mit ihr bauen. Oder genauer: Er wollte keine Frau, die ein Nest mit ihm bauen wollte. Wahrscheinlich wollte sie das selbst nicht, und er bildete sich alles nur ein. Es war kompliziert. Die Leichtigkeit war weg.

20

Am nächsten Morgen wachte Simon früh auf, obwohl er erst spät eingeschlafen war. Die Uferpromenade war noch verwaist, nur zwei Angler hatten schon in der Morgendämmerung mit ihren Gerätschaften und Eimern voller Würmer ihre Stammplätze eingenommen.

Seit er am See lebte, beobachtete Simon die Angler mit Verwunderung. Der Lago d'Orta war voll von Fischen, aber so häufig die Angler schon am frühen Morgen ihre Köder auswarfen, so selten bekamen sie einen Fisch an den Haken. Was ihn in seiner Überzeugung bestärkte, dass es beim Angeln nicht darum ging, Fische zu fangen, sondern um etwas anderes – vielleicht um Geduld oder um Schweigen oder um Zuversicht. Und noch nie hatte er eine Frau angeln sehen. Diese wenig dynamische Tätigkeit musste einen spezifischen Reiz für Männer haben, den er bisher nicht verstanden hatte. Fast war er ein wenig neidisch auf die Angler, denn wenn sie stundenlang am Ufer standen, strahlte das für ihn ein Talent zum Nichtstun aus, das ihm unerreichbar schien.

Auch heute hatte Simon keine Lust auf Linos Bar in Pella. Er schwamm eine große Runde, um seine Müdigkeit abzuschütteln, und trank hinterher einen Cappuccino auf seiner Terrasse. Alles war ruhig. Für die Sommergäste im Dorf war es noch zu früh, die saßen gerade erst beim Frühstück, und die Angler waren mit der aufsteigenden Sonne und zunehmenden Hitze verschwunden.

Gegen neun Uhr rief Gianluca an. »Hast du schon gehört? Die *Guardia di Finanza* hat sich Filippo Zanetti vorgenommen.«

»Ich weiß, ich war dabei.«

»Hätte ich mir ja denken können. Die Spürnase wie immer ganz vorne dabei. Das heißt, du warst gestern Abend im Segelclub?«

»Ja, mit Luisa. Aber ich weiß trotzdem nichts Genaues.«

»Sie haben Filippo Zanetti vernommen, dann aber wieder gehen lassen. Es liegt anscheinend etwas gegen ihn vor, und dabei geht es wohl um Steuerhinterziehung, kann man sich ja denken. Es wird nachher einen Pressetermin geben. Mit der *Guardia di Finanza*, aber deine Carla wird auch dabei sein. Man wird uns vermutlich über den Stand der Dinge in dem gesamten Fall informieren, aber vor allem scheint es um deinen Schweizer, diesen Moritz Wehrli, zu gehen. Danach komme ich bei dir vorbei, und wir fahren nach Mergozzo in die Steinmetzwerkstatt. Auf dem Weg dorthin berichte ich dir dann. Oder willst du auch zu dem Pressetermin kommen?«

»Nein.«

Offizielle Informationsveranstaltungen waren nicht Simons Sache. Er war einer, der gerne seine eigenen Wege ging und amtliche Mitteilungen als notwendiges Übel für seine Arbeit ansah. Es würde völlig ausreichen, wenn sein Freund und Kollege ihn informierte. Nur die Aussicht, dort Carla Moretti zu treffen, hätte ihn vielleicht umstimmen zu können, aber dieser Anwandlung widerstand er.

Es war zwölf Uhr, als Gianluca sich wieder meldete. Er stand schon oben auf dem Parkplatz. »Kommst du hoch, Simon? Wir können los.«

»Ich dachte, du kommst noch mal runter und machst ein paar Züge im See.«

»Schwimmen? Bei dieser Hitze? Viel zu anstrengend.«

Wahrscheinlich scheut er eher den steilen Rückweg wieder hoch zum Parkplatz, dachte Simon und machte sich auf den Weg.

Gianluca fuhr einen alten Golf, der aber immerhin eine Klimaanlage hatte. Simon stieg in das angenehm kühle Auto, und sie starteten sofort.

»Und was ist bei dem Termin rausgekommen?«, fragte er neugierig.

»*Piano, piano,* Edelfeder. Ich bin ein bisschen erschöpft und habe einen Bärenhunger. Lass uns in Nonio im Circolo eine Pizza essen, das liegt ja auf dem Weg. Dann erzähle ich dir alles.«

Simon war sofort einverstanden. Nonio war ein unscheinbares Dorf an der Straße von Pella nach Omegna, völlig untouristisch, aber mit Panoramablick über den See, einer altmodischen Bar, in der man süße Schlemmereien erstehen konnte, und jenem Circolo, in den Gianluca einkehren wollte. Simon mochte diese genossenschaftlich organisierten Kneipen, die es überall rund um den See gab. Sie boten einfaches, aber solides italienisches Essen und waren für viele Leute in der Gegend eine Art Kantine. Meist ging es dort sehr gesellig zu.

Heute hatten sie allerdings einen schlechten Tag erwischt, oder sie waren zu früh, jedenfalls war wenig los, aber die Pizza schmeckte gut wie immer.

Sie hatten jeder ein kleines Bier zur Pizza bestellt. Simon nahm einen Schluck und fragte: »Also dann leg mal los, was ist nun herausgekommen bei dem Pressetermin?«

»Es geht tatsächlich um Steuerbetrug«, sagte Gianluca. »Die *Guardia di Finanza* hat den Fall von Carla Moretti übernommen. Du wirst überrascht sein, denn dieser Moritz Wehrli steckt mittendrin. Bei dem haben sie Unterlagen und Notizen gefunden, die anscheinend Filippo Zanetti belasten. Deine Reporternase hat sich also nicht getäuscht. Wenn es jetzt auch anders aussieht, als du gedacht hast.«

»Und was hat Moritz Wehrli damit zu tun?«

»So, wie es aussieht, haben die Zanettis ihn benutzt. Er ist eigentlich eine kleine Nummer. In Zürich vor einiger Zeit wegen Kokainbesitzes aufgefallen. Er hat auch mit dem Zeug gedealt, nicht in großem Stil, hat dafür eine Bewährungsstrafe bekommen. In seinem Zimmer in Coiromonte haben sie auch etwas von dem Stoff gefunden. Ganz sicher braucht er den auch selbst. Und deshalb auch Geld.«

»Carla Moretti hat mir erzählt, dass er weiterhin verschwunden ist.«

»Ja, sie suchen ihn noch. Und wir sollen sie jetzt bei der Suche unterstützen, wir werden ein Foto von ihm veröffentlichen.«

»Und wofür genau könnten die Zanettis ihn benutzt haben?«

»Was die Rolle der Zanettis angeht, waren die Auskünfte sehr spärlich. Aber Wehrli hält die *Guardia di Finanza* für einen sogenannten ›Finanzagenten‹. Das sind Leute, die ihr Privatkonto gegen Provision für Einzahlungen von Schwarzgeld zur Verfügung stellen. Mit Vorliebe sucht man sich dafür Schweizer. Wehrli soll Schwarzgeld für die Zanettis aus Italien mitgenommen und es in Zürich auf sein Konto eingezahlt haben. Auf diese Weise hat er wohl größere Summen an den italienischen Steuerbehörden vorbeigeschleust. Das Ganze hat eine Größenordnung von hundertfünfzigtausend Franken, ist also kein Riesending, aber auch keine Bagatelle. Komisch ist allerdings, dass Wehrli verhältnismäßig viel Geld als Honorar für seine Dienste erhalten hat. Normalerweise kriegt so ein Finanzagent etwa fünf Prozent der Summe, die er transferiert. Dieser Moritz scheint jedoch nach den Notizen, die die Carabinieri bei ihm in Coiromonte gefunden haben, viel mehr kassiert zu haben.«

Simon ließ es sich nicht anmerken, aber er war erleichtert. Wegen Nicola. Es war ihm nicht ganz aus dem Kopf gegangen, dass sie mit Moritz Wehrli und seinen Geschäften womöglich etwas zu tun haben könnte. Aber nach Gianlucas Bericht konnte er das ausschließen. Es musste andere Gründe geben, die sie in das Haus in Coiromonte zogen.

»Hörst du mir überhaupt noch zu?« Gianluca schaute ihn erstaunt an.

»Sorry, ich war in Gedanken. Und könnte Marco Zanetti mit dem ganzen Deal auch etwas zu tun gehabt haben? Schließlich war er mit Moritz Wehrli befreundet.«

»Kann sein. Kann nicht sein. Liegt eigentlich nahe. Vielleicht war er eingeweiht. Aber die Einzahlungen von Wehrli auf das Konto in der Schweiz haben schon begonnen, bevor Marco sich mit ihm eingelassen hat. Wie und über wen der Kontakt zustande gekommen ist, ist unklar. Alles ist möglich. Filippo Zanetti schweigt im Moment, er hat die Aussage verweigert. Wie gesagt, die Guardia war, was ihn angeht, sehr zurückhaltend mit Informationen. Es handele sich bisher nur um einen Anfangsverdacht. Sie haben Filippo ja auch nach der Vernehmung gleich wieder gehen lassen.«

»Aber dann könnte es ja doch sein, dass der Tod von Marco etwas damit zu tun hat. Er hat etwas von dem Steuerbetrug mitbekommen, seinen Bruder unter Druck gesetzt, vielleicht um sich für die Geringschätzung durch seine Familie zu rächen. Und Filippo hat ihn deshalb loswerden wollen …« Simon dachte daran zurück, dass Davide Longhi ihn bei Marcos Beerdigung davor gewarnt hatte, sich in die Angelegenheiten der Familie Zanetti einzumischen. Vielleicht hatte er befürchtet, dass er auf diese Spur kommen würde.

Gianluca unterbrach seine wilden Spekulationen: »Ach, du meine Güte, da springt ja deine ganze kriminelle Phantasie an. Das ist ziemlich abwegig, finde ich. Trotzdem habe ich das Carla Moretti vorhin auch gefragt. Und sie hat genauso geantwortet, wie du das tun würdest. Zumindest wenn du, wie das üblicherweise der Fall ist, bei Verstand bist. Möglich sei alles, jedoch nicht wahrscheinlich, im Gegenteil. Für Geldwäscheaktionen habe Filippo Zanetti vielleicht das Potenzial, meint sie, aber sicher nicht für Mord, und schon gar nicht am eigenen Bruder. In der Zanetti-Yacht haben sie übrigens eine ganze Menge Fingerabdrücke gefunden, natürlich von allen Zanettis und auch von Moritz Wehrli. Aber das habe weiter nichts zu bedeuten, sagt Moretti. Es sei ja klar, dass die alle mal mit Marco auf dem Boot waren. Sie hält daran fest, dass sein Tod ein Segelunfall war.«

Sie bezahlten und brachen auf. Den Espresso würden sie unterwegs irgendwo trinken, hatten sie beschlossen. Gianluca steuerte seinen Golf jetzt sehr langsam über die kurvenreiche Straße durch die Berglandschaft entlang des Westufers bis nach Omegna. Sie durchquerten das Städtchen, fuhren am Hafen entlang. Von hier war Marco Zanetti mit dem Segelboot zu seiner verhängnisvollen Tour gestartet. Simon war nun auch fast überzeugt, dass es ein tödlicher Unfall war, und ihre ganze Recherche kam ihm auf einmal absurd vor. »Sollen wir überhaupt noch in die Werkstatt fahren?«

»Klar. Vielleicht liegst du mit deinem Instinkt doch nicht ganz falsch, wer weiß. Außerdem wollte ich immer schon mal in diese Steinmetzwerkstatt. Ich habe übrigens noch ein wenig wegen des Unfalls in Mergozzo recherchiert, bei den Carabinieri nachgefragt, die damals ermittelt haben. Es gab Zweifel, ob es tatsächlich ein Unfall war, in einer so menschenleeren und verkehrsarmen Gegend. Aber an der Unfallstelle waren Bremsspuren. Der Anruf, durch den der Notdienst alarmiert wurde, kam von einem Schweizer Handy, aber es war nicht registriert. Sie haben auch niemanden gefunden, der etwas beobachtet hat, und die Sache schließlich zu den Akten gelegt. Was aus dem jungen Mann geworden ist, wissen sie nicht.«

»Und Zafferano erwartet uns?«

»Ja, er ist da der Chef. Scheint ein ziemlich altmodischer Typ zu sein. Jedenfalls hat er kein Handy, ich habe ihn nur auf dem Festnetz erreicht. Stell dir vor, ein Italiener ohne Handy, ich wusste gar nicht, dass es das gibt! Ich habe ihm gesagt, dass ich eine Reportage über seine Werkstatt schreiben will. Das habe ich auch wirklich vor.«

Omegna lag hinter ihnen, und sie fuhren nun auf den Lago Maggiore zu. Großformatige Reklametafeln säumten die Straße, überall gigantische Supermärkte, Gewerbezonen, Siedlungsbrei, disparat und zerfranst. An solchen Durchgangsstraßen zeigte Italien sein hässliches Gesicht. Bis hinter Gravellona Toce die Abzweigung links nach Mergozzo führte. Dort gab es einen kleinen See, eigentlich eine Bucht des Lago Maggiore, die durch aufgeschwemmte Ablagerungen des Flusses Toce von dem großen See abgetrennt worden war. Der Abstecher ins Dorfzentrum war ein kleiner Umweg, aber Gianluca wollte den Espresso in einer der Bars am Seeufer trinken.

Auch der Lago di Mergozzo war eine Postkartenschönheit, allerdings im Miniaturformat, mit dem hübschen kleinen Ort an der Kopfseite und einem Schilfgürtel auf der anderen. Kristallklar war der See, noch wärmer und noch unbewegter als der Lago d'Orta. Ein Anglerparadies, auf dem Motorboote verboten waren.

Sie tranken ihren Espresso stehend an der Theke. Simon schaute durch die Fenster auf den kleinen See hinaus. Er konnte sich für den Lago di Mergozzo nicht begeistern. Es fehlte ihm die Spannung, dachte er, sich an Carla Morettis Bemerkungen über den Ortasee erinnernd. Dann fiel ihm ein, was Tommaso ihm im Segelclub erzählt hatte, und er sprach Gianluca darauf an. »Hier in der Gegend hat es vor Kriegsende ja eine Partisanenrepublik gegeben. Das wusste ich gar nicht, davon habe ich kürzlich von Tommaso zum ersten Mal gehört. Aber dir ist das bestimmt nicht neu.«

»Klar weiß ich das. Vergiss nicht, dass ich aus einer alten Kommunistenfamilie komme. Auch wenn das nicht meine politische Heimat ist, habe ich diese Tradition niemals vergessen.«

»Waren das denn Kommunisten?«

»Auch, aber nicht nur. Es waren auch Christdemokraten, Liberale, Sozialisten und sogar Monarchisten. Und egal, was sie waren, die meisten haben mit ihrem Leben bezahlt.

Wenn dich das interessiert, musst du mal nach Ornavasso fahren, da gibt es ein Museum, in dem das alles dokumentiert ist. Und wenn du hier in der Gegend genau hinschaust, wirst du überall Orte finden, an denen an die Partisanen erinnert wird. Vor allem an die vielen Toten.«

21

Sie hatten ihr Ziel erreicht. Kurz hinter Mergozzo gelangten Simon und Gianluca in den Ortsteil Candoglia, ein kleines Dorf, eingeklemmt zwischen Berg, Eisenbahnlinie und vierspuriger Straße. Dieses Tal war eine der großen Transitstrecken durch die Alpen, in der Höhe über den Simplonpass, tief unten durch den Eisenbahntunnel.

Fast hätten die beiden Journalisten ihr Ziel übersehen, denn nirgendwo gab es einen Hinweis auf den Marmorbruch, der den Stein für eines der bedeutendsten Bauwerke Europas geliefert hatte. Erst als sie am Straßenrand parkten, aus dem Wagen stiegen und zum Berg hochblickten, wussten sie, dass sie am richtigen Ort waren. Von Candoglia zog sich eine steile Straße, eher ein Weg, in Serpentinen den Berg hinauf. Dort oben tat sich ein kantiger Schlund auf. Die Cava Madre del Duomo di Milano. Ein klaffendes Loch, davor ein Kran mit einem Ausleger, der gerade in Aktion war.

Die Steinmetzwerkstatt lag unten im Dorf an der Straße, direkt neben der Eisenbahnlinie, über die die Schnellzüge aus der Schweiz Richtung Mailand rasten. Überall auf dem Gelände waren weiß-rosa Steinquader gestapelt, wuchtige Blöcke mit erstaunlich glatten Schnittflächen, die mit messerscharfen diamantenbesetzten Stahlseilen aus dem Berg geschnitten worden waren.

Als Gianluca das Auto draußen auf dem Hof neben der

Werkstatt abstellte, kam der Betriebsleiter schon zu ihnen gelaufen. Ein nicht besonders großer, aber massig und muskulös aussehender Mann, höchstens Mitte fünfzig, mit vollem weißen Haar. Er trug einen grauen Arbeitskittel, der ganz von Marmorstaub überzogen war.

»Signor Rossi von *Il Giorno*?«

»Ja. Und das ist mein Kollege Simon Strasser.«

»*Buongiorno*, ich bin Marcello Zafferano. Wir haben miteinander telefoniert. Kommen Sie, meine Herren, wir gehen direkt in die Werkstatt, und ich erkläre Ihnen unterwegs, was wir hier tun.«

»Der Steinbruch ist also noch in Betrieb?«, fragte Simon mit Blick auf den Kran, der gerade wieder einen Quader durch die Luft schwenkte.

»Natürlich. Da kommt unser ganzer Marmor her. Seit sechshundert Jahren. Rosa Valtoce ist das, ein wunderschöner Stein. Der ist gut zu bearbeiten, hat aber einen Nachteil: Er zersetzt sich im Laufe der Zeit, erst recht in einer vom Smog geplagten Stadt wie Mailand. Deshalb müssen ständig Teile der Fassade erneuert werden. Wenn man den Dom sieht, könnte man meinen, er wäre für die Ewigkeit gebaut. Aber das ist er natürlich nicht. Wir sind es, die ihn jung und schön erhalten.«

Schon nach diesen ersten Worten hatte Simon keinen Zweifel, dass Marcello Zafferano sein Handwerk mit Leib und Seele ausübte. Umso nüchterner geriet seine Rückfrage: »Und was geschieht, wenn es keinen Marmor mehr im Steinbruch gibt?«

»Keine Sorge, der reicht tatsächlich noch für eine ganze Ewigkeit.«

»Wie hat man es damals eigentlich geschafft, diese Tonnen von Stein für den Bau des Doms nach Mailand zu transportieren?«

»Über das Wasser. Das Geniale war ja, dass man den Marmor von hier über den Toce, dann den Lago Maggiore und schließlich über die Kanäle des Ticino nach Mailand befördern konnte. Vierhunderttausend Kubikmeter Stein! Dabei ist nur die Hülle des Doms aus Marmor. Das Innere der Fassade besteht aus Ziegeln, Mauerbruch und Mörtel. Auch die Kirche muss eben aufs Geld schauen.«

Außen hui, innen pfui. Wieder fiel Simon eine deutsche Redewendung ein. War das nicht ein Bild, das auf die katholische Kirche insgesamt ganz gut passte? Auf ihren äußerlichen Prunk, ihre Scheinheiligkeit, ihre vertuschten Skandale?

Die drei Männer betraten die Werkstatt. Sie war mehrere Meter hoch, mit einer bis zur Decke reichenden Sprossen-Glaswand auf der linken Seite. Durch sie fiel die Sonne in den riesigen Raum und tauchte ihn in helles Licht, aber dank einer Klimaanlage war es angenehm kühl. Das Atelier erinnerte Simon an ein Großraumbüro, nur war es hier sehr viel lauter und staubiger. Weißes Marmorpulver bis in den letzten Winkel. Von der Decke hingen hier und da Eisenketten, offenkundig zum Bewegen des schweren Steins. An Rollwagen und Tischen arbeiteten Männer, nur Männer, mit Pressluftwerkzeugen. Sie trugen Ohrschützer und Schutzbrillen, vor sich hatten sie Stellwände mit Skizzen und Fotografien von Türmen, Pfeilern und Verstrebungen, Rosetten und Blumen. In der Mitte des Raumes waren größere, wohl schon fertige Teile aufgebockt, alle in strahlendem Weiß.

Simon erinnerte sich, wie er den Mailänder Dom vor vielen Jahren zum ersten Mal an einem sonnigen Frühlingstag besucht hatte. Und dieses weiße Marmorgebirge mit seinen Zuckerbäckerturmspitzen nur kitschig gefunden hatte. Dann war er an einem Novembertag mit Luisa nach Mailand gekommen, und sie waren in dichtem Nebel hoch auf die Dachterrasse gestiegen, mitten hinein in die von milchigen Schwaden umwehten Zinnen, die wie Eiszapfen aussahen. Es war wunderschön. Und erst von hier oben sah man die Details und konnte die Steinmetzkunst der Baumeister ermessen.

Sie waren nun an einem der Werktische angelangt, an dem ein junger Steinmetz mit einer hellen Schutzbrille vor den Augen ein Marmorstück mit einem Meißel bearbeitete.

»Was Sie hier sehen, ist Teil einer Turmspitze«, sagte Zafferano, »davon hat der Dom einhundertfünfunddreißig. Die sind bis zu siebzehn Meter hoch und mit Ornamenten verziert. Und das hier ist das Original.« Er zeigte auf ein ramponiert aussehendes, schmutziggraues Stück Marmor, eine Fiale in der Größe von etwa einem halben Meter, die auf der Arbeitsplatte vor dem jungen Steinmetz stand. »Das gehört zu der Turmspitze, an der wir gerade arbeiten. Die alten Stücke schickt uns die *Fabbrica del Duomo di Milano*, die Dombauhütte, zusammen mit Skizzen und Hinweisen für uns. Wir, in diesem Fall Lorenzo, reproduzieren sie dann. Es gibt Stücke, mit denen man monatelang beschäftigt ist.«

»Sie restaurieren die Domstücke also nicht, sondern fertigen sie nach der alten Vorlage neu an?«, fragte Simon etwas überrascht, denn das hatte er sich anders vorgestellt.

»Ja, und das ist ziemlich aufwendig. Wir müssen das alte Stück, das vom Dom zu uns kommt, lesen können, uns in das Genie der alten Steinmetze einfühlen, damit etwas Stimmiges und Schönes dabei herauskommt. Und dann brauchen Sie natürlich handwerkliches Geschick. Wie Lorenzo.«

Lorenzo, der junge Steinmetz am Werktisch, war, anders als Marcello Zafferano, schmächtig und klein. Er arbeitete weiter konzentriert mit dem Meißel an seiner Fiale und ließ sich nicht ablenken. Kraft war hier, wie Simon schnell erkannt hatte, nicht mehr in erster Linie nötig. Dafür sorgten die Pressluftwerkzeuge. Aber Ausdauer musste man haben, das unermüdliche Hämmern und Schleifen sah sehr ermüdend aus.

Als hätte Zafferano seine Gedanken gelesen, sagte er: »Durch die Technik hat sich unser Metier natürlich verändert. Es ist heute keine Schwerstarbeit mehr. Die Technik hilft uns, hat jedoch auch ihre Grenzen.«

»Maschinell kann man das also nicht machen?«

»Theoretisch schon. Aber das kommt dann eben von der Stange. Bei uns trägt jedes Stück unsere Handschrift, keines ist identisch mit einem anderen. Das sehen Sie als Laie nicht, nehmen es aber trotzdem wahr. Denn nur dadurch bekommt der Stein eine Seele.«

Er spricht vom Marmor wie von einem lebendigen Wesen, dachte Simon. Wahrscheinlich brauchte man solche Hingabe für diesen Beruf. Und professionelle Deformationen waren ihm selbst ja nicht fremd.

»Sind Sie stolz auf Ihre Arbeit?«, fragte er.

»Nein, stolz ist das falsche Wort. Wenn man an so einem Jahrtausendbauwerk mitwirkt, wird man demütig. Aber ich empfinde es als eine Auszeichnung. Die muss man sich jeden Tag verdienen, mit Würde und mit Anstand.«

Simon rieb sich ungeduldig die Nase, etwas an dem Steinmetz widerstrebte ihm. Sein Pathos und die Sätze, die Simon meinte schon hundertmal gehört zu haben, gingen ihm gegen den Strich. Natürlich war Zafferano stolz, er dünstete das geradezu aus, fand Simon, auch wenn er das von sich wies. »Wie wird denn der ganze Aufwand für den Dom finanziert?«, fragte er, um der Inbrunst des Steinmetzes erneut etwas betont Sachliches entgegenzusetzen.

»Aus allen möglichen Quellen, öffentlichen und auch privaten, also durch Spender, die manchmal sehr, sehr großzügig sind. Und natürlich aus den Einnahmen. Mit sechs Millionen Besuchern pro Jahr kommt schon einiges in die Kassen.«

»Wo haben Sie selbst eigentlich Ihr Handwerk erlernt?«, fragte nun Gianluca, der sich bisher zurückgehalten und die Fragen Simon überlassen hatte.

»Ich habe meine Ausbildung in der Bauhütte in Mailand gemacht und kenne daher den Dom wie meine Westentasche. Wenn ich heute vor ihm stehe, erkenne ich noch jedes Stück, das ich jemals bearbeitet habe. Schauen Sie hier.« Zafferano drängte Gianluca zu einer Wand mit Fotografien, Aufnahmen in Schwarz-Weiß von Domteilen, die ihren Platz an der Fassade gefunden hatten.

Gianluca fragte: »Und was passiert mit den alten Stücken?«

»Das meiste geht nach Mailand zurück, ein Teil bleibt auch bei uns, wir haben da oben neben dem Steinbruch einen Abstellraum, den wir dafür nutzen.«

Während Zafferano mit Gianluca vor den Fotografien stand, nutzte Simon den Moment, um sich alleine in der Werkstatt umzusehen. In der Mitte befand sich ein halbhoch verglaster Raum, in dem Zafferano vermutlich sein Büro hatte. Die Tür stand offen, und Simon tat einen Schritt hinein. Es war alles penibel aufgeräumt, nur auf dem Schreibtisch stapelten sich Akten und Papiere. Und ein Bündel Zeitungsartikel, die der Steinmetz offenbar ausgeschnitten hatte. Simon warf einen schnellen Blick darauf. Es waren Berichte über den Segelunfall von Marco Zanetti. Simon fiel das Foto ein, das er von Zafferano im Segelclub gesehen hatte. Wenn der Steinmetz selbst Segler war, kannte er Marco wahrscheinlich aus dem Club. Hatte er deshalb die Artikel gesammelt?

22

Simon verließ das Büro und gesellte sich wieder zu Gianluca und Zafferano, die immer noch vor den Fotos standen und ins Gespräch vertieft waren.

»Wie lange gibt es die Werkstatt eigentlich schon?« Gianluca versuchte jetzt offensichtlich, langsam an sein eigentliches Ziel zu gelangen und dem Steinmetz Persönliches zu entlocken.

»Mein Vater hat das alles hier aufgebaut. Nach dem Krieg. Jetzt ist er dreiundneunzig. Aber bis vor wenigen Jahren hat er noch in der Werkstatt mitgearbeitet. Jetzt sitzt er leider meistens im Rollstuhl. Längere Strecken zu laufen fällt ihm mittlerweile schwer. Das sind die Folgen einer Kriegsverletzung, die ihm die Nazis und die Faschisten verpasst haben. Seine Beine wollen nicht mehr so recht.«

»Was ist ihm denn passiert?«

»Er war bei den Partisanen. Hier im Val d'Ossola. Und hat wie durch ein Wunder als Einziger ein Erschießungskommando im Steinbruch von Ornavasso überlebt und sich dann im Val Grande versteckt. In einer Höhle bei Piancavallo. In dem Steinbruch von Ornavasso wurde übrigens früher auch Marmor für den Dom abgebaut. Wir hatten da unsere erste Werkstatt, auch gleich nebendran, hier auf diesem Foto können Sie sie sehen, und der Mann, der in der Tür steht, ist mein Vater. Heute ist das vorbei. Unser Atelier dort gibt es noch, wir benutzen es als Depot, aber in dem Steinbruch wird nicht mehr gearbeitet. Im Winter findet da jetzt immer so ein Weihnachtsspektakel für Kinder statt. Davon haben Sie vielleicht schon mal gehört.«

»Ja«, sagte Gianluca, »das kenne ich, darüber habe ich auch mal für die Zeitung berichtet. Das ist ziemlich verrückt, so eine Mischung aus Disneyland, italienischem Kitsch und Grottenzauber. Mit *Babbo Natale* auf seinem Schlitten und echten Rentieren. Aber die Kinder mögen es. Und besser als Krieg ist es allemal. Ihr Vater hat also überlebt und nach dem Krieg die Werkstatt hier aufgebaut?«

»Mein Vater ist zäh, der lässt sich nicht unterkriegen.«

»Das hier ist also ein richtiger Familienbetrieb. Sind Sie denn verheiratet?«

»Verwitwet.«

»Und Ihre Söhne arbeiten auch hier?«

»Nein. Ich habe nur einen Sohn, Giulio. Er hatte einen Unfall und liegt seit ein paar Monaten in einer Klinik. Oben in Piancavallo. Im Koma.«

»Das tut mir sehr leid«, sagte Simon und meinte es ehrlich. Diesem Mann hatte das Schicksal anscheinend böse mitgespielt.

Gianluca nickte. »Ja, mir auch, Signor Zafferano. Sie haben offenbar sehr viel durchgemacht. Ist Ihr Sohn mit dem Auto verunglückt?«

»Entschuldigen Sie, Signor Rossi, darüber möchte ich nicht sprechen. Deshalb sind Sie ja auch nicht hergekommen, oder?«

Marcello Zafferanos Miene hatte sich plötzlich verhärtet, und er wandte sich brüsk zum Hinterausgang. Mehr würde von ihm nicht zu erfahren sein.

Sie verließen gemeinsam die Werkstatt und traten auf einen Hof, in dem alle möglichen Skulpturen standen. Kleine und große, Löwen, Engel, Zwerge und Büsten. Das hatte nichts mit dem gemein, was sie gerade in der Werkstatt gesehen hatten. Das meiste war der übliche Deko-Kitsch, wie er in Gartencentern und Baumärkten überall auf der Welt zu haben war.

»Hier sehen Sie den profaneren Teil unserer Arbeit, Signori. Zum Teil sind es Auftragsarbeiten für Privatleute. Die bringen zusätzliches Geld in die Kasse. Das da zum Beispiel ist ein Hund, den eine Kundin in Auftrag gegeben hat. Eine Deutsche, die ein Ferienhaus hier am See hat und deren Dackel vor einem halben Jahr gestorben ist. Jetzt kommt er in Marmor auf ihre Terrasse. In diesem Fall übrigens in massivem Marmor. Da werden anders als beim Dom eben keine Kosten gescheut.«

Simons Blick blieb an einer Büste hängen, die neben dem Dackel stand und deren Gesichtszüge ihm irgendwie bekannt vorkamen. Er machte Gianluca darauf aufmerksam.

Der fing an zu lachen. »Das ist der alte Zanetti, Giovanni Zanetti, der den ganzen Laden in Omegna vor vielen Jahrzehnten auf die Beine gestellt hat. Der ist aber nicht tot wie der Dackel. Der muss schon über neunzig sein. Und kriegt also noch zu Lebzeiten eine Büste.«

Jetzt erkannte auch Simon den alten Herrn, den Schwiegervater von Camilla Zanetti, den sie bei der Regatta an Ferragosto im Rollstuhl durch den Segelclub geschoben hatte. Ihm fiel ein, was Tommaso ihm über Camilla Zanettis Schwiegervater erzählt hatte, den genialen Unternehmensgründer, der mit den Mussolini-Truppen gegen die Partisanen im Val d'Ossola gekämpft hatte. Er wollte etwas dazu sagen, hielt dann jedoch lieber den Mund. In Gegenwart von Marcello Zafferano, der einen Partisan zum Vater hatte, sprach er das besser nicht an.

Zafferano schien Gianlucas Kommentar überhört zu haben. Er hatte es nun eilig und streckte ihnen schon die Hand zum Abschied entgegen. »Ich bin gespannt auf Ihre Reportage, Signor Rossi. Sie sagen mir doch Bescheid, wenn Ihr Artikel erscheint?«

»Ja, natürlich, sehr gerne. Und vielen Dank für Ihre Unterstützung. Das war sehr aufschlussreich.« Gianluca hatte wieder ein gerötetes Gesicht und sah erschöpft aus. Mit einem Taschentuch wischte er sich den Schweiß von der Stirn. Obwohl sie hier fast schon in den Alpen waren, war es auf dem Hof sehr heiß. Auch Simon bedankte sich, sie gaben Zafferano ihre Visitenkarten und verließen die Werkstatt.

Als sie im Auto saßen, sagte Simon: »Das ist merkwürdig, fast schon makaber. Tommaso hat mir vor kurzem gerade erzählt, dass der alte Zanetti ein Faschist war und gegen die Partisanen im Val d'Ossola gekämpft hat, und jetzt fertigt der Sohn von einem dieser Partisanen eine Marmorbüste von ihm an. Ob Zafferano das klar ist?«

»Du hast recht, das ist schon eine eigenartige Koinzidenz.«

»Übrigens hat er einen ganzen Haufen Zeitungsartikel über den Segelunfall von Marco Zanetti gesammelt.«

»Ach ja? Vielleicht interessiert er sich gerade wegen des Schicksals seines Vaters für den Tod von Marco, sieht den Unfall als eine späte Rache. Er ist schon ein komischer Typ. Jedenfalls ein Verdränger. Der hat ja vollkommen dichtgemacht, als wir ihn nach seinem Sohn gefragt haben. Aber eines wissen wir nun immerhin: Giulio Zafferano liegt im

Krankenhaus in Piancavallo.« Gianluca startete den Motor. »Das wird unser nächstes Ziel, Edelfeder. Wir fahren zu Giulio ins Val Grande. Von mir aus direkt morgen. Jetzt gehen wir noch ein Bier in Omegna trinken, und dann muss ich zurück nach Borgomanero an meinen Computer.«

23

Als Simon auf dem Parkplatz aus Gianlucas Auto stieg, hörte er Musik, die von unten aus dem Dorf kommen musste. Er lief zügig den schmalen Weg hinunter zu seinem Haus. Ein Saxofon. Konnte es sein, dass Nicola wieder zu ihrem Instrument gegriffen hatte? Seit Wochen schon hatte sie nicht mehr gespielt. Simon war darüber nicht nur unglücklich gewesen, weil ihr Üben ihn manchmal auf eine harte Probe stellte. Er ging noch etwas schneller, das Saxofon wurde lauter.

Tatsächlich stand Nicola auf der Piazza und spielte. *I will always love you.* Ein paar Touristen und Dorfbewohner saßen in der Abenddämmerung auf den Bänken und hörten ihr zu. Sie spielte fehlerlos. Simons Ankunft registrierte sie nur mit einem kurzen Kopfnicken, während sie weiter in ihr Instrument blies. Er setzte sich zu seiner Nachbarin Anna, zu deren Füßen Emma und Buffon auf den warmen Steinplatten so entspannt im Halbschlaf lagen, als würden auch sie das Konzert genießen.

Nach zwei weiteren Stücken, in die sich dann doch ein paar falsche Töne schlichen, verbeugte sich Nico, strahlte in die Runde, als alle ihr applaudierten, nahm ihr Saxofon und lief mit Buffon zurück zum Haus. Simon wechselte noch ein paar Worte mit Anna, die begeistert von dem kleinem Konzert war, und von ihm, dem Vater dieser ungewöhnlichen jungen Frau. Auch Anna hielt ihn für Nicos leiblichen Vater, und er hatte sie zu lange in diesem Glauben gelassen, um das noch zu korrigieren. Ihr Kompliment war ihm eher unangenehm. Er stand abrupt und etwas ungelenk auf, entschuldigte sich, dass er auch losmüsse, und folgte Nico ins Haus.

Sie war in der Küche und bereitete einen Sprizz vor. Zwei, wie er bei genauerem Hinsehen erfreut feststellte.

»Das war schön. Du spielst gut. Obwohl du so lange nicht mehr gespielt hast«, sagte er.

»Danke für den Beifall. Du musst dich aber nicht überanstrengen. Noch dazu bei der Hitze.«

»Habe ich nicht. Ich meine das ernst.«

»Okay, Papa. Kommst du mit raus?« Sie nahm ein Tablett, stellte die Gläser darauf, ein paar Erdnüsse und Chips dazu, und ging damit auf die Terrasse. Simon folgte ihr.

Obwohl das Haus wie ganz Ronco schon seit dem Nachmittag im Schatten der hinter dem Dorf ansteigenden Berge lag, war es noch immer heiß. Wenigstens die Mücken ließen sie heute in Ruhe. Nur die Hornissen waren geschäftig wie immer. Simon hatte eigentlich vorgehabt, sofort nach seiner Rückkehr schwimmen zu gehen, ließ es aber sein. Lieber wollte er diesen Augenblick mit der ihm gerade erstaunlich zugewandten Nicola genießen.

Er erzählte ihr von seinem Ausflug mit Gianluca, und sie hörte ihm zu, ohne ihn zu unterbrechen. Erst als er ihr von dem jungen Mann berichtete, der seit Monaten im Krankenhaus im Koma lag, hakte sie ein. »Das ist dann wohl der, wegen dem Moritz an den Lago d'Orta gekommen ist. Der hat diesen Unfall also doch überlebt. Moritz ist übrigens anscheinend ganz aus Coiromonte verschwunden. Keiner weiß, wo er ist. Sein Zimmer sieht ziemlich wild aus, seit die Carabinieri da waren.«

»Dein Moritz ist anscheinend in eine üble Geschichte verwickelt. Er hat vermutlich Filippo Zanetti dabei geholfen, Steuern zu hinterziehen. Er soll Schwarzgeld für ihn in die Schweiz geschafft haben. Deshalb hat die Polizei sein Zimmer nach Hinweisen durchsucht. Und sie auch gefunden.«

»Der ist nicht ›mein Moritz‹. Im Gegenteil.«

Sie war wütend geworden, und Simon befürchtete sofort, dass der vertraute Moment zwischen ihnen schon wieder vorbeigehuscht war und sie gleich in ihr Zimmer verschwinden würde.

Aber dann sagte sie: »Ich bin froh, dass er weg ist.«

Simon schaute sie an. Er sah ihr an, dass sie etwas auf dem Herzen hatte, und er war begierig, es zu erfahren. Aber er würde abwarten, ob und was Nico ihm erzählen wollte.

»Ich habe dir davon nichts gesagt«, fuhr sie schließlich etwas zögernd fort. »Ich habe mich vor ein paar Wochen in eine Frau verliebt. Tanja. Sie kommt aus München, arbeitet aber hier im Sommer für das Blues Festival in Ameno und hat auch in dem Haus in Coiromonte gewohnt. Tanja war aber mehr an Moritz interessiert als an mir. Sie hat trotzdem eine ganze Weile so getan, als ob sie etwas von mir wollte. Wollte sie auch, wenn auch nicht das, was ich mir vorgestellt habe. Sie hat mich vor einiger Zeit gefragt, ob ich Koks für sie nach Deutschland, also nach Frankfurt, mitnehmen würde. Ich glaube, dass Moritz dahintergesteckt hat. Der hat ihr eher die kalte Schulter gezeigt, er ist ja schwul. Na ja, vielleicht ist er auch bi, keine Ahnung. Bei dem wusste man überhaupt nicht so genau, was er war. Wahrscheinlich wollte sie ihm einen Gefallen tun, um an ihn heranzukommen.«

»Und? Du hast hoffentlich nicht zugesagt!«

»Natürlich nicht! Ich bin ja nicht bescheuert. Oder doch. Gefallen hat mir Tanja nämlich trotzdem immer noch. Aber gestern ist sie offenbar abgereist, Paolo meint, endgültig. Ein Glück, kann ich nur sagen. Ich habe eigentlich gedacht, dass mir das etwas ausmachen würde. Aber mir ist im Gegenteil ein Stein vom Herzen gefallen.«

Das Gleiche galt auch für Simon. Nico sprach wieder mit ihm. Und es gab eine Erklärung für ihr Verhalten in den letzten Wochen. Sie war unglücklich verliebt gewesen. Man hatte sie unter Druck gesetzt, und sie hatte dem standgehalten. Die Sorge, die Simon seit Wochen begleitet hatte, fiel von ihm ab. Aber er würde es sich nicht zu einfach machen. Tommaso hatte dennoch recht gehabt. Sie hatte sich ihm nicht anvertraut, als sie in Schwierigkeiten war. Darauf kam es an. Und dass sie das nicht getan hatte, lag an ihm. Es lag an dem, was Tommaso seine Sperrigkeit genannt hatte. Er würde etwas ändern müssen, wenn er Nicola nicht verlieren wollte. Und Luisa. Er musste über seinen Schatten springen. *Superare se stesso.* Wie man das auf Italienisch sagte, wusste er, aber nicht, wie das ging. Es fehlte ihm die Lösung.

Erst mal kochte er für sie. Risotto mit Trüffelsoße, das war eines seiner Spezialrezepte. Wenn seine italienische Mutter ihm schon ihre Sprache nicht weitergegeben hatte, dann doch immerhin die Lust am Essen und am Kochen. Während Nico duschte, stand er am Herd und rührte den Reis, genau wie seine Mutter das getan hatte, achtzehn Minuten lang, sodass er körnig und sämig zugleich wurde.

Sie tranken Wein zum Risotto und sprachen nicht mehr viel. Aber ihr Schweigen lag nicht mehr schwer in der Luft. Zum Nachtisch holte Nicola einen Becher Schokoladeneis aus dem Kühlschrank, den sie aus dem Eissalon in Pella mitgebracht hatte.

Sie löffelten weiter schweigend das Eis. Schließlich gab Simon sich einen Ruck. »Findest du mich eigentlich sperrig?«

»Nein. Nicht wirklich jedenfalls. Du tust nur manchmal so.«

»Und selbstbezogen?«

»Ja.«

Sie schwiegen.

»Willst du noch mehr wissen, Papa?«

»Nein. Da muss ich drüber nachdenken.«

»Und was ist jetzt mit Luisa?«

»Ich weiß es nicht.«

»Ich fände es traurig, wenn ihr euch trennen würdet.«

»Ich auch.«

»So eine kriegst du nicht wieder. Das weißt du hoffentlich.« Damit stand sie auf, rief Buffon zu sich und verschwand. Auf der Treppe drehte sie sich noch einmal zu ihm. »Gute Nacht, Papa.«

Simon trank noch ein Glas Wein, ging dann auch früh schlafen und wachte schon im Morgengrauen wieder auf. Er fuhr mit der Vespa nach Pella, holte beim Bäcker ein paar Brioches und war rechtzeitig zurück, um Nico mit einem Cappuccino und dem Gebäck zu wecken.

Buffon lag in ihrem Bett, schleckte mit seiner langen Zunge die herunterfallenden Krümel vom Laken und stupste Nico dann seine schwarze Nase ins Gesicht.

»Aber ein Hund ist auch keine Alternative«, sagte Simon.

Sie lachte. »Hast du Lust, heute Abend mit mir ins Vinoda zu einem Konzert zu gehen?«

»Vinoda?«

»Ich dachte, du kennst dich jetzt aus in der Gegend um Coiromonte. Das ist das Reich von Manu Muntagnola. Der kommt aus München. Ein krasser Typ. Aber irgendwie auch ziemlich gut. Eine Mischung aus Guru, bayerischem Original und Bob Dylan. Im Juli veranstaltet er immer so eine Mischung aus Woodstock-Festival und Oktoberfest hier am See. Wirklich crazy. Heute Abend gibt er ein Live-Konzert. Komm mit und hör es dir selbst an. Da gibt es auch ein Restaurant, wo wir etwas Kleines essen können, wenn du magst. Holst du mich so gegen acht Uhr in der Bar ab, und wir fahren mit meinem Panda hin?«

Natürlich sagte Simon zu.

Nachdem Nico nach Orta aufgebrochen war, ging er schwimmen. Das Wasser war in den letzten Tagen noch wärmer geworden, mindestens siebenundzwanzig Grad waren es jetzt, schätzte er. Er kraulte einen Kilometer in einer guten Zeit. Er war zufrieden mit sich. Kein plötzlicher Herztod in Sicht. Als er langsam zum Haus zurückschwamm, fiel ihm auf, wie tief das Wasser inzwischen stand. In den letzten Tagen war der See bestimmt noch einmal um zehn Zentimeter gesunken. Wenn die Hitze und die Trockenheit weiter anhielten, würden die Holzpfeiler, die seine Terrasse stützten, bald freiliegen. Und wenn Luft an sie kam, würden sie nach und nach morsch werden, ihre Stabilität verlieren. Er nannte das sein Venedig-Problem. Auch dafür hatte er noch keine Lösung.

Gegen Mittag wurde es Zeit für seine Verabredung mit dem Kollegen. Sie wollten nach Piancavallo fahren, in das Krankenhaus, in dem Giulio Zafferano lag, um vielleicht von den Ärzten dort noch etwas zu erfahren. Womöglich hatte der junge Mann zu seinem Unfall ja noch etwas sagen können, bevor er ins Koma gefallen war. Simon war allerdings skeptisch. Aber da er die ganze Recherche angezettelt hatte, wollte er Gianluca damit nun nicht allein lassen. Außerdem versprach es eine interessante Fahrt zu werden. Im Val Grande war er noch nie gewesen.

Er duschte, zog ein frisches Hemd an und machte sich auf den Weg zum Parkplatz. Diesmal würde Simon gar nicht erst den Versuch unternehmen, Gianluca für einen Sprung in den See zu gewinnen.

Auf dem Weg durch das Dorf ging ihm wieder durch den Kopf, ob sie nicht doch ihre Zeit verschwendeten, sich auf unsinnige lange Fahrten begaben, sich durch die Hitze quälten, nur um einem Phantom nachzuspüren. Sollte er nicht besser in Ronco bleiben und arbeiten oder ein gutes Buch lesen? Es hatte ein Segelunglück gegeben, das Marco Zanetti das Leben gekostet hatte. Dessen Bruder hatte mit Hilfe eines Schweizers, der mit dem Verunglückten befreundet war, Steuern hinterzogen. Und vor ein paar Monaten hatte ein Freund dieses Schweizers einen Unfall gehabt. Das war alles nicht besonders rätselhaft. Wonach suchte er also? Nach einem verborgenen Zusammenhang, der diese disparaten Ereignisse miteinander verband. Aber er wusste selbst nicht, wie er darauf kam, dass es den geben könnte.

24

Seit einer Stunde kurvten sie über schmale Straßen, bergauf, bergab und manchmal nah am Abgrund. In Gianlucas altem Golf gab es kein Navigationsgerät, und sie hatten sich mehrmals verfahren. Simon brachte sein Smartphone zum Einsatz, aber auch das hatte die Orientierung verloren, weil es in dieser einsamen Gegend kaum Netz gab.

Simon fielen die Geschichten ein, die er über das Val Grande gehört hatte. Über Wanderer, die sich verirrt hatten, weil sie ohne kundige Begleitung in das wilde, sich selbst überlassene Hochland aufgebrochen waren. Der Parco Nazionale della Val Grande, die ausgedehnte Landschaft zwischen dem Val d'Ossola und dem Lago Maggiore, das größte Naturschutzgebiet Italiens, war weitgehend unerschlossen. Voller undurchdringlicher Wälder mit Wildtieren, Almen, Bächen, kleinen Seen und Schluchten. Und Schützengräben und Militärstraßen, die noch aus dem Ersten Weltkrieg stammten, wie Gianluca ihm unterwegs berichtete. Es waren Überreste der Cadorna-Verteidigungslinie, an der es jedoch nicht zu kriegerischen Auseinandersetzungen gekommen war. Im Zweiten Weltkrieg, erzählte Gianluca weiter, sei das Val Grande auch Rückzugsgebiet für einige hundert Partisanen gewesen. Dort waren sie dann in einen Hinterhalt geraten und von Soldaten Mussolinis und der deutschen Besatzungstruppen ermordet worden.

Es gab ein Wegenetz und auch ein paar spartanische Schutzhütten, in denen beherzte Wanderer auf langen Touren übernachten konnten. Vor wenigen Monaten noch hatte Gianluca ein Interview mit einem Wanderführer gemacht, der im Winter auf einer Alpe fünf Monate in Schnee und Eis verbracht hatte. Er war begeistert aus dieser Wildnis zurückgekehrt, die man nur am Rand, also nicht in dem eigentlichen Schutzgebiet, mit dem Auto befahren konnte, auf Straßen, die zweifellos malerisch waren, aber auch schmal und kurvenreich.

Das Krankenhaus von Piancavallo lag ein Stück außerhalb des Val Grande, in großer Höhe über dem Lago Maggiore. Es konnte nun eigentlich nicht mehr sehr weit sein, aber erneut verpasste Gianluca eine Abzweigung, und sie landeten in einer Sackgasse, die auf einen unbefahrbaren Waldweg mündete. Gianluca wendete den Wagen, und schließlich fanden sie wieder auf die Straße zurück.

In Gianlucas bedächtigem Tempo fuhren sie weiter und kamen nun nicht mehr vom Weg ab. Nach einigen letzten Serpentinen tauchte dann fast unvermittelt und wie ein Fremdkörper mitten in dieser Naturlandschaft die Klinik vor ihnen auf. Hinter einem vollgestellten Parkplatz ein nüchternes, mehrstöckiges Gebäude. Hier lag Giulio Zafferano.

Die eigentliche Bestimmung des Hospitals war, wie die beiden Journalisten vorab recherchiert hatten, allerdings eine andere, und sie machte sofort verständlich, warum es sich an einem so abgelegenen Ort befand. Hier wurden Essstörungen behandelt, vor allem von Kindern und Jugendlichen. Sich nicht an die ärztlich verordnete Diät zu halten war in dieser Abgeschiedenheit wahrscheinlich so gut wie unmöglich.

»Hast du uns eigentlich im Krankenhaus angemeldet?«, fragte Simon, als sie auf den Parkplatz fuhren.

»Nein, habe ich nicht. Das hätte ohnehin nicht funktioniert. Ich setze auf den Überraschungseffekt. Das wird schon klappen.«

Als sie aus dem Auto stiegen, atmete Simon tief durch. Sie waren über zwölfhundert Meter hoch, und die Luft war viel frischer als unten am See, fast schon kühl. Allein für diese Hitzepause hatte sich die mühevolle Fahrt gelohnt, auch wenn, wie er es erwartete, nichts dabei herauskommen würde. Es hatte ihn überrascht und auch verärgert, dass Gianluca sie nicht angemeldet hatte. Aber daran ließ sich nun nichts mehr ändern.

Sie überquerten den Parkplatz und gingen in die Eingangshalle, wo eine junge Frau sie an der Anmeldung empfing. Gianluca zückte seinen Presseausweis. »Mein Name ist Rossi. Ich bin Journalist und arbeite für *Il Giorno.* Ich und mein Kollege möchten einen jungen Mann besuchen, der hier liegt. Er heißt Giulio Zafferano, und wir würden gerne mit dem behandelnden Arzt sprechen.«

»Haben Sie einen Termin, Signori?«

»Dafür war leider keine Zeit. Wir brauchen dringend eine Auskunft. Es ist keine große Sache, es dauert bestimmt nicht lange.«

»Er liegt auf Station 2B. Der Chefarzt ist *Dottore* Romano. Aber ich kann Sie ohne Termin da nicht hinlassen. Tut mir leid. Eigentlich ist auf dieser Station gar kein Besuch erlaubt, außer von der Familie natürlich.«

»Können Sie nicht anrufen und nachfragen, ob es ausnahmsweise doch möglich ist?«

»Nein.« Das kam so kategorisch, dass Gianluca nicht

insistierte. Er nahm seinen Presseausweis wieder an sich. »Gibt es hier eine Cafeteria? Es ist ja ziemlich umständlich, hierherzukommen. Wir sind lange gefahren, leider nun ganz umsonst. Ein Espresso vor der Rückfahrt wäre nicht schlecht.«

Wenn Gianluca gehofft hatte, mit dem Verweis auf die Anstrengungen, die sie unternommen hatte, die junge Frau doch noch zum Nachgeben zu bewegen, hatte er sich getäuscht.

»Sie müssen nur um die Ecke gehen, dann sehen Sie schon die Cafeteria.«

Eine Espressomaschine zischte hinter der Theke. An vollbesetzten runden Tischen saßen Familien mit Kindern. Es gab einen Fernseher, und es ging laut und turbulent zu, wie immer in italienischen Bars. Schon bei seinen früheren Besuchen in italienischen Krankenhäusern war Simon aufgefallen, dass sie sich von den deutschen unterschieden, sie waren ihm umtriebiger, weniger klinisch, vielleicht auch etwas abgenutzter vorgekommen. Aber entgegen landläufigen Vorurteilen war er immer sehr professionell behandelt worden.

Sie bestellten sich jeder einen Espresso und blieben mit ihren Tassen an der Theke stehen.

»Und jetzt?«, fragte Simon.

»Jetzt trinken wir unseren Espresso, und dann gehen wir auf Station 2B und lassen unseren Charme spielen. Lass mich nur machen.«

Von der Cafeteria gelangten sie über ein paar Umwege zu einer Treppe, die zu der von den übrigen Abteilungen abgeschiedenen Station im zweiten Stock führte. Die Tür zum

Flur war geschlossen, aber als Gianluca die Klinke herunterdrückte, ging sie auf. Nach dem Getümmel in der Cafeteria war es hier fast bedrückend leise.

Ein Pfleger verließ gerade eines der wenigen Zimmer und sprach sie sofort in ungehaltenem Ton an. »Was haben Sie hier zu suchen, Signori?«

»Entschuldigen Sie, Signore. Wir wollten uns gerade bei Ihnen melden. Das ist Signor Strasser. Er ist ein Verwandter von Giulio Zafferano, der hier auf der Station liegt. Er ist eigens aus Deutschland gekommen, um Giulio zu besuchen.«

»Das geht so nicht, meine Herren. Sie können hier nicht einfach reinplatzen. Außerdem liegt der junge Mann im Koma, er ist nicht ansprechbar.«

Simon zögerte einen Moment, dann ignorierte er seine Bedenken und spielte mit. »Das weiß ich ja. Ich wollte ihn nur kurz sehen«, sagte er mit betont deutschem Akzent. »Ich habe extra die weite Reise aus Berlin hierher unternommen.«

»Das tut mir leid für Sie, aber es ist trotzdem unmöglich. Ich muss Sie bitten, die Station sofort zu verlassen.«

»Wenn ich den Jungen nicht sehen darf, dann sagen Sie mir doch bitte wenigstens, wie es ihm geht. Vielleicht kann ich auch *Dottore* Romano sprechen?«

»*Dottore* Romano ist nicht da. Und wie ich schon sagte, Signor Zafferano ist nicht ansprechbar. Schon seit zehn Monaten nicht. Er hatte einen Unfall. Aber das wissen Sie ja wohl. Allerdings hat es in den letzten Wochen ganz leise Anzeichen dafür gegeben, dass er vielleicht doch noch aufwachen könnte. Also, Signor Strass, das war doch der Name?«

»Strasser.«

»Gut, Signor Strasser. Wenn Sie ein Verwandter des Jungen sind und in ein paar Wochen noch einmal wiederkommen und sich vorher anmelden, dann können Sie ihn vielleicht besuchen. Und wenn der junge Mann ganz großes Glück hat, ist er bis dahin womöglich aufgewacht. Und jetzt verlassen Sie bitte die Station.«

Der Pfleger folgte ihnen bis zum Ende des Flurs und schloss hinter ihnen die Tür ab.

Auf der Treppe kam ihnen mit schnellen Schritten eine Ärztin entgegen. Erst als sie fast schon auf gleicher Höhe waren, erkannte Simon Camilla Zanetti. Der Arztkittel und das zurückgebundene Haar machten sie noch strenger, wirkten aber auch passender als ihr sportliches Outfit im Segelclub, fand Simon. Camilla hatte sie sofort erkannt, blieb abrupt stehen und sagte, ohne ihnen die Hand zur Begrüßung zu geben: »*Buongiorno*, Signori, Journalisten in diesem Krankenhaus? Was haben Sie hier zu suchen?«

»Keine Sorge, Signora Zanetti. Wir machen nur einen privaten Besuch. Ein Freund von uns ist hier, um abzunehmen, weil ihm eine Knieoperation bevorsteht«, antwortete Gianluca.

»Das sah mir aber eher danach aus, als ob Sie von der 2B kämen, da gibt es keine Kniepatienten.« Camilla musterte sie scharf.

»Wir haben uns verlaufen, Sie müssen sich wirklich keine Gedanken machen«, sagte Gianluca schnell.

»Vielleicht nehmen Sie sich ein bisschen zu wichtig, Signor Rossi. Wegen Presseleuten wie Ihnen mache ich mir keine Gedanken, das können Sie mir glauben. Außerdem würde diesem Krankenhaus ein wenig mehr Publicity gar nicht schaden.« Sie wandte sich zu Simon: »Und Sie, Signor

Strasser, vergessen bitte unsere Verabredung zum Segeln nicht. Mittwoch fünfzehn Uhr.«

Simon nutzte die Gelegenheit, die sich ihm bot. Immerhin schien Camilla ziemlich erpicht darauf, ihn zu treffen. »Ja, natürlich habe ich das nicht vergessen, Signora«, sagte er. »Und ich freue mich schon auf den Segeltrip. Vielleicht erzählen Sie mir bei der Gelegenheit auch von Ihrer Arbeit hier, zum Beispiel was den Patienten auf Station 2B betrifft«, setzte er einer Intuition folgend hinzu.

Sie blickte ihn scharf an, eher überrumpelt als überrascht. Im nächsten Moment hatte sie sich aber schon wieder unter Kontrolle, lächelte reserviert und sagte: »Sie gelten doch als gut informiert. Da sollten Sie eigentlich wissen, dass ich Orthopädin bin und nicht auf dieser Station arbeite. Bis Mittwoch also. *Arrivederci*, Signori.«

Und schon war sie nach oben verschwunden, ohne sich noch einmal nach ihnen umzusehen.

»Das ist eine Überraschung«, sagte Simon.

»Für mich nicht«, antwortete Gianluca. »Ich dachte, du weißt, dass sie Orthopädin ist und eine gutgehende Praxis in Omegna hat. Hier bringt sie wohl ihre Patienten vor der Operation zum Abnehmen unter.«

»Das ist mir neu«, sagte Simon. »Ist auch ein komischer Zufall.«

Als sie das Krankenhaus verließen und zurück zum Parkplatz gingen, war es windig geworden. Simon war es in seiner sommerlichen Kluft fast schon etwas kühl, aber das ungewohnte Frösteln war ihm durchaus angenehm.

»Lass uns unseren Misserfolg mit einem Bier begießen«, schlug Gianluca vor. »Statt diese ganze stressige Fahrt noch einmal zurück zu machen, fahren wir runter an den Lago

Maggiore, nach Pallanza. Da kenne ich eine nette Bar. Von da aus zurück ist es dann nur noch eine gute Stunde und ganz ohne Serpentinen.«

»Okay, gehen wir da noch ein Bier trinken, und dann begraben wir die ganze Geschichte. Das war eine fixe Idee von mir. Ich habe keine Lust mehr, der weiter hinterherzujagen.«

Simon ging noch immer ihr Auftritt in der Klinik durch den Kopf. Er hatte sich von Gianluca mitziehen lassen, aber eher widerwillig, was ihn in der Absicht bestärkte, tatsächlich einen Schlussstrich unter ihr ganzes Unternehmen zu ziehen.

Die Straße, die hinunter nach Verbania und in den Ortsteil Pallanza führte, war ebenfalls steil und kurvenreich, jedoch wesentlich komfortabler, als es der Hinweg gewesen war; vor allem war der Ausblick atemberaubend schön. Vor ihnen in der Tiefe streckte sich in schon fast spätsommerlichem Licht der dunkelblaue Lago Maggiore aus, mit den Inseln und voller kleiner und großer Boote, die, so wie die Flugzeuge Kondensstreifen oben am Himmel hinterließen, Schaumspuren unten auf dem Wasser zogen.

Am Seeufer in Pallanza umfing sie wieder bleierne Hitze. Simon kam es noch heißer vor als am Lago d'Orta, aber diese Empfindung mochte auch dem kühlen Intermezzo in Piancavallo geschuldet sein. Die von dicht belaubten Bäumen gesäumte Uferpromenade, an der die Bar lag, hatte Simon immer schon gut gefallen. Anders als der umtriebige und weniger attraktive Ortsteil Intra gleich nebenan, von dem aus die Autofähre auf die andere Seeseite startete, verströmte Pallanza mit seinen großbürgerlichen Palazzi in verblichenen Farben das Flair des neunzehnten Jahrhunderts. Auf der Terrasse vor der Bar waren weiße Sonnenschirme aufgespannt, und man hatte von hier einen schönen Blick auf den See. Die beiden setzten sich trotzdem nach drinnen, wo es kühler war.

Sie tranken ihr Bier, beide erschöpft von der Fahrerei und der Hitze. Es war eine friedliche und entspannte Situation, aber Simon wollte seinen Unmut doch loswerden, gab sich einen Ruck und sagte: »Ganz sauber war das ja nicht, Gianluca. Sich als Verwandter auszugeben, um an einen Kranken heranzukommen. So etwas in der Art habe ich früher auch schon mal gemacht, in meinen Anfangszeiten als Polizeireporter. Da war ich aber noch ganz jung und sehr ehrgeizig. Das sind eigentlich die Methoden des Boulevards, im schlechtesten Fall. Das war ein klarer Regelverstoß, sorry.«

»*Ma dai*, Edelfeder! Erst spitzt du mich auf diese Story an, und dann bist du dir zu fein für die Recherche.«

»Vergiss es.« Auf einen handfesten Streit mit Gianluca hatte Simon keine Lust. Außerdem hatte der Kollege recht damit, dass er es gewesen war, der das Ganze angezettelt hatte. Er trank sein Bier in einem Zug aus. »Wir müssen jetzt aufbrechen, mein Lieber. Ich muss nach Hause. Nicola nimmt mich heute auf ein Konzert mit. Ins Vinoda in Coiromonte, zu Manu Muntagnola, falls dir der etwas sagt.«

»Der bayerische Guru?«

»Ja, so ähnlich hat es Nico auch ausgedrückt.«

»Dann viel Spaß. Das Bier schmeckt da bestimmt besser als hier. Also los. Ich setze dich in Ronco ab, und dann werde ich noch ein bisschen Boulevardjournalismus betreiben und meine Reportage über die Werkstatt in Candoglia fertig schreiben. Dann geht die morgen noch mit. Und unsere ganze Plackerei war wenigstens für etwas gut.«

25

Nicola hatte es Tommaso modisch nachgetan und trug ein schwarzes Hemd zu dunklen Shorts. Ihr kurzes rotes Haar war aus der Stirn gekämmt und wurde von einem schwarzen Band gehalten. Ihrem Hund hatte sie statt eines Halsbandes ein schwarzes Seidentuch umgebunden. In den letzten Wochen war Nicola dünner geworden. Simon hatte sie nie ausgesprochen hübsch gefunden, aber mit ihren großen Augen, ihrem weichen Mädchengesicht und ihrem dazu gar nicht passenden burschikosen Habitus hatte sie zweifellos eine besondere Ausstrahlung.

Das Vinoda war ein schlichtes mehrstöckiges Gebäude, rustikal, wie tausend andere in der Gegend. Ein wenig ähnelte es dem Haus der jungen Leute in Coiromonte, war jedoch viel besser in Schuss und hatte Solarpanels auf dem Dach und eine riesige Terrasse mit Blick auf den Monte Rosa. Die Klappläden an den vielen Fenstern waren in einem grellen Türkis gestrichen, ein Hingucker in einer Region, in der die bevorzugte Farbe ein dunkles Braun war, in das sich allenfalls hier und da ein paar Grüntöne mischten. Draußen war eine Bühne aufgebaut, auch ein paar Besucher waren schon gekommen, aber das Konzert hatte noch nicht angefangen. Sie gingen hinein und tranken ein bayerisches Bier an der Bar. Gianluca hatte recht gehabt, es schmeckte wirklich gut.

Von draußen drangen jetzt erste Klänge zu ihnen, die

schnell wieder abbrachen. Die Band machte ihren Soundcheck. Simon hatte nach dem Abitur selbst in einer Rockband gespielt. Es waren die frühen achtziger Jahre gewesen, die hohe Zeit des Pop, aber sie spielten die alten Sachen, die Stones rauf und runter, aber auch Bill Haley und Jerry Lee Lewis, Simon immer am Keyboard. Sie hatten ein paar Auftritte gehabt, bei privaten Festen, einige Male sogar gegen Honorar bei Hochzeiten. Ob er heute noch ein paar Songs draufhätte? Seit Jahrzehnten hatte er an keinem Keyboard mehr gesessen, obwohl es hin und wieder die Gelegenheit dazu gab. Er war Perfektionist und fürchtete die Niederlage. Richtig gut war er außerdem auch früher nie gewesen, und wahrscheinlich musste das Keyboard auch deshalb aus seinem Leben weichen. Zu den anderen Musikern aus der Band hatte er schon lange keinen Kontakt mehr – sein aufreibendes Reporterleben hatte all das verschlungen.

Simon und Nico gingen nach draußen, in die lauwarme, sternenklare Nacht, wo gerade Manu Muntagnola auf die Bühne kam, beklatscht von einem sehr gemischten Publikum. Simon fühlte sich sofort in eine andere Zeit zurückversetzt, konnte aber nicht sagen, in welches Jahrzehnt. Warhol-Comics mit Blondinen und Suppendosen schmückten die Bühnenwände, dazu eine riesige Schwarz-Weiß-Aufnahme von einem Dylan-Konzert, und eine Discokugel drehte sich flimmernd über der Band, die an Keyboard, Geige und Schlagzeug mit Frauen besetzt war. Alles war in psychedelisches Licht getaucht.

Muntagnola war ein kräftiger Typ, nicht mehr ganz jung, mit ergrautem Haar, Sonnenbrille und schwarzem Jackett, dazu einem weißen Hut, wie ihn auch Bob Dylan bei seinen

Konzerten trug. Mit gesenktem Kopf stand er auf der Bühne, begrüßte dann seine Gäste fast schroff in einem hart akzentuierten Englisch und spielte ein paar Töne auf der Mundharmonika. Dann griff er zur Gitarre und sang »Blowin in the wind«. Über der Bühne schwebte ein Bild, das eine ältere Frau in einem glänzenden Sari und mit weißem Schal zeigte.

»Das ist die Mutter«, sagte Nicola.

»Seine Mutter?« Simon blickte erstaunt zu der exotisch und sehr zart aussehenden Frau auf dem Porträt hoch. Dass der kräftige Muntagnola ihr Sohn sein sollte, war schwer vorstellbar.

»Nicht seine Mutter. *Die* Mutter. Die heißt eigentlich Siri Abhati und hat Muntagnola zu dem ganzen Laden hier inspiriert. Sie ist im Libanon aufgewachsen, hat aber in Indien einen Ashram gegründet. Sie galt da als Guru.«

Simon kam nicht dazu, noch weitere Fragen zu stellen. Von der anderen Seite der Bühne winkte ihnen Paolo zu, und Nicola verschwand in seine Richtung, Buffon sprang ihr hinterher.

Simon stutzte. Er hatte in der Menge ein Gesicht gesehen, das ihm bekannt vorkam. Pferdeschwanz und helle graue Augen. War das Moritz Wehrli? Konnte es sein, dass er hier war? Simon suchte mit den Augen die Menge ab. Nichts. Der Mann war verschwunden. Hatte er sich geirrt? Simon bahnte sich einen Weg durch die Menschen, die zusammengedrängt vor der Bühne standen, sich rhythmisch zur Musik bewegten. Er erreichte die Stelle, wo er meinte, den Mann gesehen zu haben. Da war niemand mit Pferdeschwanz.

Er dachte nach. Wenn Moritz Wehrli hier wäre, hätte Nicola ihn bestimmt darauf aufmerksam gemacht. Halluzinierte er schon? Am Bier konnte es nicht liegen, er hatte nur eine Flasche getrunken. Simon wollte sich gerade eingestehen, dass ihn seine Sinne getäuscht haben mussten, als er in einiger Entfernung am Ausgang erneut die schmächtige Gestalt mit dem Pferdeschwanz entdeckte. Er musste da hin, möglichst schnell, bevor diese Person, die womöglich Moritz Wehrli war, ihm entwischte. Simon machte ein paar eilige Schritte auf den Ausgang zu, aber es stellte sich ihm ein Betrunkener in den Weg, griff nach seinem Arm, redete auf ihn ein und hielt ihn fest. Der Mann war harmlos, aber hartnäckig, und es dauerte eine Weile, bis Simon sich von ihm befreien konnte.

Auf der Straße vor dem Vinoda war niemand mehr zu sehen, nur noch die sich in Richtung des Sees entfernenden Rücklichter eines Autos. Es war ein kleiner Wagen, ganz sicher kein Porsche. Im Halbdunkel – die Lampe vor dem Vinoda warf nur schwaches Licht auf die Straße – blickte Simon sich suchend um. Es konnte ja sein, dass der Mann, den er für Moritz Wehrli hielt, gar nicht in diesem Auto gesessen hatte.

Auf der anderen Straßenseite, wo ein Laubwäldchen begann, bemerkte Simon inmitten der dicht stehenden Bäume einen Lichtschein, nicht allzu weit entfernt. Vielleicht war der Mann ja dorthin verschwunden. Simon überquerte die Straße, entdeckte einen schmalen, grasüberwachsenen Pfad, der in den Wald und auf das Licht zuführte. Dann wurde es wirklich finster, und Simon sah nicht mehr, wo er hinlief. Nach ein paar Metern stolperte er, stürzte beinahe, fing sich gerade noch und ging weiter. Zweige schlugen ihm ins Gesicht.

Langsam gewöhnten sich seine Augen an die Dunkelheit, und nach ein paar weiteren Metern war er da, wo er hinwollte. Was er dort sah, war allerdings kein Mann mit Pferdeschwanz und ganz sicher nicht Moritz Wehrli. Zwei Frauen saßen aneinandergelehnt im Schein einer Campinglampe auf einer kleinen Lichtung und rauchten einen Joint. Eine der beiden schien ihn bemerkt zu haben und blickte in seine Richtung. Simon hatte hinter einem Stamm Deckung gesucht, verhielt sich ganz still und wartete einen Moment, bis die Frau sich wieder ihrer Freundin zuwandte, dann trat er den Rückweg an.

Im Vinoda hatte sich die Tanzfläche noch mehr gefüllt, und Nicola war mittendrin. Sie tanzte ausgelassen, während Buffon daneben auf der Wiese lag und schlief. Simon wartete das Ende des Songs ab, dann ging er ein Stück auf Nicola zu und machte ihr ein Zeichen.

Sie kam sofort zu ihm. »Alles in Ordnung bei dir? Du siehst ein bisschen verwildert aus.« Sie strich über sein Hemd und entfernte ein paar Zweige, die daran hängen geblieben waren.

»Kann es sein, dass Moritz Wehrli hier ist?«, fragte er.

»Ziemlich sicher nicht, aber sein Bruder war bis eben noch da und hat ein paar Sachen abgeholt. Der ist gerade wieder weg. Er wollte heute Nacht noch nach Zürich zurück.«

Zumindest hatte er nicht halluziniert, sagte sich Simon. Er hatte den Bruder gesehen, und der sah Moritz vermutlich ziemlich ähnlich, zumindest im Zwielicht dieses Konzertabends.

Muntagnola stimmte gerade »Just Like a Woman« an, gar nicht so schlecht, wie Simon fand. Aber er hatte genug, seine Eskapade hatte ihn ermüdet, und er wollte aufbrechen. Nicola verabschiedete sich mit einem Kuss von ihm und gab ihm ihre Autoschlüssel. Sie wollte heute Nacht in Coiromonte bleiben.

Simon rätselte, wo genau sie ihre Nächte dort eigentlich verbrachte und wie sie am Morgen in die Bar in Orta kommen würde, aber er fragte sie nicht. Noch war ihre wiedergefundene Nähe zu zerbrechlich, als dass er sie durch indiskrete Fragen aufs Spiel setzen wollte. Außerdem hatte der Abend ihn trotz seines eigenen kleinen Abenteuers beruhigt. Das war also die Szene, zu der Nico sich hingezogen fühlte, ein harmloser Haufen, hatte Carla Moretti gesagt und damit recht gehabt.

Als Simon in Ronco ankam, fand er erstaunlicherweise sofort einen Parkplatz, ein Zeichen dafür, dass mit Ferragosto der sommerliche Höhepunkt am See überschritten war.

Er holte sich noch ein Bier aus dem Kühlschrank und setzte sich mit seinem iPad auf die Terrasse. Die Nachtluft war immer noch aufgeheizt, aber ein leichter Wind brachte etwas Kühlung, und der Sternenhimmel war grandios. Es war Sternschnuppenzeit. Schon in den letzten zwei Nächten waren sie vom Himmel gefallen wie das biblische Manna. Was konnte er sich wünschen? Dass Luisa ihn weiterhin liebte. Dass aus Nicola etwas werden würde. Dass er nicht noch mehr graue Haare bekäme. Dass er nicht bald sterben musste. Er hielt inne. Dieser Sternschnuppen-Hokuspokus wäre ihm früher nicht in den Sinn gekommen. Woher kam nur neuerdings sein Hang zum Sentimentalen? Luisa glaubte, das liege daran, dass er alt wurde. Sie meinte es nicht böse, aber Simon hielt das für ein Klischee.

Es war fast Mitternacht, und Simon vermutete, dass Gianluca ihm inzwischen eine Mail mit seinem Artikel für die Morgenausgabe der Zeitung geschickt hatte. Er schaute in seine Mailbox, und tatsächlich, da war die Nachricht mit dem Dokument. Er öffnete es sofort. Die Überschrift lautete: *Der Steinmetz von Mergozzo hält den Mailänder Dom jung und schön.*

Simon begann zu lesen. Gianluca war ein guter Schreiber und ein genauer Beobachter. Es gefiel Simon, wie er im ersten Absatz die Atmosphäre in der Werkstatt eingefangen und dann in wenigen Zeilen ein stimmiges Porträt von Marcello Zafferano gezeichnet hatte, dem *Kunsthandwerker des Marmors,* wie er ihn nannte. Simon las weiter. Und wollte seinen Augen nicht trauen, als er in der Mitte des Textes angelangt war. Er kannte Gianlucas Hang zur Seifenoper und dass er, wenn es um Unfälle oder persönliche Katastrophen ging, gerne pathetisch wurde. Mit dem, was er jetzt las, hatte er dennoch nicht gerechnet.

Gianluca erzählte die Familiengeschichte der Zafferanos. Erst ging es um die Partisanenvergangenheit des Großvaters, *Emilio Zafferano, der heute mit dreiundneunzig Jahren noch für seinen heroischen Einsatz bezahlt und an den Rollstuhl gefesselt ist.* Danach, und das traf Simon wie ein Schlag, kam er auf Giulio zu sprechen, auf seinen *mysteriösen Unfall* und auf *den beklagenswerten Zustand des jungen Mannes, für den es aber neuerdings einen Funken Hoffnung gibt, da er vielleicht in Kürze aus dem monatelangen Koma erwachen wird.*

Simon las nicht weiter. Er war sprachlos. Er griff zu seinem Handy und schrieb eine Nachricht an Gianluca: »Das geht gar nicht.« Aber er wusste, dass er zu spät kam.

26

Simon blieb die nächsten zwei Tage zu Hause und arbeitete. Er hatte einen neuen Auftrag vom *Schotter* bekommen, einen ausführlichen Hintergrundtext über die *Banca Monte dei Paschi di Siena.* Die älteste Bank Italiens litt unter einer großen Anzahl fauler Kredite und hatte beim letzten Stresstest so schwach abgeschnitten wie kein anderes Institut in Europa. Es gab eine Menge zu recherchieren, was ihm bei der Hitze leichterfiel als das Schreiben, das mehr Nachdenken erfordert hätte. Bisher hatten die dicken alten Steinmauern die Temperatur im Haus immer noch erträglich gehalten. Aber seit es auch in der Nacht kaum noch abkühlte, war es in seinem Arbeitszimmer drückend heiß. Vielleicht sollte er sich auch so einen Ventilator kaufen, wie Gianluca ihn hatte, ging ihm durch den Kopf. Von ihm hatte Simon nichts mehr gehört. Auf seine nächtliche Nachricht zu seinem Artikel hatte Gianluca nicht geantwortet, und Simon hatte keine Lust gehabt, sich noch einmal bei ihm zu melden. Die Atempause war ihm ganz recht, denn nach dem Krankenhausbesuch hatte er erst einmal genug von ihren Aktivitäten, und es tat ihm gut, sich auf anderes zu konzentrieren.

Das Wochenende verging, und am Dienstag war Simon mit Tommaso zum Mittagessen in Orta verabredet. Er fuhr bei strahlendem Sonnenschein mit dem Motorboot los und legte am Steg direkt vor Tommasos Haus an. Wahrscheinlich gab es niemanden, der seinen Freund nicht um dessen wunderschönes Domizil beneidete. Es war früher der Sommersitz seiner sehr wohlhabenden Mailänder Familie gewesen und stand in einer Reihe dicht gedrängter Uferhäuser nicht weit weg von der Piazza. Simon liebte es, mit dem Boot auf diese Uferzeile zuzufahren. Jedes Haus hatte seinen eigenen Charakter, seinen eigenen Farbton, dazu das eine elegante Säulen oder einen schmiedeeisernen Balkon, das andere Arkaden oder eine Loggia. Simon konnte sich nicht sattsehen an der bunten Vielfalt der Häuser, und jedes Mal entdeckte er neue Details. Zum See hin hatte Tommaso einen kleinen, aber üppig bewachsenen Garten mit riesigen Bananenstauden, in deren Schatten Simon mit dem Boot anlegte.

Tommaso hatte ihn wohl ankommen gehört, kam durch den Garten auf den Steg gelaufen, kletterte zu ihm ins Boot, und sie fuhren nur ein paar Meter weiter, um beim Ristorante Isoletta an der Piazza haltzumachen. Hier konnte man draußen unter Sonnenschirmen an weiß gedeckten Tischen sitzen und auf die Insel und die bunten Holzboote blicken, die an einem steinigen Strand vor dem Restaurant lagen. So nah am Wasser und unter Sonnenschirmen war die Mittagshitze ganz gut auszuhalten. Sie bestellten *bagna cauda*, eine regionale Spezialität, bei der man rohes Gemüse in eine Sardellen-Knoblauchsoße tauchte, danach aßen sie eine Tagliata mit Rucola und dünnen Parmigiano-Streifen und gönnten sich eine Flasche besten piemontesischen Barbera. Während des Essens sprachen sie nicht viel, tauschten sich nur über die Qualität der Speisen und des Weins aus. Es war zu heiß, um viel miteinander zu reden, und mit dem guten Essen und dem Barbera breitete sich eine angenehme Trägheit in Simon aus.

Beim Espresso fragte Tommaso: »Hast du eigentlich etwas von Gianluca gehört?«

»Nein, schon seit Tagen nicht.«

»Das habe ich mir gedacht. Der Dicke vergräbt sich. Aber gestern Abend habe ich ihn zufällig hier in der Weinstube nebenan getroffen, und da war er schon beim dritten Glas. Es gibt schlechte Nachrichten, und du bist daran nicht ganz unbeteiligt.«

»Wieso das denn?«, fragte Simon, obwohl ihm natürlich sofort klar war, wovon Tommaso sprach.

Der ließ sich von ihm auch nicht für dumm verkaufen. »Das wirst du dir doch wohl denken können. Er hat wegen eures kleinen Ausflugs einen Riesenärger bekommen. Der Chefarzt aus dem Krankenhaus in Piancavallo hat bei der Zeitung angerufen und sich über euch beschwert. Weil ihr versucht habt, euch unter falschen Angaben Zutritt zu einem Patienten zu verschaffen, vor allem aber, weil Gianluca mit seinem Artikel dessen Persönlichkeitsrechte verletzt hat. Gianluca ist jedenfalls ziemlich am Ende.«

»Und ich bin in seinen Augen an allem schuld?«

»Nein, da schätzt du ihn falsch ein. Er macht vielleicht manchmal ein paar krumme Sachen, um an sein Ziel zu kommen, aber er ist ein guter Freund und ein fairer Typ. Keiner, der mit dem Finger auf andere zeigt, wenn er selbst Mist gebaut hat.«

»Na ja, völlig unschuldig bin ich ja tatsächlich nicht. Ich habe das Ganze schließlich ins Rollen gebracht.«

»Bravo, mein Lieber, du bist eben auch ein guter Freund und ein fairer Typ. Im Ernst. Aber bevor du mir nun all deine Sünden beichtest, mache ich mich lieber auf den Weg. Vielleicht meldest du dich einfach mal bei Gianluca. Gute Freunde machen so etwas.«

Sie gingen zur Theke und bezahlten. Erfreut stellte Simon fest, dass ihm wieder nur der Einheimischen-Tarif berechnet wurde, wie schon beim letzten Mal. Irgendwann würde er vielleicht doch richtig am See zu Hause sein.

Er machte sein Boot los, griff aber, noch bevor er es startete, zu seinem Handy, um Gianluca anzurufen. Tommaso hatte ihm sacht zu verstehen gegeben, dass er das schon längst hätte tun sollen, und er hatte damit recht. Aber noch bevor er die Nummer aufrufen konnte, begann es zu klingeln. Gianluca. Der Kollege war ihm zuvorgekommen, und er ließ Simon gar nicht erst zu Wort kommen. »Giulio ist tot«, sagte er.

Simon verstand nicht sofort.

»Giulio Zafferano ist tot«, wiederholte Gianluca. »Er ist gestern Nachmittag in der Klinik gestorben.«

»Wie bitte? Was ist passiert?«

»Ich weiß es nicht. Er ist tot. Dieser *Dottore* Romano aus dem Krankenhaus hat heute in der Redaktion angerufen und meinen Chef informiert. Weil wir daran ja nicht ganz unbeteiligt wären, hat er gesagt. So hat es mir gerade der Chef vom Dienst weitergegeben. Du kannst dir vorstellen, in welchem Ton.«

»Aber wieso ist er so plötzlich gestorben? Er schien doch wieder auf dem Weg der Besserung zu sein.«

»Ich weiß es nicht, Simon. Ich habe mit meinem Artikel bestimmt einen Fehler gemacht, aber deswegen stirbt der Junge doch nicht. Ich verstehe das nicht.«

»Ich auch nicht. Und das ist natürlich Quatsch, die Verbindung, die dieser *Dottore* Romano da zieht. Am besten hältst du dich aus der Sache jetzt völlig raus.«

»Ich bin ohnehin erst mal freigestellt. In der Redaktion ist man im Moment nicht so gut auf mich zu sprechen. Ich fahre ein paar Tage in die Toskana zu meinen Eltern. Wenn du etwas hörst, gibst du mir doch Bescheid, oder?«

»Ja klar. Ich melde mich, sobald ich etwas erfahre.«

Simon rief sofort Carla Moretti an. Vielleicht wusste sie mehr über die Hintergründe.

»Das Krankenhaus hat uns informiert, dass der junge Mann gestorben ist«, sagte Carla, freundlich und sehr sachlich wie immer. »Routinemäßig, weil es eine Spätfolge eines Unfalls mit Fahrerflucht ist. Das war doch der Unfall, von dem Sie mir erzählt haben, nicht wahr? War der Tote nicht ein Freund unseres vermissten Schweizers?«

»Ja, seinetwegen ist Moritz Wehrli hierher an den See gekommen. Und kurz darauf hat Giulio Zafferano dann den Unfall gehabt.«

»Sehen Sie denn da einen Zusammenhang? Wie ich Sie kenne, sind Sie der Geschichte doch weiter nachgegangen.«

»Ich habe den Vater von Giulio Zafferano besucht. Dabei ist aber nichts herausgekommen.« Dass er auch mit Gianluca im Krankenhaus gewesen war, erwähnte er lieber nicht.

»Ich verstehe. Dann waren Sie also zusammen mit Rossi bei dem Steinmetz. Den Artikel habe ich gelesen. Da hat sich Ihr Kollege ja ganz schön weit vorgewagt. Übrigens war der Vater nachmittags noch bei seinem Sohn in der Klinik in Piancavallo. Was für ein Glück im Unglück, dass er noch bei ihm war, bevor er gestorben ist.«

Das Gespräch war dann wie stets schnell beendet. Simon

stand vor einem Rätsel. Warum war Giulio Zafferano so überraschend gestorben, obwohl es doch gerade wieder etwas Hoffnung für ihn gab? Natürlich konnte das bei Komapatienten jederzeit geschehen, das wusste Simon. Vielleicht hatte dieser *Dottore* Romano doch recht, und ihr Besuch im Krankenhaus hatte etwas damit zu tun. Hatten sie mit ihrer Recherche und mit Gianlucas Artikel etwas ausgelöst, was sie nicht kontrollieren konnten?

27

Simon holte sich ein großes Glas kaltes Wasser, gab ein paar Spritzer Zitrone dazu und trank es in einem Zug aus. Er war in hohem Tempo mit seinem Boot nach Ronco zurückgefahren, aber die schnelle Fahrt über den See hatte ihn nicht, wie erhofft, entspannt. Im Gegenteil. Als er die letzten Meter vorschriftsmäßig mit gedrosseltem Motor auf sein Haus zufuhr, fiel sein Blick wieder auf die Holzpfeiler, die die Terrasse stützten. Es fehlten nur noch zwei Zentimeter, bis sie an die Luft kommen würden.

Er und Nicola waren auf einem guten Weg, aber sein Venedig-Problem war noch immer nicht gelöst. Das belastete ihn, und auch der tote Giulio ging ihm nicht aus dem Kopf. Er wollte die düstere Stimmung vertreiben, setzte sich an seinen Computer und versuchte sich in Zahlen, Fakten und Bilanzen zu vertiefen, um auf andere Gedanken zu kommen.

Normalerweise war Ronco ein Ort, an dem er sich gut konzentrieren konnte, zu sich kam. Das war anders als früher in Frankfurt, wo er ständig auf Hochtouren gelaufen war. Nach außen immer ruhig und gelassen, war er doch oft angespannt gewesen, was nicht nur an seinem aufreibenden Alltag als Polizeireporter lag. Es war diese rasant getaktete Stadt, so hatte er es damals empfunden, die ihm den Rhythmus diktierte. Ronco hingegen stand still, war immer gleich. Seit Simon hier zu Hause war, also inzwischen seit immerhin fünf Jahren, hatte sich im Dorf fast nichts verändert. Nur der See wechselte jeden Tag, ja zuweilen jede Stunde sein Gesicht, ein Spektakel, das Simon zugleich inspirierte und entspannte. Noch immer stolperte und raste sein Herz, aber das kam inzwischen viel seltener vor.

Natürlich mochte es sein, dass ihm hinter der scheinbar unveränderlichen Fassade manches einfach verborgen blieb. Denn auch wenn Ronco winzig war und nur wenige Menschen dort zu Hause waren, hatte es seine Geheimnisse, gab es verborgene Geschichten, die alle irgendwann ans Licht kamen.

Erst vor kurzem hatte so eine Episode das Dorf erregt. Ein junger Mann, der mit seinen Eltern in Ronco lebte, hatte an einer Talentshow im Fernsehen teilgenommen und sich trotz seiner einhundert Kilogramm Körpergewicht zu den Klängen von Britney Spears' »Womanizer« als begabter Tänzer entpuppt. Bis er den Mut gefasst hatte, sich für die Show zu bewerben, hatte der Zwanzigjährige jahrelang vor dem Fernseher Tanzschritte trainiert, immer wenn er allein zu Hause war. Was sehr oft der Fall gewesen sei, wie er den Journalisten berichtete. Niemand in Ronco hatte etwas davon gewusst. Simon war sich nicht sicher, ob er diese Geschichte schön oder traurig fand.

Er hörte ein dunkles Bellen, blickte von seinem Computer auf und sah durch das Fenster. Auf der Seepromenade führte Anna, wie immer sehr elegant in einem blassblauen Sommerkleid, ihren Hund spazieren. Das tat sie fast immer um diese Zeit in ihrer Mittagspause, fuhr daher jeden Tag extra die ganze Strecke von Omegna nach Ronco.

Simon konnte Ablenkung gebrauchen. »*Ciao*, Anna«, rief er ihr zu, »wie wär's mit einem Espresso?«

»*Ciao*, Simon, ja, sehr gerne, *grazie*. Ich bin gleich bei dir.«

Fünf Minuten später saßen sie unter dem Sonnenschirm auf Simons Terrasse und tranken Espresso. Er erzählte Anna von dem Jungen, den er im Krankenhaus besucht hatte und der gestorben war.

»Giulio Zafferano? Den kenne ich doch. Der ist jetzt doch noch gestorben? Wie schrecklich. Ich kenne ihn, weil er im letzten Jahr ein Praktikum bei uns gemacht hat, in der Marketingabteilung von Zanetti. Bevor er den Unfall hatte.«

»Wann war das genau?«

»Lass mich überlegen. Das muss im Winter vor einem Jahr gewesen sein. Marco hat damals den jungen Mann unter seine Fittiche genommen. Und ehrlich gesagt, glaube ich, auch ein Auge auf ihn geworfen.«

»Du meinst, die beiden hatten etwas miteinander?«

»Keine Ahnung, weiß ich nicht. Ich hatte nur so ein Gefühl, dass da etwas zwischen ihnen war. Aber ich will keine Gerüchte verbreiten, schon gar nicht über Tote. Das ist wirklich schrecklich, dass der Junge es doch nicht geschafft hat … So kurz nachdem Marco verunglückt ist.« Anna schaute auf ihre Uhr. »Ich muss los, Simon. Die Arbeit wartet. *Grazie mille* für den Espresso.«

Simon schloss die Tür hinter ihr, blieb einen Moment stehen, fasste sich nachdenklich ans Kinn. Marco Zanetti und Giulio Zafferano waren ein Paar gewesen. Und der Junge war in der Klinik gelandet, in der Marcos Mutter Camilla ihre Patienten zum Abnehmen unterbrachte. Das warf ein ganz neues Licht auf alles. Simon spürte, wie sich die Spannung wieder in ihm breitmachte. Gerade noch hatte er mit der Geschichte, wie er meinte, innerlich abgeschlossen. Aber vielleicht war er jetzt auf den Zusammenhang gestoßen, nach dem er die ganze Zeit gesucht hatte. Hatte Camilla Zanetti etwas mit der Sache zu tun? Hatte Davide Longhi ihn deshalb bei ihrer Begegnung bei der Beerdigung davor gewarnt, sich einzumischen?

28

Simon war pünktlich am Hafen in Omegna, aber Camilla Zanetti war schon vor ihm da. Als er sich dem Liegeplatz der Boote vor dem Segelclub näherte, sah er, wie sie routiniert die letzten Handgriffe für ihre Ausfahrt mit der Dynamic tätigte. Das Boot war startklar, die Segel waren bereit und mussten nur noch gehisst werden.

Sie hatten Glück: Es war heiß wie immer, aber es wehte eine kräftige Brise, die sie in Maßen fordern, jedoch gut in Fahrt bringen würde. Simon sprang mit einem forschen Satz vom Steg an Deck, als müsste er beweisen, wie fit er noch war.

»*Buongiorno*, Signor Strasser. Gut, dass Sie pünktlich sind. Das ist eine Eigenschaft, die ich an euch Deutschen wirklich schätze.«

Die Signora wusste offenbar nichts von seiner halb italienischen Herkunft und nahm ihn ganz selbstverständlich für einen Deutschen, was Simon in diesem Fall herzlich egal war.

»Wir starten sofort«, fuhr sie im gleichen resoluten Ton fort. »Sie übernehmen die Fock. Und wenn es passt, auch den Spinnaker.«

Simon ging nach vorne ins Boot, und sie hissten fast gleichzeitig die beiden Segel, die sofort heftig im Wind zu flattern begannen. Camilla Zanetti, wieder ganz in Weiß und sehr jugendlich in Shorts und T-Shirt, mit einem blauen Stirnband um die grauen Haare, ging an die Pinne. Sie griff nach einem Holzpaddel an der hinteren Bordwand, das dort zwischen zwei Klemmen befestigt war, und reichte es Simon. »Stoßen Sie uns bitte ein Stück vom Kai ab?«

Simon stutzte und zögerte einen Moment. Er blickte auf das Paddel, das in seinen Händen lag. Es war nagelneu. Schlagartig kam ihm eine Erinnerung zurück. Als er Marco Zanetti auf diesem Boot gefunden hatte, hatte es an der Bordwand kein Paddel gegeben. Er sah noch die leeren Klemmen vor sich. Hatte es nie ein Paddel gegeben, oder war das alte verschwunden? Simon war sich eigentlich sicher, dass zu diesem perfekt ausgerüsteten Boot auch ein Paddel gehört hatte. Es musste ersetzt worden sein. Sollte er Camilla Zanetti darauf ansprechen? Nein, besser war, er wartete erst mal ab, wie sich dieser Segelausflug mit ihr entwickeln würde.

Entschlossen stieß er sie von der Ufermauer ab, klemmte das Paddel dann wieder an der Bordwand ein, und die große Yacht legte ab. Camilla Zanetti stand aufrecht im Heck, ergriff mit einer Hand die Schot des Großsegels und mit der anderen Hand das Ruder. Der Wind fuhr in die Segel, und sofort nahmen sie schnelle Fahrt auf. Camilla blieb weiter aufrecht im Heck stehen, führte jetzt die Pinne mit der Hand in ihrem Rücken. Es sah elegant und sehr gekonnt aus, wie Simon ihr etwas widerwillig zugestand und sich dabei zugleich ziemlich kleingeistig fand.

Der Wind kam von Süden, wehte ihnen entgegen, wurde langsam stärker, und sie mussten kreuzen, was Signora Zanetti, die nun entspannt im Heck Platz genommen hatte, mit exakten Manövern und knappen Kommandos an Simon vollkommen unaufgeregt erledigte. Camilla war zweifellos eine ausgesprochen gute Seglerin. Simon war zum ersten Mal auf einer Dynamic unterwegs, und der ruhige, schnelle Lauf des Bootes faszinierte ihn sofort. Auf seinem Laser, einer sportlichen Einmannjolle, ging es unruhiger zu, und er war näher am Wasser, oft auch zu nah, denn es reichte manchmal eine Bö, um ihn zum Kentern zu bringen.

Simon fühlte sich trotzdem unbehaglich. Keine zwei Wochen war es her, dass er Marco blutüberströmt auf diesem Boot gefunden hatte. Dann hatte die Spurensicherung ihr Werk getan, danach ganz sicher auch die Familie, und die Yacht war jetzt herausgeputzt und penibel aufgeräumt – alle Spuren von Marcos Tod waren getilgt. Die Bilder von dem Unglückstag tauchten wieder vor Simon auf. Dort, wo Marcos Mutter scheinbar unbewegt vom Tod ihres Sohnes am Ruder saß und die Yacht so professionell lenkte, musste Marco gesessen haben, als ihn der Baum am Kopf traf. Wenn es denn so gewesen war.

Simon schaute zu Camilla Zanetti. Sie war eine erstaunliche Frau. Trauerte sie gar nicht um ihren Sohn? So nüchtern Simon selbst auf das Leben blickte, so unbegreiflich war ihm ihre Kaltschnäuzigkeit. Aber als Journalist wusste er andererseits aus seinen zahllosen Begegnungen mit Menschen, wie vorschnell ein solcher Eindruck sein konnte. Vielleicht würde ja auch Camilla Zanetti ihn noch überraschen.

Er überlegte, wie er auf das Thema zu sprechen kommen konnte, das ihn so dringend beschäftigte. Er musste unbedingt wissen, ob sie etwas mit Giulios Tod zu tun hatte. Hatte sie über die frühere Beziehung ihres Sohnes zu ihm Bescheid gewusst? Hatte sie diese Liebe toleriert? Er würde es herausbekommen, aber er musste das geschickt anstellen, denn Camilla Zanetti war ohne Zweifel gewieft und nicht leicht zu durchschauen.

Sie segelten zügig bis zur Isola San Giulio. Im Süden legte der Wind plötzlich richtig zu, wurde nun heftig, fast schon stürmisch mit kräftigen Böen. Die Dynamic hielt den jähen Winden noch gut stand, legte sich aber so schräg ins Wasser, dass Simon wider sein besseres Wissen doch Sorge hatte, dass sie kentern könnten. Camilla Zanetti blieb vollkommen ruhig. Sie hätten die Segel reffen können, was ihr jedoch nicht in den Sinn zu kommen schien. Erneut fuhr eine starke Bö in die Segel und brachte die Yacht in bedrohliche Schräglage. Simon hielt sich an der Bordwand fest und wäre trotzdem fast aus dem Boot gefallen.

Camilla schien von den Böen, die sie jetzt ständig trafen, geradezu angefeuert. Klitschnass saß sie am Ruder und steuerte die Yacht mit Absicht, wie es Simon schien, mit dem Bug immer wieder auf die hohen Wellen zu. Dann fuhr sie vollkommen überraschend eine scharfe Wende, die selbst einem erfahrenen und sportlichen Segler wie Simon waghalsig vorkam. Wieder wäre er beinahe ins Wasser gefallen. Sein Herz raste. Wollte sie ihn beeindrucken? Ihm Angst machen? Ihn womöglich loswerden? Simon hoffte, dass dieses Segelabenteuer bald ein Ende haben würde. Und vor allem, dass er es heil überstehen würde.

Dann flachte der Sturm plötzlich ab, ebenso schnell, wie er zuvor aufgekommen war. Sie hatten den Süden verlassen, bewegten sich wieder in Richtung Omegna, nun vor dem Wind mit weit geöffneten Segeln. Die Dynamic war immer noch schnell, aber verglichen mit der Sturmfahrt war es nun geradezu gemütlich auf der Yacht. Auch das Wasser hatte sich beruhigt, aus den Wogen wurden nach und nach sanfte

Wellenberge, die sich immer mehr glätteten. Simon setzte zusätzlich den Spinnaker, der sich nun riesig in Knallorange vor ihnen aufblähte.

Er hatte seine Fassung zurückgewonnen, rätselte jedoch immer noch, was Camilla Zanetti mit ihren kühnen Manövern bezwecken wollte. Als sie die letzten Häuser von Orta passiert hatten, zog Simon das Ballonsegel ein, und Camilla fuhr eine perfekte Halse, mit der sie sie in eine Bucht navigierte, in der es nahezu windstill war.

Es wurde sofort sehr heiß auf dem Boot, und Simon zog die durchnässte Segeljacke aus. Außer seemännischen Kommandos hatten sie bisher kein Wort miteinander gewechselt. Jetzt holte Camilla Zanetti eine Thermoskanne aus einer Packtasche, füllte zwei Becher mit eiskaltem Zitronentee und reichte Simon einen davon nach vorne. »Einen Moment sah es so aus, als hätten Sie Angst gehabt, Signor Strasser.«

Simon antwortete nicht.

»Ich bin überrascht, denn Sie gelten doch als furchtlos. Eine Eigenschaft, die ich sehr schätze. Sie sehen, dass ich mich über Sie informiert habe, Simon. Ich darf Sie doch Simon nennen?«

Er nickte.

»Jedenfalls sind Sie, nach allem, was man über Sie hört, ein sehr guter Journalist. Polizeireporter waren Sie in den letzten Jahren in Frankfurt, nicht wahr?«, fuhr Camilla Zanetti fort. »Ich habe mich natürlich auch in Deutschland über Sie kundig gemacht. Das heißt, unsere Pressereferentin, die Sie ja auch kennen, hat das getan und mich dann ins Bild gesetzt. Und sie hat mir da eine interessante Geschichte über Sie erzählt.«

Simon sagte immer noch nichts, blickte sie nur fragend an. Er wusste wirklich nicht, worauf sie hinauswollte.

Sie erwiderte seinen Blick und sagte dann nur zwei Worte: »Vincent Achebe.«

29

Es war der letzte große Fall gewesen, über den er als Gerichtsreporter in Frankfurt berichtet hatte, und er hatte sich stärker als gewöhnlich und über die Verpflichtungen seines Jobs hinaus hineingekniet. Die Geschichte war gut sechs Jahre her. Sie hatte sich in dem Jahr zugetragen, bevor Simon nach Italien gegangen war. Es war einer seiner großen journalistischen Erfolge gewesen.

Vincent Achebe war ein Nachwuchsspieler bei der Frankfurter Eintracht, ein großes Talent. Er kam aus Nigeria, war einer von jenen leichtfüßigen Straßenfußballern, die mit dem Ball einfach alles konnten und die von einer Karriere in der Glamourwelt des europäischen Fußballs träumten. Ein Spielervermittler setzte ihn mit sechzehn Jahren ins Flugzeug nach Frankfurt, und tatsächlich schien der junge Schwarze einer der ganz wenigen zu sein, denen die leichtfertig versprochene Karriere in Europa glückte. Anders als die meisten bekam Vincent sehr schnell einen Profivertrag.

Mit achtzehn war er Stammspieler im Kader der Eintracht und trug in seiner ersten Saison mit überraschenden Spielzügen, genauen Pässen und vielen Torvorlagen dazu bei, den Abstieg der Mannschaft in die 2. Bundesliga zu verhindern. Vincent war angekommen. Erfolgreich auf dem Platz und bald schon verheiratet mit einem deutschen Fotomodell. Aber in der folgenden Saison riss ihm bei einem Zusammenstoß mit einem gegnerischen Spieler das Kreuzband, und für den Rest der Spielzeit fiel er aus. Als die Verletzung ausgeheilt war, fand er nicht mehr zu seiner alten Form zurück, und nach drei Jahren wurde sein Vertrag nicht verlängert. Vincent wurde zum heimatlosen Niemand.

Nach Nigeria in seine Heimatstadt Lagos als Versager zurückzugehen, ließ sein Stolz nicht zu. Er verdingte sich in Frankfurt als Taxifahrer. Das Fotomodell hatte ihn verlassen, er war einsam und unglücklich, trank zu viel. Schließlich fuhr er auf einer nächtlichen Heimfahrt ein sechzehnjähriges Mädchen an, verletzte es schwer, beging Fahrerflucht, wurde erwischt. Womit Vincent wieder in den Schlagzeilen landete.

Simon gefiel die einseitige Empörung nicht, die sich fast unisono in den Medien über den einst erfolgreichen schwarzen Fußballer ergoss. Er schaltete sich ein, berichtete von dem Prozess gegen Vincent, und er war ein guter Beobachter – wie immer. Aber er ging noch weiter. Er besuchte ihn in der Untersuchungshaft, führte mit ihm ein Interview. Er ließ ihn von seiner Jugend in Nigeria erzählen, von den Träumen eines fußballverrückten Jugendlichen, von den Versprechungen, die man ihm gemacht hatte, und davon, wie man ihn hatte fallen lassen. Dann schrieb er einen großen Hintergrundartikel, in dem er die Machenschaften der Spielervermittler beleuchtete und das Schicksal der afrikanischen Fußballer schilderte, die so häufig auf der Strecke blieben. Mit Hilfe eines Freundes, der ein Taxiunternehmen in Frankfurt führte, warf Simon auch einen Blick auf die schwarzen Schafe dieses Gewerbes, die die prekäre Situation solcher verlorenen Seelen wie die des gescheiterten Fußballers ausnutzten und ihnen unterbezahlte Jobs gaben. Das Blatt wendete sich. Vincent wurde vom Täter zum Opfer. Er kam mit einem relativ glimpflichen Urteil auf Bewährung davon und wurde interessant für den Talkshow-Zirkus im Fernsehen. Die Sympathien des Boulevards wandten sich ihm wieder zu.

Vincent war Simon dankbar, rief ihn häufig an, suchte seine Freundschaft, aber der haderte mit seinem unbestreitbaren Erfolg und ging dem Ex-Fußballer aus dem Weg. Er hatte sich für den gestrandeten Sportler engagiert, so sehr, dass man ihm bei der Zeitung vorwarf, die gebotene journalistische Neutralität als Gerichtsreporter verletzt zu haben. Diese Vorwürfe ließen Simon kalt, aber je mehr der junge Mann wieder Fuß fasste, desto unsympathischer wurde er ihm. Das junge Mädchen, das Vincent Achebe angefahren hatte, hatte er zwar bei einem von Simon organisierten Fototermin im Krankenhaus besucht, aber das war eine reine Inszenierung für das Publikum gewesen. Ihr Schicksal war Vincent im Grunde gleichgültig.

Simons angestauter Überdruss gegenüber seinem Job, dessen Spielregeln er so gut beherrschte, hatte sich durch diese Erfahrung noch zugespitzt, und es hatte nicht mehr lange gedauert, bis er seine Kündigung bei der Zeitung einreichte.

Diese Geschichte, an die Simon schon lange nicht mehr gedacht hatte, kam ihm nun hier in Italien, mitten auf seinem See auf dem Segelboot von Camilla Zanetti, in all ihren Einzelheiten wieder in den Sinn.

Er dachte nach. Er war verwirrt. Warum hatte sie ihn darauf angesprochen? Was wollte sie von ihm? Das lief alles nicht so, wie er sich das vorgestellt hatte. In jedem Fall hatte Camilla im Augenblick das Heft in der Hand.

Er überlegte noch, wie er sich und sein eigentliches Anliegen wieder ins Spiel bringen könnte, als Camilla, die eine

Weile geschwiegen hatte, ihn aus seinen Gedanken riss. »Sie waren also ein ziemlich erfolgreicher Polizeireporter. Einer, der etwas engagiert verfolgt, etwas herausfinden und ein Blatt wenden kann. Jemanden wie Sie könnten wir Zanettis ganz gut gebrauchen. Hier am See spielen Sie im Übrigen ja immer noch gerne ein bisschen Detektiv, nicht wahr?«

»Was meinen Sie damit?«

»Ich frage mich, warum Sie mit Rossi im Krankenhaus in Piancavallo waren. Die Geschichte mit dem Freund, der operiert werden und deshalb abnehmen muss, war doch ein Vorwand. So leicht macht man mir nichts vor.«

Camilla Zanetti war tatsächlich eine Überraschung. Sie ahnte anscheinend, dass er sie im Verdacht hatte, etwas mit Giulios Tod zu tun zu haben, und ging in die Offensive. Auch mit ihren Schmeicheleien hatte sie wohl versucht, ihn zu umgarnen und auf ihre Seite zu ziehen. Es war Zeit, ihren Strategien etwas entgegenzusetzen und aus der Deckung zu kommen.

»Sie haben recht, Camilla«, sagte er. »Das war nur ein Vorwand.«

Simon sah der Signora direkt ins Gesicht. Ihre Augen hatten leicht gezuckt, und sie sah auf einmal angespannt aus. Sie schien irritiert. Vielleicht war sie doch nicht so souverän, wie sie vorgab. Womöglich gefiel es ihr aber einfach nicht, dass er sie ebenfalls mit ihrem Vornamen ansprach, ein vielleicht etwas hilfloser Versuch von ihm, auch sprachlich so etwas wie Waffengleichheit zwischen ihnen herzustellen. »Signor Rossi und ich wollten Giulio Zafferano im Krankenhaus aufsuchen, oder zumindest mit einem Arzt dort sprechen, um mehr über seinen Unfall zu erfahren. Und jetzt ist der Junge gestorben.« Simon machte eine Pause. »Ich bin überzeugt davon, dass Sie mit seinem Unfall und seinem Tod etwas zu tun haben.«

Es war heraus. Simon war zum Zerreißen gespannt, wie sie reagieren würde. Dabei hoffte er, dass es ihm wie üblich gelang, nach außen trotzdem kühl und gelassen zu wirken.

»Und warum glauben Sie das?«

Sie schien vollkommen ungerührt. Diese Frau war entweder ein intelligentes Ungeheuer, oder er irrte sich. War er auf der falschen Fährte und machte sich lächerlich? Und wenn er doch recht hatte, war es dann richtig, was er tat? Camilla Zanetti war eine ernstzunehmende Gegnerin. Er war alleine mit ihr auf einem Boot, ihr ausgeliefert. Von Waffengleichheit konnte keine Rede sein. Wozu sie fähig war, hatte sie ihm schon bei der Sturmfahrt demonstriert.

Simon ließ sich trotzdem nicht abschrecken. Er musste es riskieren. Er war jetzt am Zug. »Ihr Sohn hatte eine Beziehung mit Giulio. Er war schwul. Das hat Ihnen nicht ins Konzept gepasst. Sie fürchteten um Ihren Ruf, um den Ihrer Familie. Und vor allem um den Ihres Unternehmens. *La famiglia è sacra per noi.* Das ist bei Ihnen mehr als ein Slogan. Sie machen Haushaltswaren für die heilige Familie, *mamma, papà e bambini.* Was nicht in dieses Muster passt, grenzen Sie aus. Ein schwuler Sohn und Firmenerbe passte da natürlich nicht ins Bild. Deshalb sollte das unter keinen Umständen bekannt werden, und Giulio musste verschwinden.«

Camilla Zanetti zeigte noch immer keine Reaktion. Anstatt ihm zu antworten, drehte sie sich um und langte hinter sich in eine Box in der Bordwand. Wonach griff sie da? Wollte sie ihn jetzt auch umbringen? Noch nie hatte er sich dem plötzlichen Herztod so nahe gefühlt.

30

Als sie sich wieder umdrehte, hatte Camilla Zanetti eine riesige Sonnenbrille auf. Sie schien immer noch die Ruhe selbst zu sein. »Ich sehe, Simon«, sagte sie, »Sie haben ganz zu Recht diesen guten Ruf als Journalist. Sie haben sauber recherchiert, und Sie sind wirklich mutig. Das gefällt mir. Und ich würde gerne Ihre Kompetenz in Anspruch nehmen. Giulio interessiert mich im Moment weniger. Ich bin nämlich fest davon überzeugt, dass Marco umgebracht wurde. Er war vielleicht nicht der Sohn, den ich mir gewünscht habe, aber er war ein guter Segler und sicherlich kein Selbstmörder. Ich weiß nicht, was auf diesem Boot passiert ist, aber ich bin überzeugt, dass er nicht allein war. Vor allem sorge ich mich um Filippo, meinen anderen Sohn. Denn da läuft ein Mörder frei herum. Und vielleicht hat ja der verschwundene Schweizer etwas mit Marcos Tod zu tun. Dieser Moritz Wehrli ist ein Krimineller. Und solange der Mörder von Marco nicht gefunden ist, mache ich mir große Sorgen. Ihnen traue ich zu, dass Sie ihn finden. Und ich bin bereit, Sie dabei mit allen nötigen Mitteln zu unterstützen.«

»Warum sollte Moritz Wehrli mit dem Tod Ihres Sohnes etwas zu tun haben? Die beiden waren doch ein Paar.« Simon war sich bewusst, dass er mit dieser Frage schon wieder auf Camillas Zug aufsprang, anstatt beim Thema Giulio zu bleiben und sie damit in die Enge zu treiben. Er ärgerte sich darüber, aber noch immer versuchte er, ihren Gedankengang zu entschlüsseln. Dabei wusste er etwas, was sie nicht wusste. Nämlich dass Moritz Wehrli nichts mit dem Mord an Marco zu tun hatte, jedenfalls nicht der Täter sein konnte, denn er hatte ja durch Paolo, der ihn an dem fraglichen Morgen noch in Coiromonte gesehen hatte, ein Alibi. Darüber würde er sie jedoch in keinem Fall informieren. Ein Wissensvorsprung war bei so einem Machtkampf, wie sie ihn sich gerade lieferten, immer ein Vorteil.

»Das weiß ich nicht. Es spielt auch keine Rolle. Bei diesen Schwulen ist ja alles denkbar. Ich sage auch nicht, dass er der Mörder war. Aber jemand hat meinen Sohn umgebracht, da bin ich sicher, und ich will wissen, wer das war. Nicht zuletzt, damit derjenige nicht auch noch Filippo etwas antut.«

»Und was wollen Sie dann von mir?«

»Die Ermittlungen der Carabinieri stecken fest. Im Moment scheint es denen wichtiger zu sein, uns Zanettis an den Karren zu fahren, als den Mörder meines Sohnes zu finden. Von Carla Moretti habe ich schon eine ganze Weile nichts mehr gehört. Aber Sie haben ja offenbar einen guten Draht zu der Polizistin. Haben Sie denn eine Ahnung, was der Stand der Ermittlungen ist?« Simon schwieg, und Camilla setzte davon unbeirrt ihre Rede fort. »Ich habe Sie beide im Segelclub bei der Regatta beobachtet, und das sah ziemlich vertraut aus. Diese Carla ist eine hübsche junge Frau, aber sie ist doch ganz unerfahren. Deshalb schlage ich Ihnen vor, dass Sie sich weiter einschalten und nach dem Täter suchen.« Sie machte eine Pause. »Sie werden es jedenfalls nicht bereuen, wenn Sie Marcos Mörder für mich finden. Ich meine, finanziell.«

Simon hörte ihr überrascht zu. War das ein Bestechungsangebot? Noch immer wurde er nicht schlau aus Camilla Zanetti. Aber die Sorge um ihren Sohn war echt, das spürte er. Ihm kam eine Idee.

»Sie weichen mir aus, Camilla. Ich hatte Sie nach Giulio gefragt. Und diese Antwort sind Sie mir schuldig geblieben. Sie weichen mir aus, weil ich recht damit habe, dass Sie etwas mit seinem Tod zu tun haben.« Simon machte eine lange Pause. Dann sagte er mit Nachdruck: »Oder Ihr Sohn. Filippo.«

Camilla war bei seinen letzten Worten wieder leicht zusammengezuckt. Hatte er sie jetzt dahin gebracht, wo er sie haben wollte? Jedenfalls hatte er anscheinend einen wunden Punkt getroffen. Irgendetwas hatte sich verändert. Ihre Haltung war plötzlich nicht mehr so geschmeidig, ihre Gesichtszüge waren wieder angespannt. Simon beschloss, noch etwas nachzulegen, mit nicht ganz lauteren Mitteln. »Sie haben mich nach Carla Moretti gefragt, die übrigens eine ganz hervorragende Polizistin ist. Wenn ich mich nicht irre, haben sich da bei der polizeilichen Recherche wegen der Steuerhinterziehung auch noch andere Verdachtsmomente gegen Ihren Sohn Filippo ergeben …«

Er sprach nicht zu Ende, überließ der Signora bewusst die Interpretation seiner etwas nebulösen Sätze.

31

Es hatte funktioniert. Camilla war eine Weile ganz unbeweglich geblieben. An die Bordwand gelehnt, hatte sie starr vor sich hin geblickt, als würde sie einen bestimmten Punkt fixieren. Schließlich hatte sie offenbar einen Entschluss gefasst, sich ihm mit einer heftigen Bewegung zugewandt und wieder das Wort ergriffen, in einem sehr viel weniger herrischen Ton als dem, den er bisher an ihr kannte.

»Hören Sie zu, Simon. Lassen wir dieses Katz-und-Maus-Spiel. Sprechen wir also über Giulio. Ich werde Ihnen sagen, was passiert ist. Sie bekommen es ja ohnehin heraus, da bin ich mir sicher. Und vielleicht geben Sie dann Ruhe und belasten zumindest meinen Sohn nicht mehr. Sie haben recht, ich habe mit dem Tod von Giulio tatsächlich etwas zu tun. Ich bin verantwortlich dafür. Allerdings anders, als Sie denken.« Sie trank einen Schluck Eistee. »Es war kein Mord. Es war ein Unfall. Ich habe den jungen Mann überfahren, nicht mit Absicht natürlich. Und dann habe ich Fahrerflucht begangen.« Sie setzte die Sonnenbrille ab, machte eine Pause und sprach dann weiter, wieder mit fester Stimme. »An dem Tag, als das passiert ist, bin ich Marco mit meinem Wagen zu einer Verabredung mit Giulio Zafferano gefolgt. Heimlich, ohne dass Marco es bemerkt hat. Es gab Hinweise, dass er ein Verhältnis mit diesem jungen Mann hatte, und ich wollte es genauer wissen. Ich hatte schon länger den Verdacht, dass Marco schwul sein könnte. Es hat damit angefangen, dass ich eine Anddos-Karte bei ihm gefunden habe. Wissen Sie, was das ist?«

Simon schüttelte den Kopf.

»Die ist nützlich, wenn man in Mailand in Schwulenclubs gehen will. Marco hatte dort Kontakte zu jungen Designern, schwulen, deren Ideen er uns zu allem Überfluss auch noch für die Firma aufdrängen wollte. Das war sein Coming-out. So nennt man das ja wohl in diesen Kreisen. Dann habe ich einen Brief von Giulio bei ihm gefunden. Der junge Mann hatte bei uns im Betrieb ein Praktikum gemacht, und da gab es schon Gerüchte über die beiden. Sie haben vollkommen recht mit Ihrer Vermutung, dass ich ein großes Problem damit hatte. Das ist gut, dass Sie das erkannt haben. Es zeigt mir, dass Sie eine Vorstellung davon haben, was das für unsere Familie und unser Unternehmen bedeutet hätte. Wir haben einen großen Namen und eine lange Tradition. Also auch eine große Verantwortung. Für die Familie, die Firma und für die Menschen, die für uns arbeiten. Das alles kann man sehr schnell beschädigen.«

»Es ist heutzutage kein Verbrechen mehr, schwul zu sein.«

»Vielleicht hören Sie mir erst mal einfach weiter zu. Ich bin Marco also zu dem Treffen mit diesem Giulio hinterhergefahren. Es war später Oktober, ein strahlender Sonnentag, fast wie heute. Ich habe meinen Wagen versteckt auf einem Feldweg hinter Büschen geparkt und die beiden beobachtet. Sie haben sich gestritten, und schließlich ist Marco wütend mit seinem Auto weggefahren. Ich hatte genug gesehen, wollte ihm folgen und bin von dem Feldweg viel zu schnell zurück auf die Straße gefahren. Da ist mir Giulio vor den Wagen gelaufen. Die Sonne stand sehr tief und war so grell, dass ich ihn nicht gesehen habe. Ich habe noch gebremst, aber es war zu spät.«

»Und Sie sind einfach weggefahren?«

»Ja, so war es.« Sie atmete tief durch, setzte die Sonnenbrille wieder auf. »Und nur ein paar Meter weiter stand am Straßenrand ein alter Porsche. Das war der Wagen von diesem Wehrli.« Sie machte eine Pause und blickte Simon direkt in die Augen. »Sie werden also verstehen, warum ich diesen Schweizer fürchte.« Sie trank wieder einen Schluck Tee. »Der hat da wohl auf Giulio gewartet. Er war sein neuer Liebhaber. Und er hat alles beobachtet, den Streit, den Unfall und auch meine Fahrerflucht. Moritz Wehrli ist nicht nur schwul, sondern dazu auch noch drogenabhängig. Es hat nur wenige Tage gedauert, bis er sich bei uns meldete. Er hatte mich erkannt, man kennt mich ja am See, und er hatte anscheinend auch mal ein Foto von mir in der Zeitung gesehen. Er erpresste uns mit der Fahrerflucht. Ich habe mit meinem Sohn Filippo gesprochen, und der hat die Sache in die Hand genommen und bezahlt. Das Verrückte war, dass Marco nach ein paar Monaten ausgerechnet mit diesem Wehrli eine Affäre anfing.«

»Marco wusste also nicht, dass Moritz Wehrli Sie erpresst hat?«

»Nein, er hatte keine Ahnung. Da bin ich mir eigentlich sicher. Dafür war Marco viel zu naiv.«

»Und das Geld, das Moritz Wehrli auf sein Konto in der Schweiz eingezahlt hat, war das Erpressungsgeld?«

»Ja, die *Guardia di Finanza* ist auf einem Irrweg. Wir haben kein Schwarzgeld in die Schweiz geschleust, das war das Geld, das Moritz Wehrli für sein Schweigen kassiert hat. Wir haben das bisher nicht ausgesagt, weil wir dann alles hätten aufdecken müssen.« Sie schwieg. »Aber jetzt ist es genug, und ich will nicht, dass womöglich Filippo mit diesem Unfall in Verbindung gebracht wird, nur weil er das Erpressungsgeld für mich bezahlt hat. Was sind denn das für Verdachtsmomente, die diese Polizistin gegen ihn hat?«

»Sie werden verstehen, dass ich dazu nichts sagen darf. Aber Sie müssen ohnehin selbst zur Polizei gehen und das alles dort zu Protokoll geben, was Sie mir gerade eingestanden haben.«

»Der Moment ist wohl gekommen. Was jetzt vor allem zählt, ist, dass Filippo nichts zu befürchten hat.« Nach einer kleinen Pause fügte sie hinzu: »Und dass Marcos Homosexualität und meine Fahrerflucht nicht öffentlich breitgetreten werden. Das Ganze wird ohnehin gehörig Staub aufwirbeln. Dabei könnten Sie mir auch nützlich sein. Der Name unserer Firma und der Familie sollte nicht in den Schmutz gezogen werden. Das ist Ihnen bei diesem Vincent ja auch gelungen.«

Simon war perplex. Hatte Camilla ihr Schuldeingeständnis schon vorab einkalkuliert und im Sinn gehabt, seine Unterstützung gegebenenfalls auch dafür und nicht nur für die Suche nach dem Mörder ihres Sohnes zu kaufen? Er durchschaute sie immer noch nicht.

Camilla packte jetzt entschlossen den Tee weg und griff wieder zur Pinne. »Also, mein Angebot steht. Finden Sie den Mann, der Marco umgebracht hat. Sie werden es nicht bereuen. Alles Weitere sehen wir dann. Und würden Sie sich nun bitte wieder um die Fock kümmern?«

Die Yacht hatte erneut Fahrt aufgenommen, den stillen Seewinkel verlassen, und das Vorsegel schlug laut knallend im

Wind hin und her, während Camilla Zanetti ihr Großsegel längst wieder fest im Griff hatte. Sie glitten auf den Hafen von Omegna zu, wo sie mit einem perfekten Manöver am Kai anlegte.

»Ich brauche Sie jetzt nicht mehr, Simon«, sagte sie. »Um das Boot kümmere ich mich schon allein. Aber denken Sie über mein Angebot nach.« Sie wandte sich ab und ließ mit einem Ruck das Großsegel herunter.

»Und Sie stellen sich den Carabinieri?«

»Die Frage hätten Sie sich sparen können. Eine Zanetti steht zu ihrem Wort. Geben Sie mir dafür zwei, drei Tage. Ich muss das mit unseren Anwälten vorbereiten.«

Simon kletterte von Bord, blieb dann einen Moment am Kai stehen und hielt Ausschau nach einer Bar. Er brauchte dringend einen Espresso. Es war alles ganz anders gekommen, als er gedacht hatte. Was für eine Frau! Einen Moment hatte er fast so etwas wie Sympathie für sie empfunden, weil sie mutig war und klug. Aber ihr Mut war unterlegt mit Hochmut und ihre Intelligenz verstellt von Engstirnigkeit. Vielleicht war ihr forscher Habitus jedoch auch nur die Fassade einer Frau, der die Kontrolle über ihre Welt entglitt.

Er war direkt in die nächste Bar gelaufen, hatte einen Espresso bestellt und schnell heruntergekippt, stand jetzt noch an der Theke und dachte nach. Konnte es nicht sein, dass sie doch eine Mörderin war? Sie könnte die lebenserhaltenden Geräte von Giulio abgestellt haben. Ein Motiv hatte sie zweifellos. Wenn der Junge aufgewacht wäre, was Gianluca in seinem unsäglichen Artikel ja angekündigt hatte, wäre Giulio ihr gefährlich geworden. Aber es gab etwas an ihr, was Simon davon abhielt, sie für eine Mörderin zu halten.

Sie war machtbewusst und schlau, aber prinzipientreu. Und vor allem nicht gewalttätig. Sie hatte andere Methoden, mit denen sie ihre Ziele verfolgte.

Während Simon diesen Gedanken nachhing, fiel sein Blick durch die Fenster der Bar auf den Hafen. Draußen in der Abendsonne ging Camilla vorbei, merkwürdig gebückt und langsam. Sie fühlte sich wohl unbeobachtet, und es sah ganz so aus, als ob etwas in ihr zerbrochen wäre. Die riesige Sonnenbrille auf ihrer Nase wirkte jetzt wie ein Schutz vor der Außenwelt.

Während er sie beobachtete, trat Simon schlagartig wieder ein Bild vor Augen: die Sonnenbrille von Marco, die in der Yacht neben seiner Leiche gelegen hatte. Die war auch groß und teuer gewesen. Aber war das wirklich seine gewesen? Warum war ihm das bloß nicht schon damals aufgefallen? Es war ein teures, aber sehr konservatives Modell gewesen. Es passte nicht zu Marco Zanetti, der bei Brillen eher den Geschmack von Elton John geteilt hatte. Simon stutzte. Er hatte eine Eingebung. M.Z. – das waren auch die Initialen von Marcello Zafferano.

32

Das Geräusch klirrender Flaschen weckte Simon. Es war kurz vor sieben, und der Müllmann war um diese Zeit schon unterwegs, um die Glasbehälter abzuholen. Jeden Morgen nahm er die steilen Fußwege durch das Dorf, holte je nach Wochentag Plastik, Glas oder Papier von den Häusern ab und schleppte es in Säcken hoch zum Parkplatz, wo sein Müllwagen stand. Wenn er früh auf den Beinen war, wechselte Simon hin und wieder ein paar Worte mit ihm, aber heute würde er den Mann ohne dieses morgendliche Geplauder ziehen lassen.

Simon hatte unruhig geschlafen. Sein aufgeheiztes Schlafzimmer kühlte auch nachts nicht mehr ab, er war mehrmals wach geworden, hatte stark geschwitzt und sich hin und her gewälzt. Die Begegnung mit der Signora Zanetti ging ihm nicht aus dem Kopf. Aber vor allem beschäftigte ihn Marcello Zafferano. War es tatsächlich dessen Sonnenbrille gewesen, die er auf dem Boot von Marco gesehen hatte? War der Steinmetz der zweite Mann auf der Yacht gewesen? Hatte er Marco getötet?

Es gab einige Indizien, nicht nur die Sonnenbrille. In seiner Werkstatt hatten die Berichte über den Segelunfall gelegen, die er gesammelt hatte. Er kannte Marco Zanetti aus dem Segelclub. Auf der Dynamic hatte das alte Paddel gefehlt. Das konnte die Tatwaffe gewesen sein. Aber was war das Motiv? Hatte er sich an dem Enkel des möglichen Mörders seines Vaters gerächt? Nach so langer Zeit? Das konnte Simon sich eigentlich nicht vorstellen. War es um die Beziehung seines Sohnes mit Marco gegangen? Falls der Steinmetz davon gewusst hatte, war sie ganz sicher eine unerträgliche Zumutung für ihn gewesen. Hatte er ihn deshalb aus dem Weg geräumt? Vielleicht hatte beides zusammen ihn zum Mörder werden lassen? Er musste den Steinmetz mit seinem Verdacht konfrontieren, nur dann würde er die Wahrheit herausbekommen.

Er brauchte einen klaren Kopf, also noch etwas Schlaf, drehte sich im Bett um und dämmerte sofort wieder weg. Gut eine Stunde später war er wieder wach, und es zog ihn ins Wasser. Er sprang direkt vom Steg in den See, kraulte eine große Runde, bis seine Kräfte nachließen und er langsamer wurde. Auf den letzten hundert Metern zurück zum Haus kam er sich dann auf einmal wieder sehr schnell vor. Es war wie im Leben. Seit er auf die sechzig zuging, sich auch da dem Ende der Strecke näherte, ging die Zeit, genauer gesagt, ging seine Zeit immer rascher vorüber.

Dieser Fall strapazierte ihn. Marcos Tod, die eigenartige Begegnung mit der Signora, jetzt der Verdacht gegen Zafferano – kamen ihm deshalb die Gedanken über seine eigene Sterblichkeit in den Sinn? Er machte sich einen Cappuccino und überdachte noch einmal die Hinweise, die er gefunden hatte. Es passte alles zusammen. Dann griff er zu seinem Handy und rief den Steinmetz an.

»*Pronto.*« Zafferano meldete sich sofort.

»*Buongiorno*, Signor Zafferano. Sie erinnern sich vielleicht an mich. Ich bin der Journalist, der kürzlich mit Rossi bei Ihnen in der Werkstatt war.«

Es dauerte einen Moment, bis Zafferano reagierte. »Ja, natürlich erinnere ich mich an Ihren Besuch. Da hat mir Ihr Kollege mit seinem Artikel ja keinen großen Gefallen getan.«

»Ich weiß. Das war nicht in Ordnung. Ich habe auch gehört, dass Ihr Sohn gestorben ist. Mein herzliches Beileid.«

»Also, was wollen Sie?« Die Frage kam sehr schnell und in harschem Ton.

»Ich weiß, Sie haben jetzt anderes im Sinn. Aber ich würde gerne eine Marmorfigur bei Ihnen bestellen. Einen kleinen Löwen, den ich meiner Freundin für ihren Garten schenken will. Es hat mich sehr beeindruckt, was Sie da in dieser Richtung machen. Ginge das?«

»Ist schon in Ordnung. Wollen Sie vorbeikommen, und wir besprechen das?

»Sehr gerne. Geht es heute?«

»Von mir aus. Es muss ja offenbar schnell gehen. Passt Ihnen elf Uhr?«

»Perfekt. Vielen Dank. Dann bis nachher.«

Hatte der Steinmetz etwas gemerkt? Verdacht geschöpft, dass der kleine Löwe nur ein Vorwand war?

Simon brach sofort auf. Er hatte es eilig, denn vor dem Treffen mit Marcello Zafferano wollte er noch zum Wochenmarkt in Omegna. Er lag auf dem Weg, und Simon hatte Nicola versprochen, mittags für sie zu kochen. Sie hatte einen freien Vormittag, und es sollte Forellen geben. Er wollte die Zubereitung mit Mandeln ausprobieren, die ihm im Forno d'Oro in Miasino so gut geschmeckt hatte.

Simon ahnte, dass auf dem Markt trotz der Hitze viel los sein würde. Vor ein paar Minuten hatte das größte und hässlichste unter den drei Verkehrsschiffen auf dem Lago d'Orta, die Valentina, auf dem Weg nach Omegna in Ronco angelegt, um weitere Fahrgäste aufzunehmen, und sie war schon brechend voll gewesen. Auch einige seiner italienischen Nachbarn hatten mit voluminösen Einkaufstaschen am Steg gestanden, in der prallen Sonne auf das Schiff gewartet und sich dann zwischen die vielen Passagiere geklemmt, die meisten davon Touristen, darunter viele Deutsche. Für die war der Donnerstagsmarkt am Hafen von Omegna im Sommer eine der großen Attraktionen am See.

Der Nimbus italienischer Märkte bei seinen früheren Landsleuten war etwas, was Simon, seit er in Italien lebte, nicht begreifen konnte. Unterhosen in allen Größen und Formen, Socken in Zehnerpacks und superbillige, in China gefertigte Textilien machten das Gros des Angebots aus. Im hinteren Teil des Marktes gab es allerdings ein paar mobile Lebensmittelverkäufer, deren Angebot gut und preiswert war.

Es war tatsächlich sehr viel los, und nur mit Mühe fand Simon einen Parkplatz in den zugestellten Gassen Omegnas. Dann ließ er sich mit den vielen an den Ständen entlangschlendernden Menschen über den Markt treiben. Als er schließlich beim Fischhändler vor der Auslage stand, blickten ihn aus erloschenen Augen viel zu große und zu pralle Forellen an. Das war noch so ein Mysterium: Er lebte an einem See voller Fische, Seeforellen, Barsche und Schleien, aber die fangfrisch zu kaufen war fast unmöglich. Zwar gab es Hunderte Angler, die mehr oder weniger erfolgreich mit ihren Ruten und Eimern voller Köder am Ufer standen oder auf Booten mit kleinen Elektromotoren unterwegs waren, aber die aßen ihren Fang selbst. Simon änderte den Speiseplan und kaufte die bewährten, mit Spinat und Ricotta gefüllten Ravioli im Pastageschäft.

Er sah auf die Uhr. Es wurde langsam Zeit, weiter nach Mergozzo in die Werkstatt zu Zafferano zu fahren. Der Marktgang hatte ihn abgelenkt, aber jetzt war er doch angespannt und hellwach, genau die richtige Mischung für die Begegnung, die ihm bevorstand. Wie würde sie verlaufen? Traf seine Vermutung zu, oder hatte er sich wieder verrannt? Diesmal würde er sich das Heft jedenfalls nicht aus der Hand nehmen lassen. Zafferano war bestimmt nicht so ein harter Brocken wie Camilla Zanetti, sagte er sich.

Simon kippte noch schnell einen Espresso in einer ebenfalls überfüllten Bar am Hafen, dann machte er sich auf den Weg. Es war schon wieder sehr heiß, aber ein heftiger Wind war aufgekommen, und unterwegs griffen immer wieder Böen nach seinem alten Peugeot. Er fuhr vorsichtig und war gut zwanzig Minuten später in Mergozzo. Einen Moment blieb er noch im Auto sitzen und sammelte seine Gedanken. Kam er der Aufklärung näher?

33

Der Steinmetz erwartete ihn in seinem Büro mitten in der Werkstatt, dem verglasten Raum, den Simon schon einmal unbemerkt betreten hatte. Die Arbeitsgeräusche – das Schlagen, Bohren und Schleifen – waren wie verschluckt, als Zafferano hinter Simon die Tür schloss. Das Büro war kühl, spartanisch eingerichtet und penibel aufgeräumt, an der Wand ein Schreibtisch und ein Metallspind. In einer Ecke gab es einen niedrigen runden Tisch, um ihn herum gruppiert drei kleine Sessel.

Zafferano zeigte auffordernd dorthin, und sie nahmen Platz. An der rückwärtigen Wand hingen gerahmte Schwarz-Weiß-Fotografien, meist historische Bilder aus dem Steinbruch und der Werkstatt, wie Simon mit einem schnellen Blick erkannte. Männer mit Hüten, staubigen Schürzen, geknöpften Handwerkerwesten und überlangen Werkzeugen. Aber es waren auch ein paar aktuelle Schnappschüsse dabei. Besonders ein Foto erregte Simons Aufmerksamkeit.

Auf dem Tisch vor Simon stand eine Holzschale mit Marmorproben, weiße, lange Steinstößel, aber auch rote und flaschengrüne, die aus entlegeneren Marmorbrüchen stammen mussten.

»Was kann ich für Sie tun, Signor Strasser? Sie sprachen von einer Löwenfigur, die Sie in Auftrag geben wollen.«

»Ja, aber ehrlich gesagt, bin ich nicht deshalb gekommen.

Ich habe eine Frage an Sie: Vermissen Sie Ihre Sonnenbrille, Signor Zafferano?«

Simon hatte lange überlegt, wie er die Partie mit dem Steinmetz eröffnen sollte, und hatte sich für Blitzangriff und Bluff entschieden. Er würde so tun, als sei die Brille mit den Initialen M.Z. in seinem Besitz. Simon war schon immer ein guter Pokerspieler gewesen und hoffte, dass sein Talent auch jetzt wirken würde.

»Was soll das? Ich habe keine Zeit für so etwas.« Der Steinmetz war wütend hochgefahren, aber sein Ton war verdächtig defensiv. »Wie kommen Sie darauf?«

»Ich habe die Brille gefunden. Es sind Ihre Initialen darauf.«

»Das kann nicht sein, ich besitze keine Brille mit Gravur. Wie kommen Sie darauf und wo wollen Sie die gefunden haben?«

»Sie haben sie auf dem Segelboot von Marco Zanetti vergessen, als Sie mit ihm auf dem See unterwegs waren.«

»Das ist unverschämt. Sie kommen hierher, weil Sie angeblich eine Marmorfigur kaufen wollen, und dann erzählen Sie mir etwas von einer Sonnenbrille. Und dass ich auf der Yacht der Zanettis gewesen sein soll. Ich habe mit denen doch überhaupt nichts zu tun. So ein Blödsinn. Zeigen Sie mir die Brille, oder verlassen Sie mein Büro.«

»Und Sie verkaufen mich für dumm. Das hilft Ihnen aber nicht weiter. Ich bewahre die Brille natürlich an einem sicheren Ort auf. Sie ist immerhin ein Beweisstück in einem möglichen Mordfall. Aber wenn Sie nicht mit mir darüber sprechen wollen, dann gebe ich die Brille eben direkt an die Carabinieri weiter und sage denen, wo ich sie gefunden habe. Es wird ganz einfach sein, Ihnen nachzuweisen, dass es Ihre ist. Die gibt es nicht so oft, und Ihre Fingerabdrücke sind mit Sicherheit darauf zu finden.«

Auch das war ein Bluff, aber er schien zu wirken. Zafferano rutschte unruhig auf seinem Sessel hin und her. Simon legte nach: »Sie tragen Sie auch auf einem der Fotos hier an Ihrer Wand.« Das war wirklich ein guter Schachzug, das sah er dem Steinmetz an. Simon war mit sich zufrieden. Er hatte das Foto, das Zafferano mit der Sonnenbrille zeigte, gerade erst bemerkt, als er an dem kleinen Tisch Platz genommen hatte.

Zafferano lehnte sich in seinem Sessel zurück, atmete tief durch, als würde sich ein Widerstand in ihm lösen. »Okay. Sie wissen also Bescheid. Ich habe mir so etwas schon gedacht. Auch dass das mit der Marmorfigur für Ihre Freundin nur ein Vorwand war.«

»Sie geben also zu, dass Sie mit Marco Zanetti auf dem Boot waren?«

»Ja, es stimmt, ich war mit ihm auf dem Boot.« Er machte eine Pause. »Und Sie denken nun, dass ich ihm etwas angetan habe. Aber das habe ich nicht.«

Simon hatte es geschafft. Geradezu bereitwillig begann der Steinmetz nun, ihm seine Geschichte zu erzählen. Vielleicht hatte er längst darauf gewartet, sie loszuwerden. Simon hatte das schon oft erlebt, wenn er mit Menschen sprach, die etwas zu verbergen und lange geschwiegen hatten.

»Es war ein Unfall. Er hat die Kontrolle über das Boot verloren. Allerdings war ich daran nicht ganz unbeteiligt. Ich habe ihn zur Rede gestellt, und da ist es passiert. Im Streit. Er hat im Eifer des Gefechts die Pinne losgelassen, und wir haben eine unfreiwillige Halse gemacht. Er hat noch versucht, die Situation zu retten, aber der Baum ist rübergeschwungen und hat ihn am Kopf erwischt. Ich glaube, er war sofort tot.«

»Und das soll ich Ihnen glauben?« Es wurde zur Gewohnheit, dass man ihm Todesfälle, die nach Mord aussahen, als Unfälle präsentierte. Schon allein das machte Simon skeptisch.

»Es war so. Und Sie werden mir nicht beweisen können, dass es anders war.«

»Und warum haben Sie sich gestritten?«

»Es ging um meinen Sohn. Giulio. Marco hat ihn auf dem Gewissen. Ich hatte ein paar Tage zuvor in einem Buch von Giulio, das ich aus seinem Regal genommen habe, zufällig einen alten Brief von Marco Zanetti an ihn gefunden. Den hatte er im letzten Oktober geschrieben, kurz vor dem Unfall. Da erst ist mir alles klar geworden. Dass mein Sohn schwul war. Und dass er und Marco Zanetti damals ein Paar gewesen sind. Das habe ich nicht gewusst. Giulio hatte ein Praktikum bei Zanetti gemacht, vor eineinhalb Jahren etwa, und da hat es wohl angefangen. Aber Giulio wollte mit ihm Schluss machen. Anscheinend hatte er jemand anders kennengelernt. Sie haben sich noch einmal zu einer Aussprache getroffen, und zwar da, wo Giulio dann überfahren wurde. Das ist eine etwas abgelegene Wiese an einem Bach hier um die Ecke, da waren sie ungestört. Ich bin mir sicher, dass es Zanetti war, der Giulio totgefahren hat. Das habe ich ihm auf dem Boot ins Gesicht gesagt. Dass er erst aus meinem Sohn eine Schwuchtel gemacht hat. Und ihn dann aus Eifersucht getötet, also überfahren hat.«

»Und da hat Marco die Kontrolle über das Boot verloren?«

»Er war außer sich. Ich sei vollkommen durchgedreht, hat

er gesagt. Geliebt habe er meinen Sohn. Ich fand es unerträglich, das ganze Schwulengequatsche, und bin ihm an den Kragen gegangen. Und da ist es dann passiert.«

»Warum haben Sie sich denn überhaupt auf dem Boot mit ihm getroffen? Ein seltsamer Ort für so eine Aussprache.«

»Ich bin auch Mitglied im Segelclub in Omegna. Inzwischen interessiert mich das aber nicht mehr. Ich bin schon seit langer Zeit aufs Rennrad umgestiegen und damit immer am Wochenende unterwegs. Aber aus dem Club kenne ich ihn.«

Simon erinnerte sich an das dreißig Jahre alte Foto von Zafferano, das er im Segelclub gesehen hatte. Er war es also wirklich gewesen, auch wenn der stämmige Weißhaarige, der da vor ihm saß, kaum noch Ähnlichkeit mit dem Segler auf dem Bild hatte.

»Ich habe mich mal auf einer Weihnachtsfeier mit ihm unterhalten«, fuhr Zafferano fort. »Dann habe ich einen Vorwand gesucht, um ihn zu treffen, und bin in den Club gegangen und habe so getan, als würde ich mich für sein Boot interessieren. Er hat mich daraufhin auf seine Yacht eingeladen. Ich dachte, das könnte eine gute Gelegenheit sein, um ihn zur Rede zu stellen. Auf so einem Boot ist man ja ungestört, und er konnte mir dort auch nicht ausweichen.«

»Aber er ist doch ohne Sie in Omegna mit dem Segelboot gestartet?«

»An dem Morgen hatte ich noch einen Termin bei einem Kunden in Borgomanero. Zanetti hat mich dann mit dem Boot an einem etwas abgelegenen Steg unten im Süden in Lagna abgeholt. Es ist ziemlich einsam da, auch im Sommer, da hat mich niemand gesehen.«

»Und was haben Sie gemacht, als das Unglück passiert war?«

»Mir war sofort klar, dass man mich verdächtigen würde. Es lag ja nahe, mir das anzuhängen. Mein erster Gedanke war, dass ich sofort vom Boot runtermuss. Ich bin ins Wasser gesprungen und ans Ufer nach Lagna zurückgeschwommen. Das war nicht so weit weg, vielleicht fünfhundert Meter. Da stand ja noch mein Wagen, und mit dem bin ich zurück in meine Werkstatt gefahren. Später habe ich dann gemerkt, dass ich die Sonnenbrille auf dem Boot vergessen hatte. Ich hatte natürlich Angst, dass die Carabinieri sie finden und durch sie auf mich kommen könnten. Ich wusste ja nicht, dass Sie die Brille an sich genommen haben, als Sie Marco gefunden haben. Ich habe mich dann aber nach einer Weile beruhigt, weil ich mir gesagt habe, dass die Carabinieri sie zu meinem Glück wohl für Marco Zanettis Brille gehalten und daher gar nicht weiter nach ihrem Besitzer geforscht haben.«

So war es wahrscheinlich tatsächlich gewesen, dachte Simon. Denn die Spurensicherung hatte die Brille bestimmt gefunden und in Gewahrsam genommen.

Hinter Zafferanos Rücken tat sich etwas in der Werkstatt. Eine ältere Frau mit einem hellen Sonnenhut und riesigen Ohrringen war hereingekommen. Der schmächtige Lorenzo stand in seinem Arbeitskittel vollkommen eingeschüchtert in der Ecke, vor ihm eine bellende und knurrende Bulldogge. Die Frau hielt den Hund an der Leine, aber je mehr sie an ihr zog und versuchte, ihren Hund zu beruhigen, desto mehr geriet er in Rage.

Zafferano sprang auf. »Entschuldigen Sie mich einen Moment, ich muss mich kurz um die Signora kümmern. Die will ihren Dackel abholen. Lorenzo kann das nicht machen, der hat schreckliche Angst vor Hunden. Ich bin gleich wieder da.«

Zafferano verließ das Büro. Kaum hatte er einen Fuß in die Werkstatt gesetzt, hörte die Bulldogge auf zu bellen.

34

Zafferano war mit der Kundin in den Hof der Werkstatt verschwunden, und in seiner Abwesenheit ließ Simon den Blick durch das Büro schweifen. Links neben ihm stand der Schreibtisch des Steinmetzes. Das Bündel mit den Zeitungsartikeln war weg. In einer Mischung aus Langeweile, Beschäftigungsdrang und Neugier zog Simon die Schubladen eine nach der anderen auf. In der untersten lag ein Handy, ein Smartphone, mit einem kleinen aufgeklebten Logo. Ein goldener Halbmond. Wo hatte er das schon einmal gesehen? Es fiel ihm nicht ein. Hatte Gianluca nicht gesagt, dass der Steinmetz gar kein Handy hatte? Wie immer vertraute Simon seiner Intuition. Er nahm das Handy kurz entschlossen an sich, steckte es in seine Hosentasche und schob die Schublade wieder zu, gerade noch rechtzeitig, bevor Zafferano in die Werkstatt zurückkehrte.

»Wenn Sie doch gar keine Schuld an Zanettis Tod hatten, warum haben Sie das alles nicht der Polizei gesagt?«, fragte Simon, als der Steinmetz wieder in seinem Sessel saß.

»Das dürfte Sie doch eigentlich nicht verwundern. Ich habe Zanetti ja attackiert. Natürlich hatte ich Angst, dass man mich für seinen Tod verantwortlich macht, das habe ich Ihnen ja schon gesagt. Ich wusste auch nicht, wie ich beweisen soll, dass ich ihm nicht wirklich etwas angetan habe. Als dann klar war, dass die Polizei von einem Unfall ausgeht, war ich natürlich erleichtert. Aber dann sind Sie und dieser Rossi erschienen. Es ist mir nicht entgangen, dass Sie an der Sache dran sind. Und nun wissen Sie also, was passiert ist. Ich möchte Sie inständig bitten, dass Sie das für sich behalten und die Sache auf sich beruhen lassen.«

»Warum sollte ich das tun?«

»Es nutzt niemandem mehr, und es bringt weder Marco Zanetti noch meinen Sohn zurück. Ich habe Zanetti nicht umgebracht. Es war ein Unfall. Und Sie werden nichts anderes herausfinden. Aber durch Sie wird womöglich noch bekannt, dass mein Sohn schwul war. Eine Schwuchtel. Das wäre eine Katastrophe.«

Jetzt glaubte Simon zu verstehen, was in diesem Mann vor sich ging. In einem Ton, der ihm unbeabsichtigt scharf geriet, sagte er: »Das ist also Ihre größte Sorge? Dass bekannt wird, dass Ihr Sohn schwul war?«

Zafferano erwiderte seinen Blick ungerührt und sagte nichts. Simon war sich sicher, dass er ihn richtig verstanden hatte. Als er weiter schwieg, fragte er nach einer längeren Pause: »Wann wird Ihr Sohn beerdigt?«

»Am Samstag.«

»Und warum ist er so plötzlich gestorben? Es sah doch so aus, als ob er aus dem Koma aufwachen könnte?«

»Das weiß niemand. Die Ärzte sagen, dass man bei einem Komapatienten immer mit dem Tod rechnen muss. Erst recht nach so langer Zeit. Vielleicht ist es auch besser so. Werden Sie meiner Bitte nachkommen?«

»Das kann ich nicht. Genauer gesagt darf ich das nicht. An Ihrer Stelle würde ich selbst zur Polizei gehen. Ich lasse Ihnen eine Frist bis nach der Beerdigung Ihres Sohnes. Aber strapazieren Sie meine Geduld nicht zu sehr.«

»Und ich an Ihrer Stelle würde meiner Bitte Folge leisten.«

Simon sah den Steinmetz erstaunt an. Sein Ton hatte sich mit einem Mal verändert. War das eine Drohung? War der Mann doch weniger harmlos, als er vorgab?

Sie verließen wortlos das Büro. Am Ausgang zum Hof reichte Zafferano Simon die Hand und verabschiedete sich von ihm mit einem zu festen und zu langen Händedruck, als ob er mit dieser Geste seine letzten Worte noch einmal unterstreichen wollte. Vielleicht auch, um ihm seine Kraft zu demonstrieren.

Gedankenversunken ging Simon zu seinem Auto. Er hatte große Zweifel an der Version des Steinmetzes. Und dass er ihn am Ende bedroht hatte, hatte seine Zweifel noch verstärkt. Es war ihm auch ein Rätsel, wie Zafferano denken konnte, dass er sein Geheimnis für sich behalten würde. Das wäre Vertuschung und im schlimmsten Fall sogar Beihilfe zum Mord. Er war Journalist und kein Priester, und Vertrauliches, das bei der Aufklärung einer Straftat helfen konnte, musste er weitergeben. Wenn es stimmte, was er ihm erzählt hatte, würden die Ermittlungen der Polizei ohnehin zu dem Schluss kommen, dass er den Unfall nicht verschuldet hatte. Aber ebenso gut konnte es Mord sein. Und wenn der Steinmetz ein Mörder war, hatte er dann vielleicht auch seinen Sohn umgebracht? Carla hatte berichtet, dass Zafferano noch als Letzter bei Giulio im Krankenzimmer gewesen war. Sie hatte das für eine glückliche Fügung gehalten, aber wer weiß …

Simon fühlte nach dem Handy in seiner Hosentasche. Vielleicht würde dieser Fund ihn endlich weiterbringen.

Auch seine Begegnung mit Camilla Zanetti kam ihm

wieder in den Sinn. Was für eine seltsame Parallele! Beide, Zanetti und Zafferano, waren in einen Todesfall verwickelt, beide behaupteten, es sei ein Unfall gewesen. Und beide konnten die Homosexualität ihrer Söhne nicht ertragen, wollten unbedingt verhindern, dass sie öffentlich wurde. Da kamen zwei Menschen aus ganz verschiedenen Welten und waren doch ähnlich festgefahren, in ihrer Familientradition gefangen.

Aber einen Unterschied gab es doch. Camilla Zanetti sorgte sich sehr kalkuliert um die Außenwirkung, um das Ansehen der Familie und der Firma, während Zafferano zutiefst abgestoßen war von der Homosexualität seines Sohnes; zu vehement verstieß sie gegen seine Werte, zerstörte seine Welt.

Beide hatten ihn ins Vertrauen gezogen, ihm ihre Geschichten erzählt, und beide hatten Gründe dafür angegeben, die Simon seltsam vorgekommen waren. Denn an ihren Geschichten stimmte etwas nicht, da war er sich hundertprozentig sicher. Bei beiden hatte er das Gefühl, dass sie durch ihre Geständnisse etwas anderes verbergen wollten. Aber was? Fragen über Fragen, für die Simon noch keine Antworten hatte. Und wie Wehrli in die ganze Sache verstrickt war, konnte er sich auch noch nicht erklären.

35

Simon schloss seinen Peugeot auf. Er hatte Camilla Zanetti und Marcello Zafferano zum Sprechen gebracht. Dass Menschen sich ihm öffneten, manchmal ohne es zu wollen, war immer schon Teil seines Erfolgs als Journalist gewesen. Man vertraute sich ihm an, wie es ihm schien, fast ohne sein Zutun. Aber das stimmte nicht ganz. Es musste etwas von ihm ausgehen, was Menschen zum Reden brachte. Vielleicht weil er selbst so wortkarg war, aber ein guter Zuhörer.

Simon kappte kurzerhand diese Gedanken; wahrscheinlich steckte in diesem Fall hinter der Gesprächsbereitschaft etwas ganz anderes. Er setzte sich ans Steuer. Es war stickig in seinem Peugeot, obwohl er mit Absicht die Fenster aufgelassen hatte. Er lechzte nach Fahrtwind, fuhr aber trotzdem nicht sofort los, machte sich in seinem Sitz lang und seufzte. Er würde zur Polizei gehen müssen, Carla informieren, so bald wie möglich, aber erst, wenn er die Zusammenhänge besser durchschaute. Er holte das Handy, das er in der Schublade gefunden hatte, aus seiner Hosentasche. Wenn Zafferano wirklich kein Handy besaß, musste er unbedingt herausbekommen, wem es gehörte. Vielleicht war es ein abgelegtes Gerät eines Gesellen, oder ein Kunde hatte es dort vergessen. Aber wer weiß?

Als er vom Hof der Werkstatt fuhr, sah er aus den Augenwinkeln, dass Zafferano noch in der Tür stand und ihm nachschaute. Hatte er ihn beobachtet? Vielleicht bemerkt, dass er das Handy an sich genommen hatte? Aus dieser Entfernung hatte er aber eigentlich nicht viel erkennen können, hoffte Simon.

Er musste sich beeilen, wenn er rechtzeitig zu dem versprochenen Mittagessen mit Nicola in Ronco sein wollte. Ein zweites Mal durfte er sie auf keinen Fall versetzen. Allerdings konnte er nicht schnell fahren, denn aus dem Wind war inzwischen ein handfester Sturm geworden, und immer wieder drückten heftige Böen gegen seinen Wagen. Als der Lago d'Orta dann hinter Omegna von der höher gelegenen Straße aus wieder in Sicht kam, traute Simon seinen Augen nicht. Das Wasser war weiß, über und über bedeckt mit Schaumkronen. Was sich da auftürmte, über den See rollte und Gischt verspritzte, waren keine Wellen, sondern lange und hohe Wogen wie auf dem Meer.

Erst in Ronco offenbarte sich Simon die ganze Kraft des Sturms. Die Wellen rannten gegen sein Haus an, hatten einen Teil seiner Terrasse überschwemmt und vor einem der Nachbarhäuser eine hölzerne Badeplattform weggerissen. Auf dem Uferweg lagen überall zerborstene Platten, die der Wasserdruck von unten aus dem Pflaster herausgesprengt hatte.

Es sah nicht so aus, als ob der Sturm demnächst nachlassen würde. Am Seeufer waren die Leute aus dem Dorf, auch ein paar Feriengäste, zusammengekommen und tauschten sich über die Lage aus, versuchten den Lärm von Wind und Wellen zu übertönen und stemmten sich immer wieder gegen die Böen. Selbst die eingefleischtesten unter ihnen zollten der Wetterlage Respekt. Man war sich einig, dass man schon viele sehr heftige Stürme erlebt hatte, dass dieser jedoch fast alle bisherigen in den Schatten stellte.

Dabei war der See nach wie vor von der Sonne überstrahlt, der Himmel klar und tiefblau, und es war heiß wie immer. Nur im Norden über den Alpen ballten sich Wolken, und das erklärte wohl das Phänomen. Wahrscheinlich war in der Schweiz das Wetter schlecht, die Luft um viele Grade kälter, und der Temperaturausgleich zwischen diesen Fronten schlug sich in massiver Luftbewegung nieder. Was die Sache begreiflich, jedoch nicht weniger eindrucksvoll machte.

Simons Terrasse sah ziemlich ramponiert aus, und mit einem schnellen Blick stellte er fest, dass ein Balkonstuhl verschwunden, wahrscheinlich von einer Bö in den See getragen worden war. Aber er hatte keine Zeit, sich darum zu kümmern. Nicola war nicht zu Hause, würde aber bestimmt bald kommen, und er musste die Pasta vorbereiten.

Tatsächlich ging jetzt die Haustür auf, und Buffon stürmte ihm schwanzwedelnd entgegen, Nico hinterher. Sie warf einen Blick auf die Tortellini aus Omegna, die schon neben dem Kochtopf lagen.

»Keine Forellen?« Sie klang enttäuscht.

Nicht nur der versprochene Fisch kam nicht auf den Tisch, die gefüllten Nudeln sahen auch nicht gerade appetitlich aus, das musste Simon zugeben. Sie hatten zu lange in seinem heißen Peugeot gelegen, waren nicht mehr formschön, aber noch genießbar, wie sich herausstellte, als Simon sie schließlich servierte. Nicola schmeckte es jedenfalls, und Simon war erleichtert. Allerdings fiel es ihm zunächst schwer, sich auf sie zu konzentrieren; der bedrückende Besuch bei Zafferano und der Fund des Handys beschäftigten ihn zu sehr. Mit ihr darüber zu sprechen, kam nicht in

Frage, seine detektivischen Aktivitäten hielt er lieber von ihr fern.

Nicola ließ ihn jedoch ohnehin kaum zu Wort kommen, sie war bester Laune, und schließlich gelang es ihr, ihn mit allen möglichen Geschichten aus der Bar abzulenken. Zum Nachtisch – der Sturm hatte sie nicht davon abgehalten, Eis aus der Gelateria in Pella mitzubringen – eröffnete sie ihm, dass sie beschlossen hatte, Tiermedizin zu studieren. Eine Nachricht, die Simon gefiel und die ihn endgültig auf andere Gedanken brachte. Sie hatte sich schon vor einiger Zeit in Turin an der Universität beworben und war jetzt zu einem Test im September eingeladen worden.

»Was für ein Test?«

»Es geht um naturwissenschaftliche Grundkenntnisse. Die muss man nachweisen.«

»Und das schaffst du?« Am liebsten hätte Simon sich gleich wieder auf die Zunge gebissen.

»Klar.«

Nicola hatte sich von seiner Frage nicht irritieren lassen. Sie war unerschrocken wie ehedem, und Simon hoffte, dass sie sich nicht überschätzte.

»Und warum Turin?«

»Turin ist super. Und weit genug entfernt. Von dir natürlich. Und nah genug. Bei dir natürlich.«

Auch Simon mochte die Stadt am schönen Fluss Po. Mit ihrem barocken Stadtkern, ihren eleganten Plätzen und Kaffeehäusern gefiel sie ihm sogar besser als Mailand, und der Blick auf die hoch aufragenden Westalpen war großartig. Die Vorstellung, dass Nicola in Turin studieren und er sie da besuchen würde, war auch unter diesem Gesichtspunkt verlockend.

Nach dem Essen half Nicola ihm noch beim Abräumen, dann lief sie mit Buffon voraus nach oben. Kurz darauf waren die beiden wieder unten und aus der Haustür. Simon hörte noch ein ausgelassenes »*Ciao*, Papa«, dann waren sie und der Hund weg.

36

Simon hatte jetzt endlich Zeit, sich das Smartphone genauer anzusehen. Es war natürlich nicht geladen. Er betrachtete das aufgeklebte Logo, den kleinen goldenen Halbmond. Simon war sich ganz sicher, es schon einmal gesehen zu haben, aber wo? Als er mit Nicola unterwegs gewesen war, bei dem Konzert? Irgendetwas kratzte an der Oberfläche seines Bewusstseins, vor seinem inneren Auge sah er das Lächeln von Carla Moretti, ihre grünen Augen vor sich, und dann wusste er es plötzlich: Es war im Centro Luna d'Oro gewesen, wo Moritz Wehrli gearbeitet hatte. War es das Handy des Schweizers?

Der Gedanke elektrisierte Simon. Wehrli hatte offenbar zwei Handys besessen, das eine war jenes, das Carla in seinem Zimmer in Coiromonte gefunden hatte, und das andere, das er jetzt in den Händen hielt, hatte der Schweizer mit dem Logo des Centro markiert, um sie voneinander unterscheiden zu können. Aber wie war es in die Schublade des Steinmetzes gelangt? Welche Beziehung konnte es zwischen den beiden geben? Von der Liebesgeschichte seines Sohnes mit Moritz Wehrli wusste er offenbar nichts. Oder hatte er auch das herausbekommen und ihn zur Rede gestellt, wie er es mit Marco getan hatte? Hatte er dem verschwundenen Schweizer womöglich auch etwas angetan? Oder hielt er ihn irgendwo fest? Simon traute diesem Mann alles zu. Es sah jedenfalls ganz danach aus, dass Zafferano nicht nur mit Marcos Tod, sondern auch mit dem Verschwinden Wehrlis etwas zu tun hatte. Wie sonst sollte dessen Handy in seinen Besitz gelangt sein?

Der Gedanke ließ ihn nicht los. Eigentlich müsste er Carla anrufen. Aber er wollte keinen falschen Alarm schlagen, sich vor der kompetenten Polizistin nicht blamieren. Im Moment war das alles nur Spekulation. Außerdem war aus seiner Recherche inzwischen so etwas wie ein Zweikampf mit dem Steinmetz geworden, und wenn er ehrlich war, musste er zugeben, dass er den Ehrgeiz hatte, ihm allein auf die Spur kommen, um dann im richtigen Moment Carla zu informieren.

Er sah sich noch einmal das Handy an. Welche Geheimnisse steckten in ihm? Wenn sein Verdacht sich als richtig erwies, dann hielt er Beweismaterial in seinen Händen, das er ohne Handschuhe angefasst hatte, kein Ruhmesblatt für einen ehemaligen Polizeireporter. Möglicherweise hatte er den einzigen Hinweis auf die Verbindung zwischen dem Steinmetz und Wehrli unbrauchbar gemacht. Carla wäre *not amused.*

Aber war es wirklich das Handy des Schweizers? Simon bremste sich. Womöglich hatte er sich vollkommen verrannt. Er musste erst einmal diesem Smartphone seine Informationen entlocken, herausbekommen, ob es tatsächlich Moritz Wehrli gehörte. Und vielleicht würde er dann auch erfahren, wo der sich bis zu seinem Verschwinden aufgehalten hatte.

Dafür brauchte er Vincenzo, das war klar. Der Sohn des Werftbesitzers in Pella war ein genialer Technik-Freak, und er hatte Simon schon einige Male aus digitalen Pannen herausgeholfen. Bestimmt konnte der das Handy knacken, überprüfen, wem es gehörte, und den Standortverlauf checken. Und zur Werft in Pella war es nicht weit.

Simon eilte hoch zum Parkplatz, aber schon auf halbem Weg kam ihm ein Nachbar entgegen und sprach ihn an.

»Wollen Sie mit dem Auto los, Simon?«

»Ja, nach Pella.«

»Da müssen Sie sich gedulden. Im Moment geht gar nichts. Da ist auf halbem Weg ein riesiger Baum auf die Straße gefallen. Ich musste auch wieder umdrehen. Aber es war schon jemand von der Gemeinde da, und der Räumdienst soll auch demnächst kommen. Die haben natürlich im Moment überall gut zu tun. Aber spätestens in drei Stunden, wurde mir gesagt, ist die Straße wieder frei. Wenn nicht noch mehr passiert.«

Das hatte Simon gerade noch gefehlt. Es fiel ihm schwer, seine Ungeduld zu bezwingen, aber es blieb ihm nichts anderes übrig. Er kehrte zurück in sein Haus, und um die Zeit totzuschlagen, machte er den Fernseher an und zappte durch die Programme. Er erwischte noch die zweite Halbzeit eines einigermaßen spannenden Fußballspiels und blieb danach an einem Quiz hängen. Nach einer Stunde hatte er genug von dem zu gutgelaunten Moderator, den ungebildeten Kandidaten und den *veline*, den jungen Frauen, die solche Sendungen im italienischen Fernsehen nicht gerade hochgeschlossen dekorierten. Er schaute auf die Uhr. Es müsste eigentlich so weit sein, er würde es jetzt erneut versuchen.

Und tatsächlich kam er durch. Das Räumfahrzeug stand am Straßenrand, einer der Arbeiter fegte noch ein paar Zweige zusammen, aber die Straße war frei. Es war inzwischen früher Abend, der Sturm hatte nur wenig nachgelassen, und der See schäumte noch.

Wenige Minuten später war Simon in Pella. Er hatte kein gutes Gefühl. Es gab wenig gute Gründe, warum Zafferano im Besitz von Wehrlis Handy war – so es denn wirklich seins war. Aber wer weiß, vielleicht war doch alles anders, und der Schweizer saß irgendwo wohlbehalten in einem Versteck auf seinem von den Zanettis erpressten Geld und wartete darauf, dass die Polizei nicht mehr nach ihm fahndete. Natürlich konnte Simon sich irren, aber zu oft schon hatte ihn seine Intuition auf die richtige Fährte geführt.

37

Simon fuhr in den Hof der Werft, wo es hektisch zuging und die Stimmung angespannt war. Alle fünf Männer, die hier arbeiteten, waren energisch damit beschäftigt, die ihnen anvertrauten Boote an den Stegen bis zum Einbruch der Dunkelheit vor dem Sturm zu sichern. Aber sie waren ein eingespieltes Team, und jeder Handgriff saß.

Vincenzo zog mit seinem Jeep gerade ein Motorboot auf einem Trailer aus dem Wasser. Als er Simon sah, stoppte er, ließ den Motor weiterlaufen und blickte ihn fragend durch das offene Wagenfester an. Simon erklärte ihm kurz sein Anliegen. »Ich weiß«, sagte er, »du hast gerade wirklich anderes zu tun. Aber könntest du vielleicht trotzdem versuchen herauszubekommen, an welchen Orten dieses Handy zuletzt war? Ich habe es in Mergozzo gefunden, mich interessiert, wo es vorher war. Man kann so etwas doch checken, oder?«

»Nein, mein Lieber, ich würde dir ja gerne helfen, aber das kann selbst ich nicht. Und ich würde sagen, Gott sei Dank. Stell dir mal vor, du verlierst dein Smartphone, und jeder einigermaßen technisch Versierte käme an deine Daten. Ohne den Zugangscode kommst du in kein Handy. Und den hast du ja wohl nicht?«

»Nein, den habe ich natürlich nicht. Mist.« Simon kam sich ziemlich dumm vor, vor allem aber fand er, dass er ziemlich alt aussah, weil er daran nicht gedacht hatte.

»Bist du etwa mal wieder auf der Pirsch?«, fragte Vincenzo.

»So ungefähr.« Er war tatsächlich auf der Pirsch, aber die Beute war nicht in Sicht.

Er war enttäuscht und beschloss, noch zu Lino in die Bar zu gehen, einen Espresso zu trinken und seine Zeitung zu holen. Eine halbe Stunde später fuhr er entmutigt nach Ronco zurück. So recht glaubte er auf einmal nicht mehr an seine Theorie. Zu seinem Glück fuhr er sehr langsam, denn auf halbem Weg rollte ihm von der seitlichen Böschung her ein gar nicht so kleiner Stein vor das Auto, dem er gerade noch ausweichen konnte. Das Räumfahrzeug war verschwunden, und wo der Baum umgefallen war, lagen nur noch Blätter verstreut auf der Straße, die immer wieder von Windstößen aufgewirbelt wurden.

Auch in Ronco fegte der Sturm fast unvermindert durch die ausgestorbenen Gassen. In vielen Häusern brannte Licht, die Dorfbewohner hatten bei einbrechender Dämmerung in ihren Häusern Schutz gesucht und saßen wahrscheinlich mit Wein und Pasta beim Abendessen.

Simon schloss die Haustür auf. Dahinter lag auf den Fliesen ein Zettel. Fast hätte er ihn übersehen. Jemand musste ihn unten durch den Türschlitz geschoben haben. Wegen der Straßensperre konnte es noch nicht sehr lange her sein, es sei denn, es war eine Nachricht von einem seiner Nachbarn. Simon hob ihn auf und hielt ihn ins Licht. Er war mit der Hand geschrieben: *Fai attenzione, se ami tua figlia.* Wenn dir deine Tochter lieb ist, sieh dich vor.

Der Schrecken saß tief. Wo war Nicola? Im Haus sicher nicht, dann hätte Buffon ihn schon begrüßt. Er rief sie an. Keine Antwort, auch die Mobilbox sprang nicht an. Er rief in der Bar in Orta an und erfuhr, dass sie schon vor zwei Stunden weggegangen war. Wo konnte sie sein? War ihr etwas zugestoßen? Die Warnung war unmissverständlich. Doch von wem kam sie? Von Zafferano, der bemerkt hatte, dass er das Handy aus seiner Schublade genommen hatte? Oder steckte etwas ganz anderes dahinter? Das war unwahrscheinlich. Im Moment war Simon zu aufgeregt, um darüber nachzudenken. Er musste Nicola finden. Alles andere war jetzt egal.

Ihm fiel das Haus in Coiromonte ein. Warum hatte er nicht gleich daran gedacht? Das war eine Möglichkeit. Die Angst ließ ihn nicht klar denken. Normalerweise hatte er sich doch auch in brenzligen Situationen im Griff. Jetzt war alles anders. Dummerweise hatte er keine Handynummer von Paolo. Er musste dorthin fahren.

Es war nicht mehr viel los auf den Straßen rund um den See, und Simon kam schnell voran, obwohl es weiter stürmte. Eine knappe Stunde später kam er in Coiromonte an. Es war dunkel geworden, und das Haus sah jetzt noch schöner aus, weniger vernachlässigt und mit den vielen erleuchteten Fenstern warm und einladend. Jemand spielte auf einem Keyboard. Aber Simon hatte dafür keine Augen und Ohren.

Eine Klingel gab es nicht, und auf Simons Klopfen hin rührte sich nichts. Aber er hörte Stimmen. Die Haustür war nicht abgeschlossen. Er ging hinein und landete direkt in der großen Küche, wo ein paar Leute rund um einen langen Holztisch saßen und Pasta aßen.

»Ist Nicola hier?« Simon hatte sich nicht einmal vorgestellt. Erstaunt wandten sich ihm die Köpfe zu. »Nico? Nein. Die war heute gar nicht hier.«

»Und Paolo?«

»Der ist auch nicht da. Was ist denn los? Wer sind Sie eigentlich? Ist etwas passiert?«

Simon hatte keine Lust, lange Erklärungen abzugeben. Er kannte die Leute ja auch gar nicht, und es war keine Zeit zu verlieren. »Ich bin Nicos Vater«, sagte er kurz und bündig. »Können Sie mir die Handynummer von Paolo geben?«

Nach kurzem Zögern schrieb eine junge Frau sie ihm auf einen Zettel.

Auch Paolo antwortete nicht, aber bei ihm ging wenigstens die Mobilbox an, und Simon hinterließ eine Nachricht. Er versuchte es noch einmal bei Nico. Wieder nichts. Es fiel ihm noch ein, seine eigene Nummer bei den jungen Leuten zu hinterlassen, dann verließ er das Haus und fuhr los. Wohin? Er wusste es nicht. Er nahm die Straße zum See.

Dann kam nach und nach, er hätte nicht sagen können, woher, Simons gewohnte Klarsicht zurück. Er war am See entlanggefahren, hatte die düsteren Ruinen der riesigen Bemberg-Fabrik passiert, dann hatte sich der Blick auf das Wasser und die angestrahlte Insel geöffnet, und er hatte sich auf einmal beruhigt. Sein Herz hatte aufgehört zu rasen, und seine Gedanken hatten sich geordnet. Es konnte eigentlich nur Zafferano sein, der den Drohbrief geschrieben hatte. Er wollte ihn einschüchtern, damit er schwieg. Also würde er sicherlich die Wirkung seiner Drohung abwarten, bevor er irgendetwas unternahm und womöglich Nicola etwas antat. Er selbst würde jetzt am besten erst einmal wieder nach Hause fahren, überlegte Simon. Wenn Nico noch immer nicht wieder dort war, würde er Carla Moretti anrufen.

Als Simon auf den Parkplatz in Ronco fuhr, lag alles in völliger Dunkelheit, der Strom war ausgefallen. Wahrscheinlich war ein Baum auf eine Stromleitung gefallen. Es stürmte noch, aber wenigstens war es jetzt in der Nacht etwas abgekühlt.

Schon auf dem Weg hinunter zu seinem Haus hörte Simon ein dunkles Bellen. Buffon. Nico war zu Hause. Simon fiel in Laufschritt, riss sich dann aber zusammen. Er wollte ihr keine Angst machen. Von dem Schrecken, der hinter ihm lag, würde er sich nichts anmerken lassen. Das beherrschte er immer noch gut. Aber auch wenn er jetzt weniger in Sorge um sie war, musste er auf sie aufpassen, ohne dass sie Verdacht schöpfte. Als er die Tür öffnete, hatte er sich schon vollkommen im Griff.

Nicola saß bei angezündeten Kerzen am Küchentisch und aß ein Sandwich. Simon setzte sich zu ihr, und just in diesem Moment ging das Licht im Haus mit einem Schlag wieder an, auch die Uferlampen draußen brannten wieder. Nicola blies mit einem kräftigen Pusten die Kerzen aus. »Das war's mit dem Candlelight-Dinner«, sagte sie, »eigentlich schade.«

»Wo warst du bloß heute Abend?«, fragte Simon. »Ich habe versucht, dich anzurufen.« Es gelang ihm, das mit ganz normaler Stimme zu fragen. Noch nicht mal nach einer Kontrollfrage hatte es sich angehört.

»Sorry, Simon, ich habe vergessen, mein Handy aufzuladen. Ich war mit einem Freund unterwegs.« Sie antwortete freundlich, jedoch in einem Ton, der unmissverständlich keine Nachfrage duldete. Sie sah entspannt und glücklich aus.

»Und wie sieht es morgen aus? Ich hätte Lust, morgen früh mit dir in deine Bar zu fahren«, sagte er. »Ich war schon eine Weile nicht mehr in Orta, ist das okay? Morgen Abend hole ich dich dann wieder ab.«

»Ja klar, Papa, super Idee. Das passt auch, mein Panda steht nämlich noch in Coiromonte. Ich wäre sonst mit dem 9-Uhr-Schiff nach Orta gefahren.«

Jetzt erst fiel Simon auf, dass er im Dunkeln auf dem Parkplatz ihren Wagen nicht gesehen hatte. Wie war sie dann nach Ronco gekommen? Er kam nicht dazu, sie danach zu fragen, und das war auch besser so.

»Sorry, Papa«, sagte Nicola, »ich muss ins Bett, ich bin todmüde. Und du siehst auch nicht gerade aus, als wärst du in Topform. Dann sehen wir uns also morgen. *Buonanotte.*«

Sie stellte ihren Teller weg, warf ihm eine Kusshand und dem Hund einen Wurstzipfel zu und verschwand mit Buffon nach oben in ihr Zimmer.

Kaum war Simon allein, begann sich das Gedankenkarussell wieder zu drehen. Er goss sich ein großes Glas Grappa ein. Wenn wirklich etwas dran war an seinen Vermutungen, wenn Zafferano die Nachricht geschrieben hatte und wenn das Handy tatsächlich Moritz Wehrli gehörte, was war dann geschehen? Hatte Zafferano ihm etwas angetan? Hielt er ihn irgendwo fest oder hatte ihn womöglich sogar umgebracht?

Simon fiel sein erster Besuch mit Gianluca in der Steinmetzwerkstatt wieder ein. Hatte Zafferano nicht einen Schuppen erwähnt, in dem er die abgelegten Marmorstücke vom Mailänder Dom aufbewahrte? Was hatte er noch mal gesagt, wo der war? Simon dachte angestrengt nach, er musste sich daran erinnern. So alt war er doch noch nicht, dass sein Gedächtnis ihm den Dienst versagte.

Er wollte schon Gianluca anrufen, aber dann kam die Erinnerung doch zurück. Der Schuppen lag oben beim Steinbruch in Candoglia. Das musste am Ende der Serpentinenstraße sein, die dort hinaufführte. Eine menschenleere

Gegend, gut, um etwas zu verbergen, dachte Simon. Wenn Zafferano etwas mit Wehrlis Verschwinden zu tun hatte, hielt er ihn vielleicht dort gefangen. Es mochte ein Irrweg sein, es war mehr geraten als logisch geschlossen, aber immerhin war es eine Möglichkeit. Und wenn es so war, stand womöglich ein weiteres Leben auf dem Spiel.

Am liebsten wäre Simon sofort nach Candoglia gefahren. Aber er riss sich am Riemen. Er war erschöpft, es war dunkel, schon sehr spät, und er hatte auf leeren Magen viel Grappa getrunken. Wahrscheinlich würde er in diesem Zustand die Fahrt über die Serpentinenstraße nicht überleben, zumindest aber den Schuppen nicht finden. Um Kopf und Kragen zu riskieren, war ohnehin alles noch zu vage, und außerdem wollte er Nicola nicht allein im Haus lassen. Aber am nächsten Morgen, wenn er sie in Sicherheit wusste, würde er sofort starten und sich den Schuppen ansehen.

Auf einmal war Simon alles zu viel. Er war müde, und der Alkohol war ihm zu Kopf gestiegen. Es war ein harter Tag gewesen, und er brauchte dringend Schlaf. Er war sogar zu matt, um noch etwas zu essen. Als er in seinem Bett lag und gerade wegdöste, meldete sich sein Handy. Sofort war er wieder hellwach. Luisa. Sie vermisste ihn, wie sie sagte. Es tat gut, das zu hören. Sie sprachen nur kurz miteinander, und er erzählte ihr nichts von den Ereignissen des Tages, um sie nicht zu beunruhigen, aber er fühlte sich ihr sehr nah. Als er zurück in die Kissen fiel, fegte der Sturm wieder ums Haus, legte für einen Moment noch zu. Ein Fensterladen klappte mit einem lauten Schlag zu. Dann fiel Simon in tiefen Schlaf.

38

Als Simon am frühen Morgen aufwachte, waren über den Hügeln rund um den See dunkle Wolken aufgezogen und tatsächlich ein paar Tropfen Regen gefallen. Sein Kopf war überraschend klar, trotz des vielen Grappas, den er am Abend getrunken hatte. Noch immer strich ein heftiger Wind über das Wasser, aber ein Sturm war das nicht mehr. Nun riss gerade der Himmel wieder auf, die Sonne kam heraus und brachte mit den ersten Strahlen den See zum Leuchten. Nicola schlief noch. Simon machte sich einen großen Cappuccino, trank ein paar Schlucke, verschlang dazu zwei große Brioches, sprang dann vom Steg ins Wasser und kraulte eine Runde, behielt dabei aber das Haus ständig im Blick.

Mit dem Rest von seinem schon fast kalten Cappuccino setzte er sich noch tropfnass in den Schatten auf die Terrasse und wartete ungeduldig auf Nicola. Es war noch immer früh, aber den Geräuschen aus dem ersten Stock entnahm er erleichtert, dass sie aufgestanden und ins Badezimmer gegangen war. Ein paar Minuten später kam sie mit schnellen Schritten die Treppe hinunter und setzte sich in einem bunten Sommerkleid zu ihm auf die Terrasse. Buffon war ihr gefolgt, schwanzwedelnd zu Simon gelaufen und lag jetzt ausgestreckt neben Nico auf dem warmen Stein. Über ihren Köpfen schwirrten emsig wie eh und je die Hornissen. Sogar der Hund nahm keine Notiz mehr von ihnen, so sehr hatte er sich offenbar an ihre Anwesenheit gewöhnt.

»Magst du einen Cappuccino?«, fragte Simon.

»Hast du den so früh schon im Angebot?« Sie lachte ihn an. »Dafür siehst du noch ziemlich nass und nackt aus. Aber ja, sehr gerne.«

Er machte ihr den Cappuccino, legte ein paar Kekse dazu, dann zog er sich an.

Eine halbe Stunde später brachen sie gemeinsam und mit Buffon im Schlepptau nach Orta auf. Nico war gut gelaunt und unbeschwert, redete die ganze Fahrt über von ihrem zukünftigen Studium in Turin, schwärmte von der Stadt, ganz so, als wäre ihr der Studienplatz schon sicher. Sie genoss es sichtlich, dass er sie in die Bar begleitete.

Als sie in Orta ankamen, wollte er sie nur schnell absetzen und gleich weiterfahren, aber sie bestand darauf, dass er kurz mitkam. Er gab nach. Vielleicht war es ja auch besser, wenn er sie noch bis in die Bar begleitete.

»Aber ich habe nicht viel Zeit«, sagte er.

»Einen Espresso kriegst du noch, das muss sein«, erwiderte sie.

In der Bar war noch nicht viel los, nur ein junges Paar saß in einer Ecke, beide ganz in ihre Smartphones vertieft. Nicola verschwand schnell hinter der Theke.

Zwei Minuten später stellte sie die kleine Tasse vor ihn, servierte ihm dazu eine mit dickflüssiger Crema gefüllte Brioche. Sie machte daraus eine kleine Schau, hofierte ihn wie einen prominenten Gast, so überzogen, dass sie beide in lautes Lachen ausbrachen. Simon freute sich, dass sie ihm diesen Moment der Leichtigkeit schenkte.

»Heute Abend hole ich dich wieder ab«, sagte er, als er sich zügig von ihr verabschiedete.

»Das ist nett von dir, aber nicht nötig. Ein Freund holt mich ab«, erwiderte sie.

Wer war dieser Freund? Simon beschloss, sich nicht erneut verrückt zu machen. Zumindest in den nächsten Stunden wusste er Nico in der Bar in Sicherheit.

Von Orta fuhr er sofort weiter nach Mergozzo. Auch die Uferstraße nach Omegna war übersät von Blättern und Zweigen, hier und da sogar von kleineren Ästen. Eine ganze Weile fuhr Simon einem Räumfahrzeug hinterher, das er auf der schmalen und kurvenreichen Straße nicht überholen konnte. Er war ziemlich ungeduldig geworden, und sein Herz hatte mal wieder Sprünge gemacht. Endlich war das Räumfahrzeug abgebogen, und Simon hatte wieder Gas geben können.

Normalerweise fuhr er eher langsam. Als Luisa sich einmal über sein Schneckentempo beschwerte, hatte er ihr erklärt, dass er sich das angewöhnt habe, als er als Student in Frankfurt Taxi gefahren war. Wenn man den ganzen Tag im Taxi herumfahre oder stundenlang in der Schlange auf Kunden warte, hatte er gesagt, habe man nur zwei Möglichkeiten: Entweder wird man zum Raser, oder die Zeit wird relativ, und man gewöhnt sich eine gelassene Fahrweise an. So sei das bei ihm gewesen. Aber jetzt konnte er es nicht abwarten, an sein Ziel zu kommen, und holte aus dem Peugeot heraus, was der alte Wagen hergab.

Die Fahrt dauerte trotzdem länger als üblich, und erst nach einer Dreiviertelstunde kam er in Mergozzo an. Um auf die Serpentinenstraße hoch zum Steinbruch zu kommen, musste er Zafferanos Werkstatt passieren. Simon war ein wenig mulmig zumute. Er hoffte, dass er dem Steinmetz nicht unverhofft auf der Strecke nach oben begegnen würde. Wie sollte er erklären, was er hier tat? Aber er hatte Glück, und es kam ihm kein Auto entgegen.

Er parkte seinen Wagen am Rand eines Lehmweges, der an dem klaffenden Steinbruch vorbei auf ein brachliegendes Gelände führte, wo der Peugeot etwas versteckt vor den Blicken von der Straße war. Für die grandiose Aussicht, die man aus dieser Höhe ins Tal hatte, hatte Simon keine Augen.

Er lief die paar Meter zurück zum Steinbruch, schaute sich suchend um und entdeckte sofort das Gebäude, das der Schuppen sein musste. Es war ein einfaches Steinhaus, das neben dem Steinbruch an der Straße lag. Sogar ein verblichenes Firmenschild hing schräg an der Holztür. Hier oben war alles wie ausgestorben, auch der Kran war offenbar nicht in Betrieb. Simon war dennoch vorsichtig und blickte sich ständig nach allen Seiten um.

Die Holztür war verschlossen, aber durch ein Fenster konnte er in das Innere spähen. Es war sehr staubig, überall standen Steinfiguren und Kisten herum. Der Raum war groß, aber überschaubar, und es sah nicht so aus, als ob sich jemand dort aufhielt. Doch Simon wollte es genau wissen, konnte seiner Neugier nicht widerstehen. Erneut würde er die Regeln verletzen. Immerhin hatte er diesmal vorausschauend seine Lederhandschuhe mitgenommen.

Die Eingangstür zum Schuppen war nur ins Schloss gefallen, nicht abgeschlossen, und Simon gelang es ohne weiteres, sie mit seiner Scheckkarte zu öffnen. Dann setzte er sehr vorsichtig, sich nach allen Seiten umschauend, einen Fuß in den Raum. Durch das Fenster fiel etwas Sonnenlicht, und auf dem staubigen Boden waren Fußspuren, aber sonst bemerkte Simon nichts Auffälliges.

Die hintere Wand des Raumes bestand aus Holzbrettern, und es gab dort eine weitere Tür. Auch sie war nur ins Schloss gefallen, und Simon konnte sie ebenfalls problemlos mit seiner Scheckkarte öffnen. Jetzt stand er in einem fensterlosen, dunklen Raum. Vor ihm ein ausladender, mit einer grauen Plane abgedeckter Gegenstand, der den vorhandenen Platz fast vollständig ausfüllte. Vielleicht eine besonders große Statue. Nein, das passte nicht. Es musste etwas anderes sein. Simon ging näher heran, hob die Plane, erst von der Seite, dann von hinten. Ein alter Porsche. Silbern, mit Schweizer Kennzeichen. Simon musste keinen Moment nachdenken. Das musste das Auto von Moritz Wehrli sein. Wie war es hier hereingekommen? Simon holte sein Handy aus der Tasche, und mit dem Strahl der Taschenlampe leuchtete er den Raum aus. In die Seitenwand war eine Garagentür eingelassen. Er versuchte sie zu öffnen, aber sie war abgeschlossen.

Er ging zum Heck des Wagens, schlug die Plane über das Dach und machte die Kofferraumklappe auf. Der Motor, natürlich. Simon hatte nicht daran gedacht, dass der alte Wagen Heckantrieb hatte. Er ging zurück zur Fahrertür, zog am Griff, und mit einem leisen Knacken ging sie auf. Simon richtete den kleinen Strahl der Taschenlampe in das Innere des Porsches. Sogar der Zündschlüssel steckte. Zafferano hatte anscheinend nicht damit gerechnet, dass man den Wagen hier suchen würde. Wenn er ein Verbrecher war, dann war er kein Profi, das war sicher. Der Porsche war einmal ein luxuriöser Wagen gewesen, mit dunkelroten Lederbezügen, aber nun war alles ein wenig heruntergekommen und schmuddelig. Aber soweit Simon das in dem dämmerigen Schuppen beurteilen konnte, gab es keine verdächtigen Spuren, kein Blut.

Auf der Ablage zwischen den Sitzen lag eine große Taschenlampe, daneben ein Navigationsgerät, eines von der Sorte, wie es Fahrradfahrer benutzten. Simon nahm es an sich, inspizierte es. An der Seite hatte jemand etwas aufgeklebt. Die Schrift war nicht mehr gut leserlich, aber Simon gelang es, sie zu entziffern: Es war ein Firmenetikett der Steinmetzwerkstatt. Das Gerät gehörte also Zafferano. Bestimmt hatte er es für seine Wochenendtouren mit dem Rennrad benutzt. Simon schaltete es an und überprüfte die letzte Station, die eingegeben worden war. Piancavallo. Noch interessanter als die Ortseingabe waren Datum und Uhrzeit dieser letzten Fahrt. Es war der Tag, an dem Marco Zanetti gestorben und Moritz Wehrli verschwunden war. Und es war spät in der Nacht gewesen.

39

Simon atmete tief durch. Er war sich jetzt sicher, dass Zafferano dem Schweizer etwas angetan hatte. Vermutlich hatte Wehrli den Steinmetz ebenfalls erpresst, so wie die Zanettis, nur das konnte die Erklärung sein. Aber womit? Wehrli konnte von Marcos Verabredung mit Zafferano auf dem Segelboot gewusst haben. Es lag nahe, dass Marco seinem Freund vorher von dieser geplanten Tour mit dem Steinmetz erzählt hatte. Wehrli musste sofort begriffen haben, was auf der Yacht geschehen war, hatte in dem Steinmetz den Mörder von Marco erkannt, ihn zur Rede gestellt und Geld von ihm verlangt. Und Zafferano hatte ihn daraufhin aus dem Weg geräumt. So konnte es gewesen sein. Das war das Motiv. Es war schlüssig.

Was konnte mit Wehrli geschehen sein? Wenn der Porsche seine letzte Reise nach Piancavallo gemacht hatte, und das mitten in der Nacht, wohin genau war er dann gefahren? In das Krankenhaus? Zu Giulio? Warum um diese Zeit? Das ergab keinen Sinn.

Simon kam noch eine andere Idee. Eine weitere Bemerkung Zafferanos bei ihrem Gespräch in der Werkstatt mit Gianluca war ihm wieder eingefallen. Der Steinmetz hatte erzählt, dass sein Vater sich in der Nähe von Piancavallo vor den Nazis versteckt gehalten hatte. In einer Höhle. Hielt er Wehrli vielleicht dort fest?

Hatte er deshalb eine Taschenlampe dabeigehabt? Aber warum hatte er sein Navigationsgerät für die Fahrt benutzt? Doch auch das leuchtete Simon ein, denn er erinnerte sich noch zu gut an seine eigene Fahrt ins Val Grande mit Gianluca und wie sie sich unterwegs verfahren hatten. Selbst wenn man sich auskannte, war das eine Strecke, bei der man leicht vom Weg abkam, erst recht im Dunkeln und mit einem fremden Wagen, der, wie Simon aus eigener Erfahrung wusste, nicht ganz einfach zu beherrschen war, vor allem wenn man angespannt war. Und das musste der Steinmetz gewesen sein. Wenn seine Überlegungen stimmten, musste der Schweizer mit im Wagen gewesen sein. War die Höhle im Val Grande also der Ort, an dem sich Moritz Wehrli befand – tot oder lebendig?

Simon wusste, was er als Nächstes tun würde. Er musste herausbekommen, wo genau das Versteck im Val Grande gewesen war, ob es an der Strecke nach Piancavallo lag und von der Straße aus zugänglich war. Er hatte auch schon eine Idee, wo er diese Information vielleicht bekommen konnte. Gianluca hatte doch kürzlich ein Museum erwähnt, in dem die Geschichte der Partisanen aus dem Val d'Ossola dokumentiert war. In Ornavasso. Das war gar nicht weit entfernt. Dort würde er hoffentlich finden, was er suchte.

Bevor Simon die Wagentür schloss, warf er noch einen Blick in das Handschuhfach. Es war so unaufgeräumt wie der ganze Wagen, ein paar Taschentücher, Stifte, ein Schraubenschlüssel, Münzen, mehr war da nicht. Aber ganz hinten lag ein USB-Stick. Simon nahm auch ihn an sich und hatte es jetzt eilig, den Schuppen zu verlassen.

In diesem Moment hörte er ein Auto, das vor dem Gebäude parkte, dann Schritte. Jemand war da draußen, schien sich zu nähern. Zafferano? Simon schloss schnell die Tür zum Nebenraum und versteckte sich mit einem schnellen Satz neben dem Porsche, in der Lücke zwischen Auto und Wand. Durch eine sehr schmale Öffnung in der Holzabtrennung zwischen den beiden Räumen konnte er von seiner Position aus mehr erahnen als erkennen, was sich nebenan tat. Die Tür öffnete sich, und jemand kam herein. Das konnte nicht der Steinmetz sein. Es war ein Mann, aber er war klein und schmächtig. Moritz Wehrli? Der Mann trug eine Marmorfigur, wandte sich damit zur Seite und stellte sie dort irgendwo ab. Simons Herz raste mal wieder.

Jetzt kehrte der Mann in die Mitte des Raumes zurück, und Simon erkannte, wer da hereingekommen war. Es war Lorenzo, der junge Steinmetz, der an der Fiale gearbeitet hatte. Simon beruhigte sich. Von dem ging bestimmt keine Gefahr für ihn aus. Allerdings war Lorenzo sicher aufgefallen, dass die vordere Eingangstür zum Schuppen offen stand. Simon hatte sie nicht wieder hinter sich zugezogen. Wie dumm von ihm. Bestimmt würde der junge Mann Zafferano über die offene Tür informieren. Allerdings schien Lorenzo nicht besonders irritiert oder beunruhigt zu sein. Vielleicht dachte er, dass nur jemand vergessen hatte, die Tür zuzuziehen. Wer sollte sich hier oben auch schon zu schaffen machen? Wertvoll war das sicher nicht, was hier herumstand. Ohne einen Blick in den hinteren Raum zu werfen, verschwand Lorenzo wieder, zog die Eingangstür mit Nachdruck hinter sich zu und verschloss sie. Simon saß in der Falle.

Er wartete einen Moment, bis er hörte, dass der Wagen draußen angelassen wurde und sich entfernte. Er musste schnell hier raus. Aber wie? Auch das Garagentor war verschlossen. Aber da war noch das Fenster in dem vorderen Raum. Das war allerdings nicht besonders groß. Simon taxierte den Rahmen. Mit seiner immer noch ziemlich schlanken Statur müsste es gerade eben zu schaffen sein.

Fünf Minuten später stand er leicht angestrengt und mit einem Riss in seinem Hemd draußen vor dem Schuppen. Aber um durchzuatmen, war keine Zeit. Sollte Lorenzo seinen Chef doch über die offene Tür informieren, würde der Steinmetz bestimmt bald hier auftauchen. Simon rannte zu seinem Peugeot.

40

Simon war zügig die kurvenreiche Straße vom Steinbruch hinunter ins Tal gefahren, und zu seiner Erleichterung war ihm auch diesmal niemand entgegengekommen. Jetzt war er auf der Landstraße nach Ornavasso unterwegs. Es ging nur noch ein leichter Wind, auch sein Herzschlag beruhigte sich, seine Gedanken ordneten sich. Er musste Carla anrufen, das war klar. Auch wenn er sich vielleicht lächerlich machte. Aber danach sah es ja nun nicht mehr aus. Es war nicht mehr alles nur Spekulation, im Gegenteil, er hatte handfeste Beweise für seinen Verdacht gegen den Steinmetz und musste die Polizistin nun unbedingt darüber in Kenntnis setzen, zumindest über den Fund des Porsches in dessen Schuppen.

Er griff zu seinem Handy und wählte ihre Nummer.

»*Pronto.*« Sie war im Stress, daran ließ ihre Stimme keinen Zweifel. »Simone? Können Sie später noch mal anrufen? Es geht gerade gar nicht. Wir haben wieder eine Leiche gefunden, wahrscheinlich ein Sturmopfer, das ist aber nicht ganz klar. Ich kann Sie später zurückrufen, wenn Sie wollen. Ist es denn wichtig?«

»Ich habe den Porsche von Moritz Wehrli gefunden.« Mehr würde er ihr jetzt nicht sagen. Ob es stimmte, dass Wehrli von Zafferano festgehalten wurde, wusste er schließlich nicht.

Carla schwieg einen Moment, dann fragte sie: »Wo haben Sie den Wagen gefunden?«

»In einem Schuppen, der diesem Steinmetz in Mergozzo gehört, dem Vater von Giulio, dem Jungen, der den Unfall hatte. Oben am Eingang zum Steinbruch von Candoglia.«

»Ich kann jetzt wirklich nicht, Simone. Aber wir kümmern uns darum, so schnell es geht. Sie müssen mir das aber noch genauer erklären. Rufen Sie mich in einer Stunde wieder an, ja?«

Simon war dieser Verlauf durchaus recht. Er hatte Carla informiert, zumindest zum Teil, und konnte nun erst einmal auf eigene Faust seinem Verdacht weiter nachgehen. Wenn sie gerade in einer Ermittlung in einem Todesfall steckte, würde es eine ganze Weile dauern, bis sie nach dem Porsche sehen und weitere Maßnahmen ergreifen würde.

Das Museo della Resistenza in Ornavasso war in einem schönen, alten Bürgerhaus untergebracht. Simon genoss es, aus der staubigen und beunruhigenden Welt des Steinmetzes in dieses gediegene Ambiente zu kommen, das Bildung und Aufklärung atmete. Er kam in einen großen Raum mit Fotografien und Dokumenten an den Wänden, mittendrin hingen ein paar Fahnen. Eine junge Frau saß an einem kleinen Schreibtisch und war in ein Buch vertieft, sah aber sofort auf, als er eintrat, lächelte freundlich und begrüßte ihn.

»*Buongiorno*, Signore. Wollen Sie sich nur umsehen, oder kann ich etwas für Sie tun?«

»Ich suche Informationen über einen ehemaligen Partisan, der im Val Grande ein Erschießungskommando überlebt hat.«

»Wenn Sie seinen Namen haben, ist das wahrscheinlich kein Problem. Wir haben hier einen großen Band mit Informationen zu allen Personen, die als Partisanen gekämpft haben, eine Art Register der Erinnerung. Das ist ja das Mindeste, was man tun kann, damit die Geschichte dieser mutigen Männer und übrigens auch einiger Frauen nicht ganz in Vergessenheit gerät.«

»Kann ich mir dieses Buch ansehen?«

»Selbstverständlich.« Es dauerte nur eine Minute, bis sie aus einem Nebenraum mit einem großformatigen Band zurückkam und ihm ihren Platz am Schreibtisch für die Lektüre überließ.

Simon hatte den Eintrag schnell gefunden. *Emilio Zafferano, Deckname Giulio, geboren am 5. September 1925 in Mergozzo. Mitglied der* Divisione Valdossola, *die im Val Grande einen Unterschlupf hatte. Wurde bei der »Operation Köln« im Juni 1944 gefangen genommen und mit acht anderen Partisanen vor ein Erschießungskommando gestellt. Überlebte als Einziger und versteckte sich in einer kleinen Höhle im Val Grande. Harrte dort vierzehn Tage aus und konnte sich nach Ende der militärischen Operation der Besatzungstruppen Nazi-Deutschlands und der italienischen Faschisten nach Domodossola retten, wo er sich erneut dem Widerstand anschloss. Gehört zu den überlebenden Kämpfern, die drei Monate später die Repubblica partigiana della Val d'Ossola gegründet haben. (s. Umgebungskarte 3, Punkte 102, 103 und 104).*

»Können Sie mir vielleicht sagen, was die ›Operation Köln‹ war?« Simon sah die junge Frau an, die inzwischen an einem Tisch in der Mitte Platz genommen hatte und weiter in ihrem Buch las.

»Das war eine Aktion eines Nazi-Kommandos, das unterstützt von italienischen Faschisten im Juni 1944 martialisch gegen die Partisanen im Val Grande vorgegangen ist. Diese militärische Attacke hat etwa drei Wochen gedauert, und von den rund fünfhundert Partisanen, die damals in dem Gebiet waren, haben nur sehr wenige überlebt. Aber der Mann, den Sie suchen, ist nicht ermordet worden, sagten Sie?«

»Ja, er hat überlebt und er hat sich verletzt verstecken können. Hier steht, dass es eine Karte gibt, die Umgebungskarte Nummer drei. Könnten da auch die Verstecke eingezeichnet sein?«

»Das könnte durchaus sein, kommen Sie mit. Wir haben versucht, zum Gedenken an unsere Partisanen ihre Kämpfe, Sabotageakte und Verstecke so genau wie möglich zu dokumentieren, damit man sich vorstellen kann, wie das damals war.«

Sie führte ihn in den Nebenraum, wo eine riesige Karte des Val Grande und der Umgebung hing, in der zahlreiche rote, grüne, blaue und gelbe Fähnchen steckten, die vermutlich Aktionen und Standorte der Partisanen markierten. Es sah überwältigend aus. Die kleinen Fähnchen waren mit Nummern versehen, die aber in keiner Legende aufgeführt waren. Simon brauchte eine Weile, bis er seine Nummern fand. Die Nummer 102 markierte wohl die Grotte, in der Emilio sich versteckt hatte. Sie lag tatsächlich gar nicht weit entfernt von der Straße nach Piancavallo. Simon atmete durch. Er hatte richtig vermutet. Das konnte es sein.

Die junge Frau stand noch neben ihm und hatte seine Suche mitverfolgt. »Wollen Sie dieses ehemalige Versteck aufsuchen? Das wird nicht so einfach sein. Das ist wie eine

Nadel im Heuhaufen.« *Un ago in un pagliaio.* Simon mochte dieses Bild, es war das gleiche wie im Deutschen.

»Möchten Sie vielleicht eine Kopie dieses Kartenausschnitts, dann haben Sie es leichter, den Ort zu finden?«

»Wenn das geht, sehr gerne.«

»Natürlich geht das. Sie sprechen sehr gut Italienisch, fast wie ein Italiener. Aber Sie kommen aus Deutschland, oder?«

»Ja.«

»Viele Besucher aus Deutschland haben wir hier nicht. Es ist schön, dass Sie sich für dieses Thema interessieren.«

Diesmal dauerte es einen Moment länger, bis sie zurückkam und ihm die Kopie in die Hand drückte.

Simon hatte noch eine Idee. Ihm war der Stick in seiner Hosentasche wieder eingefallen. Er nahm ihn heraus und hielt ihn ihr hin. »Könnte ich den mal an Ihren Computer anschließen, um zu sehen, was da drauf ist?«

»Eigentlich geht das nicht. Aus Sicherheitsgründen. Aber ich mache für Sie eine Ausnahme.«

Sie steckte den Stick in ihren Computer und überließ ihm dann ihren Platz. Simon überflog die Ordnerliste und blieb schließlich an einem hängen, der mit »Marco« betitelt war. Fotos. Der Ordner enthielt eine ganze Sammlung. Auf den ersten Blick zeigten sie alle Marco Zanetti. Marco in Coiromonte, Marco auf der Dynamic, Marco verschlafen im Bett und nackt unter der Dusche. Dann kam eine Serie von Bildern, die zum Teil etwas unscharf waren. Ein Auto. Ein Mann neben dem Auto, der sich herunterbeugte. Da war etwas auf der Straße. Simon kniff die Augen zusammen, um die Details zu erkennen. Langsam begriff er, was er da sah. Es waren Fotos von Giulios Unfall in Mergozzo.

Diese Aufnahmen ließen keinen Zweifel. Signora Zanetti hatte ihn angelogen. Vielleicht hatte er sie doch falsch eingeschätzt. Simon blieb keine Zeit, das auf sich wirken zu lassen, denn die junge Frau war wieder hinter ihn getreten und klopfte ihm sehr sanft auf die Schulter. »Wir machen jetzt Mittagspause«, sagte sie.

Simon nahm den Stick wieder an sich und bedankte sich. Geld für die Kopie wollte sie nicht, aber er hinterließ eine Spende.

41

In Ornavasso holte sich Simon noch schnell zwei mit rohem Schinken, Mozzarella und Tomaten belegte Panini in einem Lebensmittelgeschäft, dann fuhr er direkt weiter ins Val Grande. Nur ein paar Tage war es her, dass er mit Gianluca auf dieser Strecke zum Krankenhaus unterwegs gewesen war. Er benutzte Zafferanos Navigationsgerät, und diesmal verfuhr er sich nicht. Überhaupt kam ihm die Fahrt weniger abenteuerlich und nicht so lang vor.

Wenige Kilometer vor dem Krankenhaus hatte er die Stelle an der Straße erreicht, die laut der Karte in der Nähe der Grotte lag, wo Emilio sich versteckt hatte. Ein schmaler Weg, den man von der Straße aus kaum sehen konnte, führte tiefer in den Wald hinein. Simon lenkte den Peugeot noch ein ganzes Stück weiter, bis der Weg sich zu einem Pfad verengte und zwischen Büschen verlor. Dort parkte er und marschierte los. Es war nun vollkommen windstill. Hier in der Senke war der Sturm aber anscheinend ohnehin nicht besonders heftig gewesen, denn auf dem sandigen Weg gab es Spuren, etwas verwischt, aber noch gut erkennbar. Es sah aus, als hätte jemand einen schweren Gegenstand hier entlanggezogen.

Simon folgte der Spur. Der Pfad querte das Gelände bis zu einer kleinen versteckten Wiese, dann stieg er ganz leicht an. Immer wieder sah es so aus, als ob er sich in der unwegsamen Landschaft verlöre, aber dann ging es doch wieder um eine Biegung und weiter durch noch dichteres Gebüsch. Simon begann sich zu sorgen, ob er wieder zurückfinden würde. Sein Handy hatte keinen Empfang mehr. Aber es waren immer noch hier und da Schleifspuren zu sehen, daran würde er sich auf dem Rückweg orientieren können.

Im Dickicht raschelte es, und es bewegte sich etwas. Hatte Gianluca nicht gesagt, dass es im Val Grande Wölfe gab? Oder war da jemand? Simon rief sich zur Vernunft. Er war immer noch recht nah an der Straße und konnte zur Not schnell Hilfe finden. Dann kam eine Abzweigung, an der er vorsichtshalber mit einem Ast eine Markierung legte. Aber das wäre nicht nötig gewesen. Nach nur wenigen weiteren Schritten stand er vor einer Felswand mit einer kleinen Öffnung. Das musste die Höhle sein. Hier hatte sich Emilio Zafferano vor den Nazi-Truppen versteckt.

Simon verharrte einen Moment und vertrieb das mulmige Gefühl aus seinem Inneren. Er ging hinein, es wurde schnell kühler, und etwas schwirrte durch die Luft, wahrscheinlich Fledermäuse. Vom Eingang her fiel noch etwas Sonnenlicht in die Höhle, dann wurde es immer dunkler. Ein zischendes Geräusch. Gab es hier Schlangen? Simon ärgerte sich, dass er nicht an eine Taschenlampe gedacht hatte. Aber er hatte doch sein Smartphone dabei, fiel ihm ein. Er holte das Gerät aus der Hosentasche, und der Strahl leuchtete auf. Es zischte wieder. War es wirklich eine gute Idee, so schutzlos in diese Höhle zu gehen?

Simon hörte ein Schleifgeräusch, sah schemenhaft etwas wegsausen, richtete die Lampe dorthin. Nichts. Es musste tatsächlich eine Schlange gewesen sein, die die Flucht vor ihm ergriffen hatte.

Er überwand sich und ging noch ein paar Schritte tiefer in die Höhle. Die Taschenlampe ging aus. Verdammt. Das Handy hatte sich ausgeschaltet. In der ganzen Aufregung der letzten Stunden hatte er vergessen, es zu laden. Nun war es wirklich stockdunkel, und es dauerte eine Weile, bis seine Augen sich darauf einstellten und er wieder schemenhaft etwas erkennen konnte. Phobien waren Simon vollkommen fremd, er fürchtete weder Türme noch Tunnel, aber diese Grotte war ihm unheimlich. Sein Herz raste. Für jemanden, der manchmal selbst im Liegestuhl den plötzlichen Herztod fürchtete, mutete er seinem wichtigsten Organ zurzeit sehr viel zu.

Simon stellte sich vor, wie der verletzte Partisan hier gehaust hatte, viele Tage lang in Dunkelheit und Feuchtigkeit, mit den Tieren und den Geräuschen und der Angst, doch noch von den Nazis getötet zu werden. Was für ein Glück er hatte, dachte Simon, dass er nicht in einer Zeit lebte, in der er selbst womöglich hätte aktiven Widerstand leisten müssen.

Die Luft war jetzt sehr feucht, Schweiß rann ihm über die Stirn und lief ihm in die Augen. Oder war das Wasser, das von der Decke heruntertropfte? Die Höhle war offenbar sehr tief, aber viel weiter hinein mochte sich Simon nun nicht mehr wagen. Es wurde immer dunkler, und bald würde er gar nichts mehr sehen. Hier und da rieselte Sand herunter, und gerade hatte ihn ein kleiner Splitter am Kopf getroffen, nicht schmerzhaft, aber man konnte ja nicht wissen, wie standfest der Fels über ihm war.

An der Wand am linken Rand der Höhle lag etwas. Hätte er doch nur noch seine kleine Taschenlampe! Er riss die Augen weit auf, um mehr zu erkennen. Was er dort schemenhaft ausmachte, war länglich und bewegte sich nicht. Ein schlafendes Tier? Gab es im Val Grande nicht seit einiger Zeit auch Bären? Erst kürzlich hatte Simon einen Artikel über die Rückkehr dieser Wildtiere in die Alpen gelesen. Vorsichtig ging er ein Stück näher heran. Nein, das konnte nichts Lebendiges sein. Es war eine Rolle. Simon beugte sich herab und befühlte sie. Eine solide dunkle Plastikfolie umhüllte das Paket, das gar nicht so groß war, wie es ihm zunächst erschienen war, keine zwei Meter lang.

Simon packte die Rolle entschlossen an einem Ende und zog sie über den unebenen Boden in Richtung Ausgang der Höhle. Sie war schwerer als vermutet, und es war doch ein ganzes Stück Weg. Er kam ins Schwitzen, auch das Herzrasen hörte nicht auf. Wenn ihn hier der plötzliche Herztod ereilte, würde ihn nie jemand finden, ging ihm durch den Kopf. Langsam würde er hier vermodern oder von Tieren verspeist werden. Er dachte an Luisa und Nicola. Vielleicht hätte er doch jemanden über seinen Ausflug in die Wildnis informieren sollen.

Endlich hatte er den Ausgang der Höhle erreicht. Das Sonnenlicht blendete ihn, und es dauerte einen Moment, bis sich seine Augen an die Helligkeit gewöhnt hatten und er wieder etwas sah. Die schwarze Plastikfolie hatte sich durch das Schleifen über den holprigen Boden zum Teil gelöst. Hatte er nicht Rollen von dieser Folie in Zafferanos Werkstatt gesehen? Und auch den Dackel für die Kundin hatte der Steinmetz in diese Folie eingeschlagen. Von dem Paket stieg ein unangenehmer Geruch auf, der langsam stärker wurde. Es roch nach Verwesung. Simon begriff langsam, was da vor ihm lag. Schließlich begann er, das Paket vorsichtig zu entrollen.

Der Geruch wurde noch intensiver und ekelerregender. Simon wusste jetzt, was er finden würde. Und ihm war auch klar, dass er das, was er tat, nicht tun durfte. Im Eifer Spuren an einem Tatort zu verwischen war eine Unsitte von zu ehrgeizigen Polizeireportern, die für deren schlechten Ruf gesorgt hatte. Simon hatte sich eigentlich immer an die Regeln gehalten. Das hier war eine Ausnahme.

Er zog die Folie ganz weg. Eine schmächtige Person kam zum Vorschein. Die Leiche hatte bestimmt schon länger in der Höhle gelegen. Man sah es und man roch es. Simon hielt die Luft an. Starre graue Augen. Ein blutverkrusteter Pferdeschwanz.

Moritz Wehrli.

An seinem Kopf klaffte eine tiefe Wunde, schwarzes Blut klebte an Gesicht und Oberkörper. Hose und Hemd waren bedeckt mit weißem Staub. Es konnte alles sein, Drogen, Mehl, Schmutz, Kokain – mit bloßem Auge war das nicht zu erkennen. Simon bückte sich, nahm mit dem Finger etwas von dem Puderstaub auf und leckte ihn ab. Ein trockener, kreidiger Geschmack. Er wusste sofort, was es war: Marmorstaub.

42

Den Weg zurück zu seinem Peugeot zu finden war nicht so schwierig, wie Simon befürchtet hatte. Im Auto schloss er sein Handy mit dem Adapter an den Zigarettenanzünder an, dann lehnte er sich im Fahrersitz zurück und atmete tief durch. Dieser erzwungene Moment der Ruhe tat ihm gut. Obwohl er auf eine schreckliche Entdeckung gefasst gewesen war, hatte ihn der Fund von Wehrlis schon verwesender Leiche schockiert. Die konkrete Begegnung mit dem Tod, mit einem Mord, war immer wieder brutal.

Nach einiger Zeit gab sein Handy ein Signal, und Simon rief sofort Carla an. Sie wechselten nur wenige Worte. Natürlich würde sie sofort mit ihren Kollegen kommen, und er würde hier im Auto auf sie warten.

Simon rutschte noch tiefer in seinen Sitz und versuchte sich zu beruhigen. Es gab nun keinen Zweifel mehr. Zafferano hatte ihn tatsächlich belogen, hatte ihn nur scheinbar ins Vertrauen gezogen, um ihn an weiteren Recherchen zu hindern. Zafferano war ein Mörder.

Eine gute halbe Stunde später war Carla mit dem Streifenwagen da. Simon stieg aus seinem Peugeot und ging ihr entgegen. Es würde keine einfache Begegnung werden, das wusste er. Sie hatte guten Grund, wütend auf ihn und seinen Alleingang zu sein. An Carlas Seite waren zwei uniformierte

Kollegen und eine Frau von der Spurensicherung im weißen Schutzanzug.

»Das ging schnell«, begrüßte Simon Carla, sehr sachlich und betont freundlich, vermied dabei aber, ihr in die grünen Augen zu sehen.

»Ich war gerade zurück in Omegna, als Ihr Anruf kam.« Carlas Stimme war höher als sonst und hatte einen unverkennbar harten Ton. »Sie führen uns zu der Leiche, Simone?«

»Ja, folgen Sie mir. Es ist ein bisschen struppig, aber gar nicht so weit.«

An der Grotte lief sofort die übliche Polizeiarbeit an, alle waren sehr geschäftig; einer der beiden Polizisten sperrte den Tatort mit Flatterband ab, was Simon in dieser abgelegenen Gegend ziemlich überflüssig fand. Carla beugte sich über die Leiche, sprach dann länger mit der Frau von der Spurensicherung. Wenig später kamen auch schon die Leichenträger mit einem Zinksarg. Simon hatte sich etwas abseits gehalten, von Carla ignoriert, aber jetzt kam sie auf ihn zu.

»Sie sind mir eine Erklärung schuldig, Simone.« Carlas Ton war scharf. »Sie haben mir heute Morgen am Telefon nur die Hälfte von dem erzählt, was Sie wussten. Denn Sie haben ja nicht nur den Porsche gefunden, sondern wussten auch, wo Moritz Wehrli zu finden war. Auch darüber hätten Sie mich informieren müssen. Und vor allem hätten Sie hier alles so belassen müssen, wie Sie es vorgefunden haben. Sie aber haben die Leiche aus der Grotte herausgeholt. Ich habe allen Grund, gegen Sie vorzugehen.«

Simon wusste, dass sie vollkommen im Recht war. Trotzdem machte er einen leisen Versuch, sich zu legitimieren.

»Ich verstehe Sie gut, aber ich wusste ja nicht, was ich da gefunden hatte. Da drinnen war nichts zu erkennen. Das war einfach ein großes Paket, es hätte alles Mögliche sein können. Und ich wollte keinen falschen Alarm schlagen. Meine ganze Unternehmung war ziemlich spekulativ, und ich bin vor allem meiner Intuition gefolgt. Trotzdem haben Sie natürlich recht. Es tut mir leid. Das war ziemlich unprofessionell von mir. Aber Sie werden sehen, die Spuren sind ohnehin eindeutig. Der Mörder dieses jungen Mannes ist Marcello Zafferano. Bei dem steht auch der Porsche des Toten.«

Carla nickte. »Wir haben den Wagen gefunden«, sagte sie schroff.

»Was Sie da an seiner Kleidung sehen«, fuhr Simon fort, »das Weiße, ist Marmorstaub, und die schwarze Folie stammt aus seiner Werkstatt.«

»Nehmen Sie uns jetzt auch noch die Spurensicherung ab?«

Simon sagte nichts. Im Moment biss er bei Carla ohnehin auf Granit. Ziemlich verständlich.

»Also, wie sind Sie auf diesen Zafferano gekommen?«, fuhr Carla fort, immer noch in eisigem Tonfall.

»Ich habe Ihnen ja erzählt, dass ich ihn in Mergozzo aufgesucht habe, um etwas über den Unfall seines Sohnes zu erfahren. Dann war ich gestern noch mal bei ihm. Da habe ich per Zufall ein Handy bei ihm gefunden. Ich hatte den Verdacht, dass es dem Schweizer gehört, weil da ein Logo drauf war von diesem Centro d'Oro, wo er gearbeitet hat. Dadurch kam mir die Idee, dass Zafferano etwas mit seinem Verschwinden zu tun haben könnte. Das waren aber alles nur ganz vage Vermutungen. Dann ist mir dieser Schuppen von Zafferano beim Steinbruch eingefallen, und da habe ich heute Morgen tatsächlich den Porsche gefunden. Darüber habe ich Sie ja auch informiert.« Den letzten Satz betonte er besonders, um ihren Vorwürfen etwas entgegenzusetzen. »Und in dem Porsche lag das Navi von Zafferano, das mir dann noch verraten hat, dass die letzte Fahrt nach Piancavallo geführt hat, also in die Gegend, in der sich sein Vater als Partisan versteckt hat. Ich dachte also, dass Zafferano dieses Versteck auch für seine Zwecke genutzt haben könnte. Aber auch das war nur eine Vermutung, ich war mir keineswegs sicher. Sonst hätte ich Sie natürlich sofort auch darüber informiert.«

»Sie wissen, dass Sie das in jedem Fall hätten tun müssen.« Ihre Stimme hatte nichts an Schärfe verloren, im Gegenteil. »Ich könnte Sie dafür zur Rechenschaft ziehen, auch das wissen Sie, Simone.«

Ja, sie hatte recht. Simon fühlte sich alles andere als wohl in seiner Haut. Er hatte Carla, die er doch so schätzte, hintergangen. Sie hatte allen Grund, wütend auf ihn zu sein, und nicht nur das. Er schwieg betreten. Er würde nicht weiter versuchen, sich herauszureden. Zumindest das schuldete er ihr.

»Aber vielleicht erklären Sie mir dann freundlicherweise auch noch, warum dieser Zafferano Moritz Wehrli umgebracht haben soll«, fuhr Carla nun fort.

»Das weiß ich noch nicht ganz genau. Das habe ich für Sie übrig gelassen«, sagte er in der leisen Hoffnung, die Situation mit einem Scherz vielleicht doch etwas entspannen zu können. Aber sofort hätte er sich am liebsten auf die Zunge gebissen. Sie quittierte seine Bemerkung mit einer wegwerfenden Handbewegung. Für Ironie war sie jetzt verständlicherweise erst recht nicht empfänglich, dafür war sie zu wütend.

»Ich vermute, dass Wehrli Zafferano erpresst hat.«

Carla blickte ihn fragend an. »Und womit soll er ihn erpresst haben?«

»Marcello Zafferano war mit Marco Zanetti auf dem Segelboot. Er war der zweite Mann, den der Angler gesehen hat und nach dem Sie gesucht haben. Ich denke, dass er Marco auf dem Boot erschlagen hat. Moritz Wehrli muss das gewusst haben. Ich vermute, dass Marco ihm von dem geplanten Treffen mit dem Steinmetz erzählt hat, und da konnte er sich dann denken, was auf der Yacht passiert war. Und mit diesem Wissen hat er Zafferano dann erpresst.«

»Dann war es also doch kein Unfall, sondern Marcello Zafferano hat Marco Zanetti getötet? Aber welches Motiv sollte er dafür haben?« Ihr Ton war jetzt etwas weniger eisig. Bestimmt war sie noch lange nicht besänftigt, aber ihr Erkenntnisdrang siegte in diesem Augenblick wohl über ihre Wut.

»Mir hat er gesagt, dass es ein Unfall war. Aber ich bin sicher, dass er ihn umgebracht hat. Dieser Mann hasst Schwule. Und er glaubt, dass Marco Zanetti seinen Sohn Giulio auf dem Gewissen hat. Erst hat er einen Schwulen aus ihm gemacht und ihn dann überfahren – so sieht Zafferano das. Er hat vor kurzem einen alten Brief von Marco Zanetti im Zimmer seines Sohnes gefunden, dadurch ist ihm erst klar geworden, dass die beiden mal ein Paar waren. Er ist überzeugt, dass Marco seinen Giulio aus Eifersucht getötet hat. Deshalb wollte er ihn zur Rede stellen und hat sich dafür mit ihm auf dem Boot verabredet. Als sie dann auf dem See waren, haben sie sich gestritten, und beide sind wohl ziemlich heftig geworden. Zafferano ist außer sich geraten und hat Marco erschlagen.«

»Und womit?«

»Mit dem Paddel. Danach hat er es nach einem Segelunfall aussehen lassen.«

»Was für ein Paddel? Wie kommen Sie darauf? Wir haben das ganze Boot durchsucht, da war kein Paddel. Es sah alles danach aus, als habe der Baum Marco tödlich am Kopf getroffen, das wissen Sie ja.«

»Ich weiß, aber ich habe kürzlich einen Segeltrip mit der Signora Zanetti gemacht.«

Carla sah ihn erstaunt an. Simon ging darüber hinweg, sprach sofort weiter, als habe er ihren Blick nicht wahrgenommen. »Und da habe ich bemerkt, dass es auf dem Zanetti-Boot ein neues Paddel gibt. Es hat aber ganz bestimmt ein altes gegeben, denn dieses Boot war immer perfekt ausgerüstet. Als ich Marco Zanetti auf seiner Yacht gefunden habe, war da aber kein Paddel. Weil Zafferano es in den See geworfen hat, nachdem er Marco damit erschlagen hat.«

Clara atmete hörbar aus, gab dabei einen kurzen Pfiff von sich.

»Okay, Simone, wir werden danach suchen.« Sie hatte das leise gesagt, aber nun wurde ihre tiefe Stimme wieder lauter. »Verdammt noch mal, Simone. Da haben Sie mir ja noch mehr verschwiegen. Sie wollten wohl die Nase vorn haben mit Ihren ganzen Vermutungen? Das ist wirklich sehr enttäuschend. Was Sie gemacht haben, war alles andere als professionell und ziemlich egoman. Und nicht zuletzt ein gefährlicher Alleingang.« Sie machte erneut eine Pause, wurde wieder etwas leiser, aber schaute immer noch an ihm vorbei.

»Glauben Sie, dass da etwas dran ist, dass Marco Zanetti den Unfall von Giulio Zafferano verschuldet hat?«

»Ich weiß es nicht.« Simon war immer noch sehr unbehaglich zumute. Er verfluchte sich dafür, dass er diese Alleingänge unternommen hatte. Auch Carla warf ihm jetzt Egomanie vor. Gerne hätte er ihr alles erzählt, was er wusste, aber wenn er Carla auch noch von den Fotos auf dem Stick berichtete, würde sie ihn, aufgebracht, wie sie ohnehin war, wahrscheinlich wegen Strafvereitelung sofort verhaften. Also schwieg er lieber. Wenn wieder etwas Ruhe eingekehrt war, würde der richtige Moment, um ihr von dem Stick zu erzählen, schon kommen.

Carla schaute ihm in die Augen, sagte aber eine Weile nichts mehr. Dann wandte sie sich ab, ging ein paar Schritte auf ihre Leute zu, drehte sich aber noch einmal zu ihm um und sagte: »Hauen Sie ab. Ich will Sie eine Weile nicht mehr sehen. Sie können froh sein, dass ich es dabei bewenden lasse. Fahren Sie nach Hause, Simone. Lesen Sie ein gutes Buch. Schreiben Sie einen klugen Artikel. Oder gehen Sie schwimmen. Aber mischen Sie sich nicht weiter in unsere Arbeit ein.«

43

Simon war auf einmal sehr müde. Er würde jetzt tun, was Carla gesagt hatte, und nach Hause fahren. Der Fall war bei ihr in guten Händen. Er aber hatte es sich gründlich mit ihr verscherzt. Das hatte er nicht gewollt. Aber er hatte es bewirkt, daran konnte er nichts mehr ändern. Und auch ihr Vorwurf der Egomanie hatte ihn hart getroffen. Das schien ihm zurzeit von allen Seiten vorgeworfen zu werden. Er konnte von Glück reden, dass sie ihn hatte ziehen lassen. Sie hätte auch zu schärferen Mitteln gegen ihn greifen können.

Auf der Rückfahrt kam er an Zafferanos Werkstatt in Mergozzo vorbei. An der Straße direkt vor dem Haus stand ein Polizeiwagen. Simon erkannte Franco, den Carabiniere, der ihn am Tag von Marcos Verschwinden auf dem Revier in Omegna befragt hatte. Er saß hinter dem Steuer und las die *Gazzetta dello Sport*. Carla hatte anscheinend schon erste Maßnahmen ergriffen, den Steinmetz vielleicht sogar schon zur Fahndung ausgeschrieben. Wenn Franco vor der Werkstatt Wache hielt, war Zafferano vermutlich bereits ausgeflogen.

Endlich kam Simon in Ronco an. Er freute sich auf ein Bad im See, auf einen Cappuccino und sein Sofa. Carlas Vorwürfe gingen ihm nah, aber er war vor allem froh, dass alles vorbei war.

Diesmal fand er sofort einen Parkplatz. Seit Ferragosto

vorüber war, war nicht mehr so viel los am See. Er war noch nicht ganz ausgestiegen, als ein kräftiger Arm von hinten um seine Brust und seinen Hals griff. Jemand stand hinter ihm, hielt ihn fest und drückte einen spitzen Gegenstand in seinen Rücken. Zafferano. Kein Zweifel. Der Angreifer sagte nichts, hielt Simon mit seinem linken Arm fest umklammert, schob mit einem Fuß die Fahrertür des Peugeots zu und trieb ihn dann vor sich her zu seinem eigenen Wagen, den er nur ein paar Meter weiter geparkt hatte. Er stieß Simon in den Kofferraum, machte die Klappe zu und fuhr los.

Simon lag eingeklemmt in dem Auto, das mit hoher Geschwindigkeit unterwegs war, und versuchte, an sein Handy zu kommen. Es war nicht da. Jetzt fiel ihm ein, dass er es auf dem Beifahrersitz seines Peugeots hatte liegen lassen, nachdem er Carla angerufen hatte. Er fluchte. In den stickigen, engen Kofferraum eingepfercht, machte sich Panik in ihm breit, er fürchtete zu ersticken. Von seiner gewohnten Coolness in brenzligen Situationen war nichts mehr übrig. Carla hatte recht gehabt. Seine Alleingänge rächten sich nun, just in dem Moment, als er glaubte, der Gefahr gerade noch entgangen zu sein. Jetzt ging es um sein Leben.

Sie waren vielleicht eine knappe Dreiviertelstunde unterwegs, eine Dreiviertelstunde, in der es Simon keinen Moment gelang, seine Panik zu bezwingen. Dann hielt der Wagen endlich an. Simons Körper verkrampfte sich in der Erwartung dessen, was jetzt geschehen würde. Er versuchte, sich so zu drehen, dass er zumindest sein Gesicht schützen konnte. Der Steinmetz öffnete den Kofferraum, Simon blinzelte in das grelle Tageslicht und hielt den Atem an. Er nahm zunächst nur die mächtige Kontur von Zafferanos Körper wahr, dann sah er, dass der ein spitzes Werkzeug auf ihn richtete. Mit einer knappen Handbewegung hieß er ihn aussteigen. Immerhin würde er ihn nicht hier im Kofferraum töten. Als Simon ungelenk und mit schmerzenden Gliedern aus dem Wagen stieg, schaute er sich instinktiv nach einer Fluchtmöglichkeit um. Er kannte die Gegend, hier war er schon gewesen. Sie waren in Ornavasso bei dem alten Steinbruch. Aber bevor Simon mit seinen steifen Beinen loslaufen konnte, packte Zafferano ihn an der Schulter und trieb ihn vor sich her zu einem flachen Gebäude. Das musste die frühere Werkstatt sein. Auch davon hatte der Steinmetz bei ihrem ersten Besuch erzählt.

Zafferano öffnete die Tür, stieß ihn in den großen Raum, und Simon hörte, wie der Mann die Tür hinter sich wieder abschloss. Durch den Stoß war er ins Stolpern geraten, wäre fast der Länge nach hingefallen, konnte den Sturz aber noch an einer Werkbank abfangen. Er sah sich nach einem Ausweg um, sein Blick fiel in den dämmerigen Raum, in den aus nur zwei Oberlichtern das Sonnenlicht in schmalen, vor Staub flirrenden Bahnen fiel. Der Raum war ganz ähnlich eingerichtet wie die Werkstatt in Mergozzo, nur etwas heruntergekommener. Auch hier standen Werkbänke und Marmorstücke herum, hingen Ketten von der Decke und waren verblichene Fotografien an der Wand befestigt. Aber die Fenster waren vergittert, mit Klappläden verschlossen, und es schien auch keine weitere Tür zu geben. Als Simon sich wieder aufgerappelt hatte, stand der Steinmetz mit seiner spitzen Waffe bedrohlich vor ihm.

»*Basta*, Signor Strasser. Sie haben mich bestohlen und sind bei mir eingebrochen. Jetzt ist Schluss damit.«

»Lassen Sie mich gehen.« Simon versuchte, seine Stimme bestimmt klingen zu lassen. »Sie reiten sich nur noch mehr hinein. Die Carabinieri werden gleich hier sein. Einer steht schon bei Ihnen in Mergozzo vor der Tür, falls Sie das nicht bemerkt haben sollten. Wenn Sie mir etwas antun, verschlimmern Sie Ihre Lage nur noch.«

»Sie bluffen schon wieder.«

Simon fürchtete, dass Zafferano nicht mehr mit bloßer Vernunft zu erreichen war. Seine Taten rochen nach dem verzweifelten, hektischen Tun eines Mannes, der einen großen Fehler mit weiteren Fehlern einzuholen versuchte, während die Welle der Geschehnisse über seinem Kopf zusammenschlug. Das war kein Mann, dem man im Weg stehen wollte. Simon hob beschwörend seine Hände mit den Handflächen nach vorne und sah Zafferano in die Augen.

»Ich bluffe nicht, die Carabinieri wissen, dass Sie ein Mörder sind. Geben Sie auf, sonst sind Sie erst recht verloren. Sie haben nicht nur Marco Zanetti umgebracht, sondern auch Moritz Wehrli. Die Carabinieri haben ihn gefunden. Im ehemaligen Versteck Ihres Vaters im Val Grande. Es gibt keinen Zweifel, dass Sie ihn umgebracht haben. Ich bluffe nicht. Die Polizei wird gleich hier sein.«

»Warum sollte ich den umgebracht haben?«

Zafferanos Ton war noch immer herausfordernd, aber bei Simons letzten Worten hatten sich seine Augen ein wenig geweitet, das gab Simon Aufwind.

»Vielleicht weil er Ihren Sohn verführt hat. Aber vor allem«, fuhr Simon fort, »weil er Sie erpresst hat. Es gibt keinen Zweifel, dass Sie ihn getötet haben. Sein Porsche steht in Ihrem Schuppen oben am Steinbruch in Candoglia. Und an seiner Kleidung ist Marmorstaub. Die Carabinieri wissen das alles. Auch dass Sie Marco Zanetti umgebracht haben. Sie haben ihn mit dem Paddel auf der Yacht erschlagen. Dann haben Sie es verschwinden und alles so aussehen lassen, als hätte der Baum des Bootes Marco am Kopf getroffen.«

Zafferano lachte auf, leise und sarkastisch, beugte sich Simon mit seinem schweren Körper und dem spitzen Werkzeug in der Hand entgegen und sah ihn hasserfüllt an. Es war nicht länger der beseelte Handwerker, den er mit Gianluca noch vor wenigen Tagen aufgesucht hatte.

Simon lief der Schweiß in die Augen. Er hatte Angst. Dieser Mann war ihm ohne Zweifel körperlich weit überlegen. Simon hatte keine Ahnung, wie er aus der Situation heil herauskommen sollte. Am besten würde er versuchen, ihn weiter zum Reden zu bringen. Der Steinmetz wollte ihm seine Geschichte erzählen, das spürte Simon, und das war seine Chance. Solange sie miteinander sprachen, war er noch einigermaßen sicher. Er musste den Mann provozieren, um ihn im Gespräch zu halten, aber nicht so sehr, dass er ihn aus einer Kurzschlussreaktion heraus umbrachte. Und vielleicht tauchte ja irgendwann Carla auf. Sie wusste allerdings nichts von der alten Werkstatt, in der er sich befand. Aber Simon traute ihr allerhand zu, sie war klug und hatte eine sehr gute Intuition. Simon konnte nur hoffen, dass sie die richtigen Schlüsse ziehen würde.

»Hören Sie auf, sich herauszureden«, sagte Simon. »Sie haben zwei Menschen getötet. Und womöglich auch Ihren eigenen Sohn.«

Das wirkte. Empörung blitzte in den Augen des Mannes auf, er machte eine wegwerfende Handbewegung. Wenigstens kam er aber nicht mehr näher.

»Sie haben ja keine Ahnung«, sagte Zafferano erstaunlich

leise. »Es stimmt, dass ich diese Schwulen hasse. Ich habe auch meinen Sohn dafür verachtet, aber ich habe ihn nicht umgebracht. Ich hätte ihm niemals etwas antun können. Es war völlig anders, als Sie glauben. Ich habe auch Marco Zanetti nicht getötet. Es war ein Unfall. Da müssen Sie mir erst einmal das Gegenteil beweisen. Und dieser Wehrli war nicht nur eine Schwuchtel, er war drogenabhängig und ein schlechter Charakter. Ein mieser kleiner Erpresser.«

»Und deshalb hatten Sie das Recht, ihn umzubringen? Was hat er Ihnen denn getan?« Simon hoffte, den Steinmetz mit dieser Frage nach dem ihm vermeintlich zugefügten Unrecht weiter im Gespräch zu halten – wie so viele Übeltäter gab bestimmt auch Zafferano die Schuld gerne an einen anderen weiter. Und tatsächlich begann der Steinmetz zu erzählen.

»Der Typ ist an dem Tag, als ich mit Zanetti auf dem Boot war, plötzlich in der Werkstatt erschienen. Ich hatte ihn vorher noch nie gesehen. Es war um die Mittagszeit, ich war gerade wieder zurückgekommen, noch ganz durcheinander. Außer mir war niemand da. Er hat mir auf den Kopf zugesagt, dass ich Zanetti umgebracht hätte. Dabei blieb er ganz ruhig, obwohl das doch sein Freund war. Er hatte auf ihn in einer Pizzeria am Hafen von Omegna gewartet. Und als dann stattdessen die Carabinieri mit dem Boot und der Leiche kamen, da meinte er zu wissen, was passiert war. Er wusste, dass ich mit auf der Yacht gewesen bin, weil Marco ihm von unserer Verabredung erzählt hatte. Ich habe ihm gesagt, dass es ein Unfall war. Aber das hat ihn alles nicht interessiert, es ging ihm einfach nur um Geld. Er hat damit gedroht, dass er die Polizei informiert, dass ich mit Zanetti auf der Yacht war. Er wollte sofort ziemlich viel Geld von mir haben.«

»Und haben Sie es ihm gegeben?« Simon spürte, dass seine Strategie Erfolg hatte. Er fühlte sich etwas sicherer, aber die Partie war noch lange nicht gewonnen.

»Ich habe so getan, als ob ich es ihm geben würde, und bin zum Safe gegangen. Als ich wieder zurückkam, habe ich mir einen Marmorstein gegriffen und den Typ damit erschlagen. Er war sofort tot. Dann habe ich ihn erst mal im Büro der Werkstatt versteckt. Dabei muss sein Handy aus seiner Tasche gerutscht sein, das habe ich später gefunden … und Sie ja dann leider auch.« Der Steinmetz warf ihm einen vernichtenden Blick zu. »Meine Leute kamen langsam wieder aus der Mittagspause zurück. Erst sehr spät am Abend, als es dunkel geworden war und auf den Straßen nichts mehr los war, habe ich ihn mit seinem Porsche ins Val Grande gefahren und in das Versteck gebracht. Getragen und geschleppt, wenn Sie es genau wissen wollen. Der war ja ein Leichtgewicht.«

»Warum haben Sie denn nicht Ihren Wagen genommen?«

»Der Porsche musste weg, so ein auffälliges Auto. Es konnte ja sein, dass schon jemand danach sucht. Außerdem war mein Auto beladen, mit einer Grabplatte, die ich am nächsten Tag ausliefern wollte. Aber jetzt ist Schluss mit Ihrer Fragerei und diesem ganzen Gerede.«

Abrupt, als ob er sich selbst am Riemen riss, und entschlossen, sich nicht weiter ablenken zu lassen, setzte er sich wieder in Bewegung und kam mit der Waffe auf Simon zu.

»Und was ist mit Ihrem Sohn?«, setzte Simon schnell nach, um Zafferano noch einmal abzublocken. »Sie waren an dem Nachmittag, als er gestorben ist, vorher noch bei ihm im Krankenhaus. Haben Sie da nicht vielleicht doch auch ein bisschen nachgeholfen?«

»Ach, hören Sie doch auf!« Zafferanos Stimme war schrill. War Simon mit seiner Unterstellung zu weit gegangen? Immerhin war der Steinmetz auf seinen Anwurf hin wieder stehen geblieben, aber er war jetzt nah bei ihm und konnte ihn jeden Moment erneut attackieren.

Zafferano sprach aufgebracht weiter: »Ich habe meinem Sohn nichts angetan. Niemals hätte ich das getan! Aber vielleicht ist es besser, dass er nicht mehr aufgewacht ist. Er hätte uns alle unglücklich gemacht, auch sich selbst. Unsere Werkstatt, das ist alles das Werk meines Vaters, er hat das mühsam aufgebaut. Mein Sohn hat seinen Namen getragen – Giulio, der Deckname meines Vaters in seiner Partisanenzeit. Wie Giulio, der Heilige, der die Schlangen vom Lago d'Orta vertrieben hat. Dieser Name ist eine Auszeichnung! Wer den trägt, ist zu Anstand verpflichtet.«

Zafferano griff an die Wand zu einem der gerahmten Fotos, die dort hingen, behielt dabei aber Simon fest im Blick. Dann legte er die Aufnahme auf den Boden und schob sie mit dem Fuß auf Simon zu, nicht ohne ihn weiter mit seinem Werkzeug zu bedrohen. Simon nahm das Foto vorsichtig hoch, warf einen schnellen Blick darauf, versuchte Zafferano dabei nicht aus den Augen zu lassen. Er sah eine Gruppe von Männern, vielleicht zehn, ein paar auf einem Baumstamm sitzend, andere stehend, die meisten mit einem Gewehr in der Hand. Trotzdem wirkte die vergilbte Aufnahme nicht besonders martialisch, vielleicht weil einige der Männer lächelten. Simon sah Zafferano fragend an. Der machte einen Schritt auf ihn zu, und Simon versteifte sich. Doch Zafferano deutete nur auf das Foto. »Das ist die Gruppe, zu der mein Vater gehört hat. Alle sind tot, außer ihm. Hingerichtet von den Faschisten. Die Partisanen, das waren Menschen, die

Würde hatten und Anstand. Das habe ich auch von meinem Sohn erwartet. Und dann lässt der sich mit Männern ein, mit kriminellen Schwuchteln. Und ausgerechnet mit einem Zanetti, dessen Großvater womöglich auf seinen Großvater geschossen hat!«

Simon sah auf das Foto, hielt dabei aber noch immer den Steinmetz im Blick, der von seinen eigenen Worten bewegt schien. Konnte Simon es jetzt wagen, ihn anzugreifen? Er zweifelte keinen Augenblick daran, dass der Mann ihn ohne zu zögern töten würde. Vielleicht war dies jetzt eine kleine und letzte Chance, ihn zu überraschen und zu überwältigen. Simon hielt die Luft an, bereitete sich auf den Angriff vor und wusste mit verzweifelter Klarheit, dass dieser Moment sein Schicksal besiegeln würde. Gerade als er auf dem Sprung zum Angriff war, nahm er eine Bewegung wahr. Instinktiv warf er sich zur Seite, duckte sich weg, rollte ab und kam wieder auf die Beine. Zafferano stand vor ihm, den Marmorstößel noch in der Hand, mit dem er zugeschlagen hatte. Simon war seiner Attacke mit knapper Not entgangen. Dem nächsten Schlag würde er wahrscheinlich nicht ausweichen können.

»Hören Sie auf!«, schrie er. »Die Carabinieri werden gleich hier sein, es nützt Ihnen nichts, wenn Sie mich auch noch umbringen!«

»Halten Sie den Mund. Es ist genug. Ich weiß, dass Sie bluffen. Sie legen mich nicht noch einmal rein!«

Zafferano machte einen Satz auf ihn zu, holte erneut mit dem Stößel aus. Simon duckte sich wieder weg und wich mit dem Rücken zur Wand zurück, stieß sich dabei an einem der großen Marmorblöcke, die mitten in Raum standen. Er stolperte und fiel der Länge nach hin. Eine Staubwolke nahm ihm für einen Moment die Sicht. Sofort war Zafferano wieder über ihm. Gegen die Kraft dieses massigen Handwerkers würde er nicht ankommen.

Simon nutzte den einzigen Vorteil, den er hatte: Er war beweglicher und schneller als der Steinmetz. Bevor der erneut zuschlagen konnte, war er schon herumgerollt und aufgesprungen. Vor ihm auf einem Tisch lag eine Fiale. Simon zögerte keinen Moment, griff sich das große Marmorstück mit beiden Händen und warf es mit aller Kraft im Herumfahren nach Zafferano. Aber die Fiale war zu schwer, und er zielte ungenau, traf ihn nur am Bein. Dann landete das Marmorstück mit einem dumpfen Knall auf dem Boden und zerbrach. Staub stieg hoch wie Dampf, setzte sich in Simons Augen, die sofort zu tränen begannen, sodass er alles nur noch verschwommen wahrnahm. Der Steinmetz hatte aufgeschrien, sich ans Bein gegriffen, kam jedoch schon wieder zu sich.

Immerhin hatte Simon mit seinem Wurf einen kleinen Vorsprung erzielt, den er zu nutzen wusste. Er packte sich eine der langen, schweren Eisenketten, die von der Decke herunterhingen, und schleuderte sie wie ein Hammerwerfer um sich herum, um Zafferano auf Distanz zu halten. Der warf den Stößel jetzt auf Simon und traf ihn damit mitten auf der Brust. Einen Moment blieb ihm der Atem weg, er taumelte, die Eisenkette glitt ihm aus der Hand. Zafferano reagierte schnell. Die Spitze der zerbrochenen Fiale war ihm vor die Füße gerollt, er griff sie und ging damit auf Simon los, leicht hinkend, was ihm jedoch nichts von seiner Kraft nahm.

Es wurde eng für Simon, der ein paar Schritte rückwärtstaumelte. Er wich zurück bis zu der verschlossenen Tür, drehte sich um, rüttelte an ihr, aber er wusste, dass er dort in der Falle saß. Er wandte sich um, sah Zafferano, der ihm nachgesetzt hatte und nun direkt vor ihm stand, die Hand mit der Fiale erhoben, bereit, wieder zuzuschlagen.

Simon resignierte, gab den Kampf auf, seine Muskeln gaben nach, zitterten, und sein Körper wurde ganz weich. Er war verloren. Er blickte Zafferano, seinem Mörder, direkt ins Gesicht, sah die Wut und die Entschlossenheit, aber auch die Selbstaufgabe, die Miene eines Mannes, der nichts mehr zu verlieren hatte. Simon schloss die Augen. Es war zu Ende.

»*Basta.*« Ertönte es in scharfem Ton aus dem hinteren Teil des Raumes. Simon riss die Augen auf. Plötzlich war es deutlich heller. Der Steinmetz vor ihm fuhr zusammen und ließ die Hand mit der Fiale sinken. Simon sah in die Richtung, aus der die Stimme gekommen war. Dort gab es doch noch eine zweite Tür, die nun offen stand. In einem Rollstuhl saß dort sehr aufrecht Emilio Zafferano, Deckname Giulio. Der alte Mann hielt ein Gewehr und richtete es auf seinen Sohn.

44

Das Blaulicht des Streifenwagens blinkte regelmäßig und tauchte die alte Werkstatt in flackerndes Licht. Das Polizeiauto stand mit offenen Türen vor dem Gebäude, daneben ein Rettungswagen. Die Carabinieri waren, nur einen Moment nachdem der alte Emilio Zafferano sein Gewehr auf seinen Sohn angelegt hatte, angekommen. Im Laufschritt waren die beiden jungen Polizisten in die Werkstatt gestürmt, Carla Moretti folgte ihnen eilig, streifte sich im Laufen schon Handschuhe über.

Simon hatte das Überraschungsmoment der Ankunft von Emilio Zafferano und der Polizei ausgenutzt, um sich in Sicherheit zu bringen. Er war durch die offene hintere Tür an dem alten Mann vorbei nach draußen zur Straße gelaufen, schwer atmend. Dort hatte er sich fast übergeben müssen, während einer der Polizisten ihm gefolgt war, in einigem Abstand stehen blieb und nichts sagte. Nachdem Simon dem Polizisten versichert hatte, dass er unverletzt sei, war er mit dem Mann wieder zurück ins Innere gegangen, um das Ende der Geschehnisse zu erleben, die er angestoßen hatte.

Marcello Zafferano kauerte zusammengesunken auf einem Hocker vor einer Werkbank. Der zweite Polizist hielt ihn mit einer Waffe in Schach, was vermutlich gar nicht mehr nötig war. Der alte Zafferano saß in seinem Rollstuhl an der Tür, von der aus er auf seinen Sohn gezielt hatte. Das Gewehr hatte Carla ihm abgenommen, es lehnte neben ihr an der Wand. Vater und Sohn schwiegen und schauten aneinander vorbei.

Carla nahm dem Steinmetz leise auf ihn einredend die Fiale aus der Hand, verpackte sie in eine Plastiktüte und legte ihm Handschellen an. Zafferano ließ es sich gleichmütig und wortlos gefallen, auch als einer der Polizisten ihn am Arm packte und zum Streifenwagen führte. Weder Simon noch seinen Vater würdigte er eines Blickes.

Während um ihn herum die Polizisten ihrer Arbeit nachgingen, ließ Simon sich auf einer der Werkbänke nieder. Er beobachtete das Geschehen mit einem seltsam benommenen und dumpfen Gefühl, als würde es jemand anderen betreffen, was hier geschah. Einer der beiden Polizisten war noch bei Emilio Zafferano und redete leise auf ihn ein. Dann erschienen zwei Sanitäter, sprachen kurz mit dem Carabiniere und versuchten, den alten Mann davon zu überzeugen, sich auf eine Trage legen zu lassen. Der Rettungswagen war angekommen, ohne dass Simon es bemerkt hatte. Schließlich resignierte Emilio, erhob sich schwerfällig aus seinem Rollstuhl, ignorierte die Trage, und ließ sich von den Sanitätern mit sehr langsamen Schritten zum Rettungswagen bringen. Carla sprach kurz mit den Sanitätern, außerdem mit zwei Polizisten einer neu eingetroffenen Streife, dann kam sie zurück in die Werkstatt. Simon sah durch die Tür, wie der Streifenwagen mit Marcello Zafferano abfuhr, kurz danach auch die Ambulanz mit dessen altem Vater.

Carla streifte die Handschuhe ab, setzte sich neben ihn auf die Werkbank. Simon rieb sich die Brust. Der Schlag hatte ihn nicht schwer verletzt, aber er hatte eine schmerzende Prellung davongetragen. Er atmete langsam ein und aus.

Carla blieb einen Moment schweigend neben ihm sitzen, sagte dann leise: »Das war ziemlich knapp, Simone. Der alte Emilio Zafferano hat Ihnen wohl das Leben gerettet.«

»Ja, das hat er wahrscheinlich. Ich weiß nicht, ob er tatsächlich auf seinen Sohn geschossen hätte, aber er machte einen sehr entschlossenen Eindruck.«

»Sie kennen ja bestimmt seine Geschichte: ehemaliger Partisan, ein zäher Bursche, auch noch in hohem Alter. Sie können froh sein, dass er trotz seines Alters noch so reaktionsstark ist. Ich hatte doch gesagt, Sie sollen nach Hause fahren und ein gutes Buch lesen.«

Ihr Ton war erstaunlich versöhnlich. Sie hatte offensichtlich Angst um ihn gehabt, und die Erleichterung darüber, dass ihm nichts passiert war, wog stärker als ihre Wut auf ihn.

»Ich habe Ihren Wunsch, der ja eher ein Befehl war, ganz brav befolgt. Auch wenn Sie mir das nicht glauben. Aber als ich in Ronco ankam, hat mich Zafferano auf dem Parkplatz abgepasst, bedroht, in seinen Kofferraum gepackt und hierhergefahren.«

»Ich wollte Ihnen kein Unrecht tun. Nur gut, dass wir rechtzeitig gekommen sind. So viel Strafe haben Sie trotz allem nicht verdient.« Sie lächelte. Ihre grünen Augen blitzten wieder. »Ich hatte Franco schon voraus in die Werkstatt nach Mergozzo geschickt, aber da war Zafferano bereits ausgeflogen. Ein Nachbar hat Franco berichtet, dass er zusammen mit seinem alten Vater die Werkstatt verlassen hat. Zum Glück hat sich ein älterer Kollege daran erinnert, dass es noch diese frühere Werkstatt des Betriebs in Ornavasso gibt. Ich hatte die Idee, dass Zafferano dort vielleicht erst mal Zuflucht gesucht hat. Mit dem alten Mann an seiner Seite war er ja nicht sehr beweglich. Also haben wir uns sofort auf den Weg hierher gemacht. Der Steinmetz ist zwar, wie es aussieht, ein mehrfacher Mörder, aber kein Profi. Hat er Ihnen den Mord an Moritz Wehrli gestanden?«

»Ja, er hat zugeben, dass er ihn umgebracht hat. Es war so, wie ich die ganze Zeit vermutet habe. Wehrli hat Zafferano erpresst. Deshalb wollte der ihn loswerden. Außerdem hasst Zafferano Schwule, und diese Wut ist zu einer Art Feldzug geraten. Vielleicht hatte er wirklich nicht von Anfang an vor, Marco Zanetti umzubringen, sondern wollte ihn nur zur Rede stellen. Seine angestaute Wut auf dessen Familie loswerden und darauf, dass er seinen Giulio angeblich verführt hatte. Dann hat er ihn im Streit umgebracht und nach diesem Mord ganz die Kontrolle über sich verloren. Er ist ein hasserfüllter, verzweifelter Mann.«

»Halten Sie es denn für möglich, dass er auch die lebenserhaltenden Geräte seines Sohnes manipuliert hat? Er war schließlich als Letzter bei ihm. Ich habe für alle Fälle eine Spurenuntersuchung veranlasst. Da warte ich noch auf das Ergebnis, es müsste aber sehr bald da sein. Könnten Sie sich vorstellen, dass er das getan hat?«

Bevor Simon antworten konnte, klingelte Carlas Handy. Die Polizistin nahm den Anruf entgegen, hörte schweigend eine Weile zu und sagte dann: »Ich habe hier noch einen Moment zu tun, bin aber gleich da.«

45

Carla wandte sich an Simon: »Das war das Revier. Ich muss los. Ich melde mich später wieder bei Ihnen. Das Ergebnis ist da. An den Geräten von Giulio hat niemand etwas manipuliert. Jedenfalls gibt es keine Hinweise darauf. Sollte Zafferano es doch getan haben, ist ihm nichts nachzuweisen. Aber ich kann und will mir nicht vorstellen, dass ein Vater seinen Sohn umbringt, selbst wenn er Amok läuft. Aber wer weiß. Morgen wird der Junge beerdigt, da wird sein Vater jedenfalls nicht dabei sein. Ich muss jetzt wirklich los, Simone. Die Signora Zanetti sitzt nämlich mit ihren Anwälten in Omegna auf dem Revier und will eine Aussage machen. Auch deshalb der Anruf der Kollegen. Mal sehen, was mich da heute noch an Überraschungen erwartet.«

»Da sollten Sie vielleicht das hier dabeihaben.« Simon zog den Stick aus seiner Hosentasche und hielt ihn Carla hin. »Die Signora wird Ihnen nämlich erzählen, dass sie Giulio auf dem Gewissen hat, weil sie ihn angefahren und dann Fahrerflucht begangen hat. Dieser Stick erzählt aber eine andere Geschichte.«

Carla schaute ihn fassungslos an. »Was ist das denn jetzt wieder? Hört das mit Ihnen nie auf? Was haben Sie mir bloß noch alles verschwiegen?« Sie war wieder wütend auf ihn, aber immerhin war das grüne Glitzern nicht ganz aus ihren Augen verschwunden.

»Dieser Stick lag im Handschuhfach des Porsches. Da sind Fotos drauf, die Moritz Wehrli an dem Unfallort bei Mergozzo gemacht hat. Aber Sie sollten sich das selbst ansehen. Sie haben doch bestimmt einen Laptop hier.«

Carla griff zu ihrem Handy, rief einen der beiden Polizisten draußen an, und eine Minute später stand ein Laptop bereit. Carla fuhr ihn hoch, steckte den Stick ein, und die Ordnerliste erschien auf dem Bildschirm.

»Sie müssen den Ordner ›Marco‹ anklicken.«

Carla fuhr schnell mit ihrem Finger über das Touchpad und beugte sich ein wenig vor, um genauer zu erkennen, was sie da sah.

»Marco war ein schöner Mann, aber die wirklich interessanten Bilder sind die letzten«, sagte Simon.

Carla klickte weiter, wich dann überrascht zurück. »Was ist das?«

»Was Sie da sehen, sind Aufnahmen von Giulio Zafferanos Unfall in Mergozzo. Das Bündel, das da auf der Straße liegt, ist er. Und den Mann daneben kennen Sie auch.«

»Filippo Zanetti.« Sie atmete tief durch. »Hat er den Wagen gefahren?«

»Sieht ganz danach aus. Aber Camilla Zanetti wird Ihnen erzählen, dass sie es war. Sie will ihren Sohn schützen und es auf sich nehmen. Aber es war Filippo, der den Wagen gefahren und Giulio lebensgefährlich verletzt hat. Und dann hat er ihn einfach liegen lassen und ist weggefahren. Daran lassen die Aufnahmen keinen Zweifel.«

»Mit diesen Fotos hat Wehrli also die Zanettis erpresst?«

»So war es.«

Carla hatte blitzschnell den richtigen Schluss gezogen. Dass Simon das von Signora Zanetti selbst erfahren hatte, würde er doch lieber für sich behalten, sonst würde das grüne Glitzern ganz sicher endgültig aus Carlas Augen verschwinden, und das wollte er nicht riskieren.

»Und jetzt versucht Signora Zanetti«, fuhr er fort, »von ihrem Sohn abzulenken. Sie wirkt zwar kühl, aber wenn es um ihre Familie geht, ist sie ganz die italienische Mamma, die ihren Sohn wie eine Löwin verteidigt, bis hin zur Selbstaufgabe.«

»Italienische Mütter können eben wahre Bestien sein.« Kein Funken Ironie lag in Carlas Worten.

»Wäre es dann nicht doch möglich«, fragte Simon, »dass sie etwas mit Giulios Tod zu tun hat, wenn es nicht Zafferano war? Camilla Zanetti muss doch gefürchtet haben, dass Giulio wieder aufwacht. Und als Ärztin in diesem Krankenhaus war sie immerhin ganz nah an ihm dran.«

»Sie kann es unmöglich gewesen sein, sie hat an diesem Nachmittag operiert. Das haben wir schon überprüft. Wir machen manchmal auch unseren Job, Simone, auch wenn Sie uns das nicht zutrauen.« Sie funkelte ihn an – mit einer Mischung aus Zuneigung und Wut, dachte Simon. »Ich schlage Ihnen deshalb vor, dass Sie einen erneuten Versuch unternehmen, nach Hause zu gehen, dort zu bleiben und ein gutes Buch zu lesen. Oder schwimmen zu gehen. Am besten tun Sie einfach gar nichts. Und wenn Sie mir eine ganze Weile nicht mehr unter die Augen gekommen sind, gehen wir vielleicht sogar mal wieder zusammen etwas essen.«

Sie sah ihn an und lächelte. Simon fiel ein Stein vom Herzen. Dann kam ihm eine Idee, wie er vielleicht noch etwas mehr verlorenes Terrain bei Carla wiedergutmachen konnte. »Ich habe übrigens den Kommissar in Frankfurt wegen Ihres verschwundenen Kollegen kontaktiert. Er versucht herauszubekommen, ob es etwas Neues gibt.«

»Danke. *Ci sentiamo. Arrivederci,* Simone.«

Sie stand auf und verließ den Raum, ohne sich noch einmal zu ihm umzusehen. Trotz ihres burschikosen Habitus wirkte sie in ihrer Uniform sehr schmal und zart. Diese Polizistin mochte resolut sein, aber sie war auch verletzlich, spürte Simon. Es tat ihm leid, dass er sie so wenig einbezogen hatte. Und es hätte ihn fast sein Leben gekostet. In Zukunft wollte er kooperativer sein, auch weniger selbstbezogen – und dabei dachte er nicht nur an Carla, sondern auch an Luisa.

Simon wollte nur noch nach Hause. Er sehnte sich nach dem Wasser. Aber erst einmal musste er mit Franco aufs Revier fahren und seine Aussage machen. Zwischendurch konnte er immerhin Nicola erreichen, um ihr zu sagen, dass sie sich keine Sorgen um ihn machen musste. Als er schließlich nach der ganzen Prozedur in Ronco ankam, dämmerte es schon. Er warf seine Kleider ab, sprang ins Wasser und kraulte los, weit hinaus auf den See. Es war vollkommen windstill. Im Süden, in der Nähe der Insel, glitten zwei Boote mit Anglern langsam am Ufer entlang. In der Ferne war noch die Azalea unterwegs. Sonst war nichts los, der Lago d'Orta fand langsam zu seiner üblichen Stille zurück, das Ende des italienischen Hochsommers nahte. Simon fühlte sich, als gehörte der See nur ihm. Er legte sich auf den Rücken und ließ sich in dem noch immer sehr warmen Wasser treiben. *Rien faire comme une bête, auf dem Wasser liegen und friedlich in den Himmel schauen. Sein, sonst nichts, ohne alle weitere Bestimmung und Erfüllung.* Eigentlich sollte das nie enden. Wann hatte er sich schon einmal so gefühlt? Das Wasser umhüllte ihn wie eine zweite Haut. Es war vorbei. In ihm war eine große Ruhe. Nach einer Weile drehte er sich wieder auf den Bauch und kraulte zurück.

Epilog

Nicht einmal Buffon wollte vor die Tür. Warum man ein solches Wetter Hundewetter nannte, war Simon unklar. Mit dem September war der Regen gekommen. Seit zwei Tagen prasselte er fast ununterbrochen in schnurgeraden Fäden auf den See. Wo der Regen auf das Wasser prallte, spritzten die Tropfen weg wie Gischt und färbten den See weiß. Die große Hitze war vorbei, von einem Tag auf den anderen war die Temperatur um zehn Grad gefallen.

Simon genoss es. Endlich war auch sein Venedig-Problem gelöst, denn innerhalb von zwei Tagen war der Wasserstand des Lago d'Orta um einen halben Meter gestiegen. Aus dem Rinnsal, das neben Simons Haus in den See floss, war ein reißender Bach geworden, der Blätter und Zweige, sogar mächtige Äste in den See schwemmte. Rund um das Haus hatte sich eine große Lache lehmbraunen Wassers ausgebreitet. Auch den Hornissen wurde es draußen offenbar zu nass, jedenfalls war in diesen Septembertagen nicht mehr viel von ihnen zu sehen.

Es war früher Abend, und Simon und Nicola wollten nach Orta zu Tommaso fahren, der sie zum Abendessen eingeladen hatte. Auch Gianluca sollte kommen und auf Nicolas Wunsch Paolo aus Coiromonte. Als der Regen für kurze Zeit etwas nachließ, brachen sie auf und eilten in Regencapes gehüllt und mit dem widerwilligen Hund an ihrer Seite hoch zum Parkplatz. Das Boot von Simon zu nehmen, kam nicht mehr in Frage. Auf dem See fuhren nur noch die Verkehrsschiffe, die schemenhaft, aber ganz fahrplanmäßig aus dem Regenschleier auftauchten und erst, kurz bevor sie anlegten, wirklich sichtbar wurden. Meist ohne eine einzige Menschenseele an Bord.

Tommaso empfing sie mit einer schwarzen Schürze um den Bauch und einem Hackmesser in der Hand.

»Gerade habe ich einen Mordanschlag überstanden«, sagte Simon, »und jetzt willst du mir an den Kragen?«

»Will ich nicht. Zweimal lebt schließlich nur James Bond. Und so weit hast du es trotz allem noch nicht gebracht.«

Tommaso nahm ihnen ihre nassen Capes ab, kraulte Buffon zur Begrüßung das feuchte Fell und strich Nicola über das Haar. »Dein Freund ist auch schon da, kommt mit in die Küche.«

Tommasos schönes Haus war vollgestopft mit schweren Möbeln, die seine Familie dort hinterlassen hatte und die eine etwas düstere Atmosphäre verbreiteten. Nur die große Wohnküche hatte er erneuert, sie mit einem sechsflammigen Gasherd ausgestattet und einen langen Tisch aus Kastanienholz in die Mitte gestellt, von dem aus man beobachten konnte, wie er seine köstlichen Mahlzeiten zubereitete. Im Ofen schmorte ein Brasato al Barolo vor sich hin, und der Duft von Rotwein und Rosmarin hing schon im ganzen Raum. Nach dem langen heißen Sommer war das ein gastronomischer Vorgeschmack auf den Herbst. Als Vorspeise würde es Tommasos Spezialgericht geben, *Spaghetti aglio e olio*, die keiner so gut hinbekam wie er.

Jetzt widmete er sich mit dem Hackmesser wieder der Petersilie. Paolo, der schon am Küchentisch saß und Knoblauch zerkleinerte, stand auf und begrüßte zuerst Simon, dann Nicola mit einem Kuss auf den Mund.

Simon tat so, als ob er das nicht bemerkt hätte, aber Tommaso hielt sich nicht zurück. »Nicola *tesoro*, hast du deine Vorlieben geändert?«

»Ich probiere es jetzt mal mit Männern. Von Frauen habe ich gerade genug.«

»Mit Männern? Also nicht nur mit einem? Habe ich da auch eine Chance?«

»Blödmann.«

»Was ist eigentlich aus deinem Eisvogel geworden, *Dottoressa*?«

Nicola erzählte ihm kurz die Geschichte von ihrem toten Vogel, diesmal ohne dass ihr die Tränen kamen.

»Das war wirklich ein mörderischer August«, sagte Tommaso. »Zum Glück ist er vorbei.«

»Vorbei?« Paolo schob Tommaso das Holzbrett mit einem Berg gehacktem Knoblauch zu. »So schnell geht das bei mir nicht. Ich habe immer noch nicht verdaut, dass Moritz Wehrli tot ist. Auch wenn ich ihn nicht besonders gut leiden konnte.«

»Schwul sein ist in Italien leider nach wie vor kein leichtes Los.« Tommaso hatte das mit einem für ihn ungewöhnlich tiefen Ernst gesagt.

Er gab grobes Meersalz in einen Topf mit kochendem Wasser und öffnete eine große Packung Spaghetti. »Aber normalerweise endet es nicht tödlich. Außerdem ändert sich das jetzt glücklicherweise allmählich. Und solche verbohrten Menschen wie Camilla Zanetti und Marcello Zafferano werden seltener.«

Tommaso stellte die Pfanne aufs Feuer, goss eine ganze

Menge kräftiges Olivenöl hinein und fügte den Knoblauch und reichlich Peperoncino dazu.

»Vielleicht stehen Männer in Italien, diese unwiderstehlichen *latin lovers*, auch mehr unter Druck, sich ihre Virilität zu beweisen?«, fragte Simon.

»Ach, Simon, das ist wieder mal so eine deutsche Frage. Du kannst eben einfach nicht aus deiner Haut. Willst es im Grunde wahrscheinlich auch gar nicht. Dieses Bild vom notorischen Frauenverführer ist jedenfalls auch so ein überholtes Klischee.« Tommaso gab die Spaghetti in das sprudelnde Wasser. »Mit dem italienischen Durchschnittsmann von heute hat das nicht mehr viel zu tun. Wir weinen, wenn wir einen Elfmeter verschießen, ziehen rosafarbene Pullover an, gehen gerne shoppen und geben unseren Müttern und Frauen das Zepter in die Hand. Ganz ohne schwul zu sein. Nein, ich glaube, für die meisten Italiener ist Homosexualität gar kein Problem mehr, das Problem ist die katholische Kirche, die an ihren Dogmen festhält.«

Es klingelte.

»Da kommt wahrscheinlich so ein italienischer Durchschnittsmann.«

Tommaso ging zur Tür und kehrte mit dem völlig durchnässten Gianluca in die Küche zurück. Er hielt eine Flasche Prosecco in der Hand, die er, klitschnass, wie er war, sofort entkorkte und in die Gläser auf dem Tisch füllte. »Ich möchte mit euch anstoßen. Darauf, dass Simon noch unter uns ist. Und dass ich nichts mit Giulios Tod zu tun habe. *Salute!*«

»Wie geht es eigentlich dem alten Vater von Marcello Zafferano?«, fragte Paolo, der sein Glas gleich wieder weggestellt hatte. »Kümmert sich jemand um ihn, jetzt, da sein Sohn in Untersuchungshaft ist?«

»Ich weiß es nicht genau«, antwortete Simon. »An dem Tag, als er mir wahrscheinlich das Leben gerettet hat, haben die Carabinieri ihn erst mal in eine Klinik bringen lassen. Er wollte nicht ins Krankenhaus, hat dann aber doch resigniert. Inzwischen ist er wieder zu Hause. Eine Nachbarin und ein Arbeiter aus der Werkstatt kümmern sich um ihn. Ich habe ihn besucht, aber er wollte mich nicht sehen. Die Nachbarin war gerade bei ihm und hat mich auf sein Geheiß weggeschickt. Er ist immerhin dreiundneunzig Jahre alt. Im Kopf noch sehr wach, aber er wird wahrscheinlich nicht mehr lange leben, meinte die Frau. Der Enkel tot, der Sohn ein Mörder. Inzwischen hat Zafferano gestanden, dass er auch Marco Zanetti umgebracht hat, nachdem die Carabinieri am Strand von Gozzano das Paddel gefunden haben, mit dem er zugeschlagen hat. Und was aus der Werkstatt wird, die der alte Herr aufgebaut hat, weiß keiner – das nimmt selbst einen harten Hund wie ihn ziemlich mit.«

»Und was ist mit Filippo Zanetti?«

»Die Zeitungen sind noch immer voll davon. Er hat die Fahrerflucht gestanden. Aber das habt ihr ja bestimmt alle selbst gelesen. Statt mit Steuerhinterziehung haben die Anwälte der Zanettis jetzt damit gut zu tun.«

Tommaso goss die Pasta ab, schwenkte sie gründlich mit der gehackten Petersilie in der Pfanne und servierte sie mit Schwung in die Teller. Dazu machte er einen Arneis auf, einen leichten Weißwein, den er in großen Ballons direkt bei einem Winzer in den piemontesischen Hügeln bei Moncalvo besorgte und dann in dickwandige alte Glasflaschen abfüllte. »*Buon appetito*«, wünschte er. »Und untersteht euch, da Parmigiano dranzutun, das ist eine Todsünde. Die kommt gleich nach Schwulsein.« Tommaso hatte nun doch zu seiner Ironie zurückgefunden.

Nur ein Teller blieb noch leer.

»Wer fehlt denn noch?«, fragte Nicola.

In diesem Augenblick klingelte es erneut.

»Da kommt unser Überraschungsgast«, sagte Tommaso und verschwand zur Tür. Mit Luisa an der Hand kam er zurück in die Küche. Buffon raste auf sie zu und sprang jaulend an ihr hoch. Sie streichelte seinen Kopf, wehrte ihn dann ab und ging zu Simon, der noch vollkommen überrascht am Tisch saß. Von hinten legte sie die Arme um ihn.

»Buffon freut sich jedenfalls«, sagte sie zu ihm.

»Ich mich auch. Sehr.«

Nachbemerkung der Autorin

Sie fragen sich vielleicht, was an den Erzählungen über den See und die Region der Wahrheit entspricht und was ich mir ausgedacht habe. Selbstverständlich habe ich die Geschichte frei erfunden, und alle handelnden Personen und Unternehmen existieren nur in meiner Phantasie.

Aber den Lago d'Orta gibt es, und er ist einer der schönsten Seen Italiens. Auch all die Orte gibt es wirklich und es gibt sie auch nicht, denn ich habe sie so beschrieben, wie sie am besten zu meinem Roman passen.

Auf den ersten Blick ist der Lago d'Orta ohne Zweifel sehr poetisch, auf den zweiten Blick auch industriell geprägt. Weltbekannte Firmen wie Alessi oder Lagostina haben hier ihren Sitz, außerdem unzählige kleine und große Unternehmen, die Wasserarmaturen herstellen und jegliches Zubehör, das dafür benötigt wird. Und leider stimmt es auch, dass der Lago d'Orta bis vor rund dreißig Jahren einer der sauersten Seen der Welt war und erst durch eine spektakuläre Sanierungsmaßnahme wieder zu einem blitzsauberen Gewässer wurde. Für die Verschmutzung hatte in den zwanziger Jahren des letzten Jahrhunderts zunächst eine Kunstseidefabrik gesorgt, dann nach dem Zweiten Weltkrieg auch die Metallbetriebe – die heute zum Glück nicht mehr achtlos mit ihren Industrieabfällen umgehen. Eine Firma Zanetti gibt es jedoch nicht am See, ebenso wenig wie den Steinmetzbetrieb des Signor Zafferano. Tatsächlich aber kommt der Marmor des Mailänder Doms aus dem Steinbruch von Candoglia, und die Dombauhütte unterhält dort eine Werkstatt. Das wilde Naturschutzgebiet des Val Grande ist nicht weit entfernt und war im Zweiten Weltkrieg ein Rückzugsort für Partisanen. Über vierzig Tage verteidigten sie das befreite Gebiet der *Repubblica partigiana della Val d'Ossola*, und viele verloren dabei ihr Leben.

Zu den vielen Facetten des Lago d'Orta gehört auch seine spirituelle Ausstrahlung.

Es lohnt sich also, diesen vielschichtigen und tiefgründigen See näher kennenzulernen.

Ulrike